Anna Liebig

Schneezauber in Norwegen

Autorin
Anna Liebig ist das Pseudonym von Nicole Steyer, einer erfolgreichen Autorin historischer Romane. Sie lebt mit ihrem Mann und ihren zwei Töchtern im Taunus. Bereits mit acht Jahren begann sie, Geschichten zu erfinden und niederzuschreiben. Ihre Romane sind Liebeserklärungen an die schönste Zeit des Jahres: Weihnachten.

ANNA LIEBIG

Schneezauber in Norwegen

ROMAN

blanvalet

MIX
Papier | Fördert gute Waldnutzung
FSC® C014496

Penguin Random House Verlagsgruppe FSC® N001967

1. Auflage

Neumarkter Straße 28, 81673 München
Dieses Werk wurde vermittelt durch
die Literarische Agentur Thomas Schlück GmbH,
30161 Hannover.
produktsicherheit@penguinrandomhouse.de
(Vorstehende Angaben sind zugleich
Pflichtinformationen nach GPSR.)

Redaktion: Matthias Teiting
Printed in Germany
Umschlaggestaltung und -motiv: www.buerosued.de
Satz: satz-bau Leingärtner, Nabburg
Druck und Bindung: GGP Media GmbH, Pößneck
LH · Herstellung: DiMo
ISBN: 978-3-7341-1321-5

www.blanvalet.de

1

Nina saß an ihrem Schreibtisch und ließ den Blick von ihrem Monitor weg über den im tristen Grau des Novembernachmittags versinkenden Firmenparkplatz schweifen. Das Laub der Buchen lag in den großen Pfützen und auf den Dächern der Autos, ein böiger Wind wehte einige Regentropfen gegen die Fensterscheibe. Schon allein der Anblick der nasskalten Welt dort draußen ließ sie frösteln, und sie verfluchte sich dafür, ihre dicke Strickjacke zu Hause gelassen zu haben. In diesem Leben würde sie es vermutlich nicht mehr erleben, dass die Heizung in dem aus den Achtzigerjahren stammenden Bürogebäude für angemessene Wärme sorgte. Fröstelnd griff sie nach ihrem dampfenden Teebecher und legte ihre kalten Hände um das angenehm wärmende Porzellan.

»Hab ich dir eigentlich schon gesagt, dass ich heute eine Stunde früher losmuss«, riss ihre Kollegin Jessica sie aus ihren Gedanken. »Ich hab nachher noch eine Verabredung.«

Überrascht wandte sich Nina um.

»Du hast ein Date, heute Abend?«, hakte sie nach. »Aber vorgestern hast du dir wegen deinem Pascal doch noch die Augen ausgeheult. Ihr habt erst am letzten Wochenende offiziell Schluss gemacht – findest du nicht, dass das alles etwas zu flott geht?«

»Ja, aber gestern Abend hab ich spontan Tinder wieder aktiviert, und dieser Kevin klingt echt nett und sieht noch dazu gut aus. Und er will Familie und Kinder«, antwortete Jessica eifrig und hielt ihr das Bild eines braunhaarigen Mannes hin, der tatsächlich einen ganz passablen Eindruck machte. »Diese Chance möchte ich mir auf gar keinen Fall entgehen lassen. In drei Wochen werde ich schließlich dreißig.« Sie begann, ihr halblanges blondes Haar zu bürsten. »Du weißt ja, wie das bei uns Frauen mit der biologischen Uhr ist. Am Ende bin ich zu spät dran, und es klappt nicht mehr. Ich meine, die erzählen zwar alle immer, dass die dreißig die neuen zwanzig wären, aber das ist doch alles Schönrederei.« Sie winkte ab, legte die Bürste zur Seite und begann, in ihrer Handtasche zu kramen. Auf ihrem Schreibtisch landeten eine Puderdose, ein Lippenstift und Wimperntusche.

»Aber das Leben lässt sich doch nicht vorausplanen«, warf Nina ein und nippte an ihrem Tee. »Und die Liebe gleich zweimal nicht, biologische Uhr hin oder her.«

Nina blickte versonnen auf den Ficus, der auf ihrer Fensterbank stand. Die Pflanze war ihr aktueller Büroproblemfall, täglich bekam er immer mehr gelbe Blätter, da half auch der Dünger nichts, den sie neulich im

Gartencenter gekauft hatte. Ihr war dort ein gut aussehender Typ aufgefallen, groß, blond, breite Schultern. Bedauerlicherweise war er nur kurz allein gewesen – dann war seine Freundin zu ihm gestoßen, und die beiden hatten eine Diskussion über Gartenmöbel begonnen. Na, wenn schon. Nina hätte sich sowieso nicht getraut, ihn anzusprechen. Wenn es um Annäherungsversuche beim anderen Geschlecht ging, war sie schüchtern.

Bevor sie die Plauderei mit ihrer Kollegin wieder aufnehmen konnte, durchbrach das Läuten ihres Telefons die Stille, und Nina nahm den Hörer ab. Es war ihr Bereichsleiter, Daniel Köhler, der sie zu einem Gespräch in sein Büro bat.

»Der will dir bestimmt wieder zusätzliche Arbeit aufhalsen«, meinte Jessica. »Darin ist er gut.«

Nina antwortete nicht und erhob sich.

Im Flur empfing sie das kühle Licht der Neonlampen, und der graue und erst vor wenigen Tagen neu verlegte Linoleumboden verströmte noch immer diesen unangenehmen Chemiegeruch, der unter den Kollegen bereits zu allerlei Mutmaßungen geführt hatte. Am Ende waren Giftstoffe in die Auslegware eingearbeitet, und sie würden allesamt bald Atemprobleme, vielleicht sogar Krebs bekommen. Oder es würde gar nichts passieren und der Gestank einfach verfliegen. Nina hoffte auf Letzteres.

Sie lief an geöffneten Bürotüren vorbei, nicht jeder Schreibtisch war besetzt, einige Mitarbeiter waren wohl im Homeoffice. Seit bereits fünf Jahren arbeitete Nina als

Buchhalterin für die Wohnungsbaugesellschaft BGA, die im Frankfurter Westend ihren Firmensitz hatte. Weshalb sie ausgerechnet im Bereich Buchhaltung hängen geblieben war, konnte sie heute gar nicht mehr genau sagen. Nach der Schule hatte sie eigentlich etwas Kreatives machen wollen. Modedesignerin oder vielleicht Konditorin. Sie liebte es, zu backen, kam aber viel zu selten dazu. Floristin hätte ihr auch gefallen, aber die Bezahlung war ihr zu schlecht gewesen. Auf Anraten der Berufsberatung hatte sie dann eine Ausbildung zur Industriekauffrau begonnen, und danach war sie hier in der Buchhaltung gestrandet. Das Gehalt war gut, die Kollegen nett, die Arbeitszeiten moderat, und es gab Weihnachtsgeld und andere Benefits wie etwa eine kostenlose Mitgliedschaft im Fitnessstudio, was Nina zu ihrer Schande viel zu selten nutzte.

Die Tür zu Daniels Büro stand offen. Er winkte sie mit einem Lächeln herein und bat ihr sogleich einen Lebkuchen an. Nina lehnte das Angebot ab, ihr war nicht nach Süßem.

Daniel bat sie, sich zu setzen und schloss die Tür, was Nina seltsam vorkam, denn normalerweise tat er das nie. Sogleich befiel sie ein mulmiges Gefühl – hatte sie etwas verbockt?

Gerade als ihr auffiel, dass Daniel etwas humpelte, setzte er an, um seinen schleppenden Gang zu entschuldigen. »Ich hab am Wochenende an dem Halbmarathon rund um Königstein teilgenommen und mir glatt wegen einer dummen Wurzel den Fuß verknackst. Ich musste sogar aufgeben, so etwas ist mir schon ewig nicht mehr passiert.«

Nina bedauerte sein Missgeschick. Sie wusste, dass Daniel ein begeisterter Langstreckenläufer war. Von seiner Teilnahme am New York Marathon stand sogar ein Erinnerungsbild auf seinem Schreibtisch. Sein Äußeres passte zu seinem Hobby. Er war groß und schlaksig, fast schon hager, wie Nina befand. Sein dunkelbraunes Haar war leicht gelockt, und er trug gern auffällige Brillen, heute hatte er ein königsblaues Modell mit riesigen Gläsern gewählt.

»Wieso hast du die Tür zugemacht?«, fragte Nina. »Das machst du sonst nie. Ist alles in Ordnung?«

»Selbstverständlich ist es das«, erwiderte Daniel. »Sogar in bester Ordnung. Es gibt gute Neuigkeiten, die ich morgen in großer Runde verkünden werde. Ich habe noch niemandem davon erzählt, aber ich werde ab Dezember der neue Finanzvorstand sein, meine Bewerbung ist angenommen worden. Und nicht nur das: Mein Vorschlag, dich zur neuen Bereichsleiterin der Buchhaltung zu machen, ist ebenfalls begrüßt worden. Das bedeutet, dass ich dir hier und jetzt offiziell zu deiner Beförderung gratulieren darf.« Er schaute Nina breit grinsend an. »Ist das nicht super?«

Ninas Miene war jedoch versteinert. Sie hatte mit vielem gerechnet, aber niemals mit einer Beförderung. Bereichsleitung, du liebe Güte! Sie war sich nicht sicher, ob sie einen Job mit so viel Verantwortung wirklich wollte. Sie hatte in den vergangenen Jahren ihre kleine und geordnete Buchhaltungswelt mit den immer gleichen Abläufen durchaus lieb gewonnen, ebenso ihre Kollegin Jessica, die zu hundert Prozent verstimmt reagieren würde, wenn sie von den geplanten Veränderungen erfuhr. Jessica war einige Jahre länger im Unternehmen und hatte die Beförderung viel mehr verdient. Wieso nur hatte Daniel vorab nicht mit Nina über seine Idee gesprochen?

Ihm fiel auf, dass ihre Begeisterung gedämpft blieb.

»Du willst die Beförderung nicht«, deutete er ihre zurückhaltende Reaktion richtig. Immerhin kapierte er schnell, worauf es ankam.

»Sei mir nicht böse«, antwortete sie. »Es ist lieb gemeint, aber ich bin glücklich, wo ich bin. Es wäre besser gewesen, wenn du vorher mit mir geredet und nicht einfach über meinen Kopf hinweg entschieden hättest.«

Nina biss sich auf die Zunge. Ihr letzter Satz hatte etwas hart geklungen, Daniel meinte es schließlich nur gut. Jeder andere Mitarbeiter der Abteilung hätte sich über seine Bemühungen gefreut.

»Und was jetzt?«, fragte er. »Ich kann mein Wort schlecht zurücknehmen. Der Vorstand würde wenig Verständnis dafür haben. Wie steh ich denn jetzt da? Als ein Bereichsleiter, der seine eigenen Mitarbeiter nicht im Griff hat? Tu mir den Gefallen und nimm das Angebot an. Ja, der Job bedeutet mehr Verantwortung, aber ich hätte dich nicht vorgeschlagen, wenn ich nicht davon überzeugt wäre, dass du das hinbekommst. Wenn du magst, greife ich dir am Anfang ein bisschen unter die Arme. Du wirst sehen, es ist alles leichter als gedacht. Lass mich jetzt bitte nicht hängen.« Er sah sie flehend an.

Nina stieß einen tiefen Seufzer aus. Alles in ihrem Inneren sträubte sich gegen eine Zusage. Trotzdem antwortete sie: »Gut, ich überlege es mir.«

Nina war zu Hause in einer Altbauwohnung im Nordend. Vierter Stock, fünf Zimmer, bedauerlicherweise gab es keinen Aufzug. Dafür hatte sie gleich vier Mitbewohner. Drei davon mit Fell. Und die kamen ihr jetzt freudig entgegengelaufen und strichen aufgeregt maunzend und schnurrend um ihre Beine. Die drei Katzen gehörten ihrem menschlichen Mitbewohner Alex, der anscheinend mal wieder in der Küche werkelte, denn der gesamte lang gezogene Flur mit dem alten und immer etwas knarrenden Parkettboden war vom Geruch gebratener Zwiebeln erfüllt. Ninas Magen begann zu knurren. Sie hängte ihren Mantel an den überfüllten Garderobenständer, zog ihre Sneaker aus und schlüpfte in ihre Hausschlappen. Gemeinsam mit den drei Katzen ging sie in die Küche.

Alex stand tatsächlich am Herd. »Hi Nina. Du bist früh dran«, begrüßte er sie und fügte klein gehackten Knoblauch zu den Zwiebeln in der Pfanne.

»Ja, ich hab heute eher Schluss gemacht«, antwortete Nina und setzte sich auf die Küchenbank. »Du aber auch, wie ich sehe.«

Auf ihrem quadratischen Küchentisch herrschte das

vertraute Durcheinander: Zeitungen, Post, gebrauchtes Geschirr. Ein Kürbiswindlicht auf einem Tablett, dem einige verschrumpelte Kastanien und vertrocknete Blätter Gesellschaft leisteten. Die Fensterbank teilten sich eine Stehlampe und ein Geldbaum, der grün und frisch aussah, denn Alex kümmerte sich hingebungsvoll um das Gewächs. Er war dem Volksglauben erlegen, dass jeder Haushalt eine solche Zimmerpflanze benötigte, denn sie versprach Glück und Wohlstand. Außerdem war sie ungiftig für Katzen. Was wichtig war, denn besonders Charly Brown hatte die Angewohnheit, alle Dinge anzuknabbern.

Der Kater sprang neben Nina auf die Bank und kuschelte sich laut schnurrend an sie. Er war wuschelig und hatte ein schwarz-weißes Fell. Die beiden anderen Katzen waren beide grau-weiß getigert und nur deshalb gut auseinanderzuhalten, weil Peppermint Patty eine komplett weiße Nase hatte. Alex war ein großer Fan der Peanuts, weshalb er die Katzen nach Figuren aus dieser Serie benannt hatte. Charly Brown, Peppermint Patty und Schröder.

»Ja, das neue Spiel ist früher fertig geworden als angenommen. Es läuft prima und wird noch diese Woche released«, sagte er.

»Du meinst das Spiel, wo man die bösen Schneemänner abschießen und die Geschenke einsammeln und zurück zum Weihnachtsmann bringen muss?«

»Richtig«, antwortete er. »Das perfekte Game für die Weihnachtszeit. Die Spieler werden es lieben. Und zur

Feier des Tages, dachte ich, koche ich meine allseits geliebte Lasagne.« Er wandte sich vom Herd ab, in der Hand ein Glas Rotwein. »Auch eins? Du siehst aus, als könntest du einen Schluck gebrauchen.«

Alex, der als Softwareprogrammierer die meiste Zeit im Homeoffice arbeitete, war gut darin, Ninas Stimmungslagen zu erkennen. Das musste sie ihm lassen. Mit seinem Feingefühl wäre er der perfekte Partner für jede Frau gewesen, allerdings war er homosexuell. Nina fand, dass er wie eine jüngere Version der Figur Stanford aus der Serie *Sex and the City* aussah. Er hatte ein rundliches Gesicht und trotz seiner gerade einmal fünfunddreißig Jahre nur noch wenige Haare auf dem Kopf, und er war mit seinen ein Meter siebzig ähnlich groß wie der Schauspieler, der den Stanford spielte. Nur im Kleidungsstil ähnelte er dem Darsteller weniger. Alex liebte auffällige Hoodies mit Aufdrucken aller Art. Da am Vorabend Halloween gewesen war, trug er heute einen Sweater mit einem schief grinsenden Kürbis darauf.

Nina stimmte zu, obwohl sie ahnte, dass ihr der staubtrockene Rotwein nicht schmecken würde. Alex und fruchtiger Wein würden in diesem Leben nicht mehr zueinanderfinden.

Er schenkte ihr ein Glas ein, reichte es ihr und fragte: »Willst du darüber reden? Du bist hoffentlich nicht entlassen worden.«

»Nein, natürlich nicht«, erwiderte Nina und nippte an ihrem Glas. Der Wein brannte im Hals, sie verzog das Gesicht. Himmel, die Plörre war schlimmer als befürchtet. Sie stellte das Glas auf den Tisch und erläuterte, was im Büro vorgefallen war.

»Eine Beförderung«, wiederholte Alex. »Aber das ist doch eigentlich etwas Gutes. Oder sehe ich das falsch?«

»Schon, wenn man Bereichsleiterin werden will. Aber ich habe keine Lust darauf, denn dann müsste ich Verantwortung für mein Personal übernehmen, in Sitzungen herumhängen und all so ein Zeug. Mir gefällt mein aktueller Job ganz gut.«

»In dem du den ganzen Tag Rechnungen einbuchen musst«, meinte Alex.

Nina verdrehte die Augen. »Ja, ich weiß. Du findest meine Arbeit öde und mein Leben auch. Eine graue Buchhaltungsmaus, die seit einer gefühlten Ewigkeit Single ist und nach zwanzig Uhr kaum noch das Haus verlässt.« Sie klang angegriffen und wusste, dass sie überreagierte.

»Ich habe nie gesagt, dass du grau bist«, entgegnete Alex trocken. Er nahm die Pfanne von der Herdplatte, damit die Zwiebeln nicht anbrannten. »Aber deinem Leben fehlt ein bisschen Würze. Du bist doch jung, da gibt es mehr als immer nur Arbeit. Männer zum Beispiel. Ich hab dir schon hundertmal gesagt, dass du dir Tinder runterladen sollst. Ich helfe dir auch bei der Auswahl.«

»Bloß nicht«, winkte Nina ab. »Jeder weiß doch, dass sich auf dieser App nur Typen rumtreiben, die nix Festes suchen. Jessica hat vorhin auch damit angefangen. Was ist aus dem Kennenlernen im Supermarkt, beim Spaziergang mit dem Hund oder auf einer Party von Freunden geworden?«

»Du hast keinen Hund, gehst nie auf Partys, und im Supermarkt an der Fleischtheke kannst du lange auf deinen Traummann warten«, merkte Alex an.

»Dann stell ich mich eben an die Käsetheke«, gab Nina patzig zurück. Die Dauersingle-Diskussion führte sie nicht zum ersten Mal mit Alex, der sich zwar ebenfalls in keiner festen Partnerschaft befand, aber durchaus kein Kind von Traurigkeit war. Wo er sich genau mit wem an den Wochenenden herumtrieb, wollte Nina gar nicht wissen. Manchmal brachte er einen seiner Aufrisse mit nach Hause. Erst vor zwei Wochen war sie aus dem Bad geflohen, weil ein fremder, nackter Mann auf der Toilette gesessen hatte.

Ninas Handy, das vor ihr auf dem Tisch lag, piepte. Es war eine WhatsApp-Nachricht, die sie aufstöhnen ließ.

»Huhu Nina, bleibt es bei nachher? Wir wollten doch Karten spielen. Ich hab deine Lieblings-Kürbissuppe gekocht.«

»Das ist Opa, ich hab ganz vergessen, dass ich heute zu ihm wollte«, sagte sie. »Allerheiligen ist für ihn kein leichter Tag. Wegen Oma, die heute vor acht Jahren gestorben ist.«

»Also kein Abend mit *Greys Anatomy* in Dauerschleife und Lasagne«, meinte Alex. Ihm war die Enttäuschung anzusehen.

»Es tut mir leid«, entschuldigte sich Nina. »Ich mach es wieder gut. Fest versprochen.«

»Versprich nichts, was du nicht halten kannst«, entgegnete Alex, lenkte dann jedoch ein. »Aber dein alter Herr geht natürlich vor. Ich versteh das schon. Ist halt Familie, und dann auch noch so ein spezieller Tag. Grüß ihn schön von mir. Ich heb dir was von der Lasagne auf.«

Nina stand auf und umarmte ihn kurz, sogar ein Küsschen drückte sie ihm auf die Wange.

»Bist der Beste«, sagte sie. »Und vielleicht können wir ja später am Abend noch schauen, wie es so läuft bei McDreamy und Co. Opa wird gegen neun immer müde.«

Als sie wenige Augenblicke später die Wohnung verließ, verspürte sie ein bedrückendes Gefühl, das sie nur allzu gut kannte. Ist halt Familie, hatte Alex lapidar gesagt. Für sie war dieser Begriff mit einem tiefsitzenden Kummer behaftet. Alex besaß reichlich Verwandtschaft. Drei ältere Schwestern, die allesamt verheiratet waren und Kinder hatten. Seine Eltern wohnten nicht weit von Frankfurt entfernt in dem Örtchen Liederbach in einem Einfamilienhaus. Hinzu kamen seine Großeltern sowie eine ganze Horde an Onkeln und Tanten. Weihnachten war bei ihm ein riesiges Familienfest. Er verschwand über die Feiertage stets komplett und tauchte zwischen den Jahren mit einem Sammelsurium an Standardgeschenken wieder auf. Pullover, gestrickte Socken, Tassen,

Schlafanzüge, die er meist abscheulich fand. Nina beneidete ihn jedoch um seine lebhaften und fröhlichen Feiertage, denn bei ihr war Weihnachten eine schwierige Angelegenheit.

Ihr Opa Uwe war die einzige Familie, die ihr noch geblieben war, nachdem ihre Eltern vor zwölf Jahren bei einem Autounfall verunglückt waren. Geschwister gab es keine, Onkel und Tanten auch nicht, keine Großeltern väterlicherseits. Die waren irgendwann nach Australien ausgewandert, und das Verhältnis zu ihrem Sohn war zerrüttet gewesen, weshalb hatte Nina nie erfahren. Sie kannte nicht einmal ihre Namen und wusste nicht, ob sie überhaupt noch lebten. Ihr Opa mütterlicherseits, Uwe, war ein rüstiger, vierundsiebzigjähriger Rentner, der in einer Altbauvilla in Sachsenhausen im ersten Stock lebte und dank seiner beachtlichen Beamtenpension ein angenehmes Leben führte. Er hatte früher im Straßenverkehrsamt im gehobenen Dienst gearbeitet.

Der Tod ihrer Eltern war für sie beide eine Tragödie. Die eigenen Kinder sollte niemand beerdigen müssen, hatte Uwe Jahre später einmal zu ihr gesagt. Ninas Großmutter Thea hatte den Verlust ihrer Tochter nie verkraftet, nach dem Unfall hatte sie nur noch selten gesprochen. Die Stille in der Wohnung ihrer Großeltern war für Nina oftmals unerträglich gewesen, wie ein Dröhnen hatte sie ihren Schmerz darin empfunden.

Theas Krebs war bei einer Routineuntersuchung entdeckt worden, zu weit fortgeschritten. Nur acht Wochen hatte es gedauert, bis sie in einem Hospiz gestorben war. Opa Uwe war nur rasch heimgefahren, um sich umzuziehen. Er hatte geahnt, dass es so kommen würde. Die wichtigen Dinge im Leben hatte seine Thea immer mit sich selbst ausgemacht. Also war sie auch allein gegangen.

Vielleicht war es die Angst vor dem Verlust, die Nina daran hinderte, sich einem anderen Menschen zu öffnen. Durch die Tragödie ihrer Familie war sie verwundet, nicht bindungsfähig, so würde es vermutlich ein Seelenklempner formulieren. Aber immerhin, ihr Opa Uwe war ihr noch geblieben, und er freute sich jedes Mal über Ninas Besuch und zockte sie stets gnadenlos beim Kartenspielen ab. Es galt darauf zu hoffen, dass er die Kürbissuppe nicht wie im letzten Jahr versalzen hatte.

Der Gedanke daran zauberte Nina ein Lächeln auf die Lippen. Wenn sie Glück hatte, gab es Äppler, damit ließ sich die salzige Suppe ganz gut runterspülen.

2

Nina drückte auf den Lichtschalter, und die stets surrende Treppenhausbeleuchtung sprang an. Ihr stieg der vertraute Geruch des Hausflurs in die Nase, es roch nach Haka-Seife, Zigarettenrauch und Küchendüften. Für die ersten beiden Duftmarken war Else Merlinger verantwortlich, Uwes achtzigjährige und im Erdgeschoss wohnende Nachbarin. Sie wischte zweimal pro Woche die Treppen und rauchte nach getaner Arbeit am geöffneten Fenster auf dem ersten Treppenabsatz ihr Kippchen. Heute schien mal wieder ihr Putztag gewesen zu sein.

Vor Uwes weiß gestrichener Wohnungstür angekommen, kramte Nina den Wohnungsschlüssel aus ihrer Handtasche. Sie hatte ihn auch nach ihrem Auszug behalten, schon wegen der Sicherheit. Außerdem war ihr Großvater gut darin, sich auszusperren. Allein im vergangenen Monat hatte er dieses Kunststück zweimal hinbekommen.

Der Flur der Wohnung war rechteckig und ziemlich

geräumig. Platzverschwendung, wie Uwe zu sagen pflegte. An der hohen Decke gab es sogar eine Stuckverzierung – das dreistöckige Haus war um die Jahrhundertwende errichtet worden, da waren solche Verzierungen noch in Mode gewesen. Auf dem Parkettboden lagen persische Teppiche, zudem gab es behäbige Garderobenmöbel aus dunklem Holz, die den Charme der Vierzigerjahre verbreiteten. Auf einer schweren Kommode stand Opas Telefon, ein grüner, aus der Zeit gefallener Festnetzapparat mit Wählscheibe, neben dem stets sein Adressbuch lag.

Nina betrat das Wohnzimmer. Zu ihrer Verwunderung stand Opa Uwe mitten im Raum, was er sonst nie tat. Er trug seine übliche Kleidung, eine braune, von Hosenträgern gehaltene Cordhose, dazu ein blaurot kariertes Hemd. Ihr Großvater war schon immer schlank gewesen, auch jetzt hatte er für sein Alter noch eine annehmbare Figur, es zeigte sich lediglich ein kleines Wohlstandsbäuchlein. Sein weißes und noch recht volles Haar war lang geworden und stand heute etwas wirr vom Kopf ab. Der Fernseher, der in der Mitte der großen Eichenschrankwand stand, war laut gedreht.

»Nina, Schatz«, sagte er aufgeregt, ohne sie zu grüßen. »Siehst du die Frau da in der Sendung? Die kenne ich. Ist das nicht unglaublich? Meine Güte, das ist ewig her. Ingrid hat sich überhaupt nicht verändert.«

Verdutzt schaute Nina auf den Bildschirm. Wie gewohnt, lief das Hessische Fernsehen. Es wurde ein Bericht gezeigt, der schon in die Weihnachtszeit passte. Ins Bild kam eine riesige Lebkuchenstadt, überall blinkten und funkelten Lichter. Laut der Sprecherin befand sich dieses Backwunderwerk in der norwegischen Stadt Bergen. Eine ältere Frau mit einem blonden Pagenkopf kam ins Bild und beantwortete die Fragen des Journalisten auf Englisch.

Aufgeregt deutete Uwe auf die Frau. »Das ist meine Ingrid. Ich hätte niemals gedacht, dass ich sie noch einmal wiedersehe. Und sie ist so engagiert und hilft bei einer großartigen Sache mit! Das ist die größte Lebkuchenstadt der Welt. Das muss man sich mal vorstellen, da backen keine großen Firmen, sondern die Einwohner von Bergen. Ist das nicht großartig? Und sie ist noch immer so hübsch! Wie ein Engel sieht sie aus.«

Nina war dermaßen überrascht, ihr fehlten die Worte. Wie gebannt starrte ihr Großvater auf den Bildschirm. Niemals zuvor hatte sie seine Augen auf eine solche Weise leuchten sehen.

Die Frau verschwand aus dem Bild, und das Kamerateam befand sich nun bei einer norwegischen Familie und filmte, wie in deren Stube eines der Lebkuchenhäuser entstand. Zwei Kinder, Nina schätzte sie auf acht und zehn Jahre, waren gemeinsam mit ihrer Mutter gewissenhaft bei der Sache. Vor dem Fenster war ein Fjord zu sehen, Schnee lag allerdings keiner. Aber gewiss würde bald welcher fallen. Wenn nicht in Norwegen, wo sonst konnte man noch auf weiße Weihnachten hoffen? In Frankfurt hatte es diese zuletzt vor vierzehn Jahren gegeben.

Nina setzte sich aufs Sofa.

»Woher kennst du denn eine Ingrid in Norwegen?«, fragte sie schließlich.

Der Beitrag kam zu seinem Ende, noch einmal wurde die Lebkuchenstadt gezeigt, abschließend verkündete die Moderatorin der Sendung, dass selbstverständlich auch in diesem Jahr pünktlich zum Beginn der Adventszeit die größte Lebkuchenstadt der Welt in Bergen wieder ihre Tore öffnen werde. Die Internetseite wurde eingeblendet.

»Mein Mädchen, es scheint ihr gut ergangen zu sein«, sagte Uwe leise, und Nina glaubte, Tränen in seinen blauen Augen zu erkennen. In diesem Moment wurde ihr endgültig klar, dass diese Ingrid irgendwann einmal eine bedeutende Rolle im Leben ihres Großvaters gespielt haben musste. Sie wusste, dass er bei seiner Hochzeit fünfundzwanzig Jahre alt gewesen war. Ihr Blick fiel auf das im Schrank stehende Hochzeitsfoto ihrer Großeltern. Er war ein attraktiver Mann gewesen. Es war durchaus möglich, dass er vor der Heirat die eine oder andere Romanze gehabt hatte. Aber mit einer Norwegerin? Wie war es denn dazu gekommen?

Der Beitrag endete und auch die Sendung. Es folgten regionale Nachrichten.

Nina stellte ihre Frage erneut.

Ihr Großvater stieß einen Seufzer aus und antwortete: »Das ist eine längere Geschichte. Wenn du magst, erzähle ich sie dir beim Essen. Die Kürbissuppe hab ich auf dem Herd warm gehalten. Ich hab auch Kürbisöl und Baguette zum Tunken.« Er nahm die Fernbedienung zur Hand und schaltete den Fernseher aus.

»Das klingt großartig«, sagte Nina, als sie in die Küche hinübergingen, die schon immer Ninas absoluter Lieblingsraum in der Wohnung ihrer Großeltern gewesen war.

Die Einrichtung war bunt zusammengewürfelt, eine normale Einbauküche suchte man vergebens. Aber gerade das verlieh diesem Raum nach Ninas Meinung einen charmanten Charakter. Es gab einen Standherd mit vier Herdplatten, weiß getünchte, rustikale Hängeschränke und eine Arbeitsplatte aus hellem Holz, die ihr Opa vor Jahren selbst zugeschnitten und angebracht hatte. Darunter befanden sich einige Regale, die durch einen rot-weiß karierten Vorhang abgedeckt wurden. Von der Küche gelangte man durch eine altmodische Doppelkastentür auf den großen Balkon mit dem steinernen Geländer. Im Sommer saß Nina mit ihrem Großvater an lauen Sommerabenden gern dort draußen. Es fehlten allerdings die Geranien, denn er besaß, im Gegensatz zu Thea, keinen grünen Daumen.

Uwe schaltete das Radio ein. Bei ihm lief immer ein Oldie-Sender, gerade wurde irgendeine Ballade aus den Siebzigern gespielt. Die Melodie mitsummend, holte er die Teller mit dem altmodischen Blümchendekor aus dem Küchenbüfett. Nina fischte Besteck aus der Tischschublade, währenddessen machte sich ihr Großvater auf die Suche nach den gerippten Apfelweingläsern. In einem der Hängeschränke wurde er fündig. Es folgten eine Flasche Äppler und ein gut gefüllter Brotkorb. Nina entzündete die auf dem Tisch stehende Kerze. Der Suppentopf wurde auf einem Korkuntersetzer platziert, und Uwe begann die Teller zu füllen. Die Suppe duftete köstlich, Nina lief das Wasser im Mund zusammen. Sie kostete und stellte erfreut fest, dass Uwe sie dieses Mal nicht überwürzt hatte. Sogleich lobte sie seine Kochkünste und griff nach einem Stück Baguette.

»Ja, sie ist schon ganz gut geworden«, antwortete er. Wie gewohnt hatte er sich seine Stoffserviette in den Ausschnitt gesteckt. In weiser Voraussicht, denn er war schon immer gut darin gewesen, sich zu bekleckern. »Aber ich glaube, ich hab den Ingwer vergessen – den gilt es jetzt zu verschmerzen.«

Er nahm sich ebenfalls ein Stück Baguette und begann, es in die Suppe zu bröckeln.

»Erzählst du mir jetzt von dieser Ingrid?«, fragte Nina.

»Ich kann es immer noch nicht glauben. Meine Ingrid im Fernsehen. Jedes Mal, wenn ich irgendetwas von Norwegen gehört habe, hab ich mich an sie erinnert und mich gefragt, wie es ihr ergangen ist. Wohl ganz gut. Obwohl ich damals ein dummer Hornochse gewesen bin. Aber es war auch alles nicht so einfach in diesen Zeiten.« Wehmut schwang in seiner Stimme mit.

»Jetzt will ich aber mal alles wissen«, warf Nina ungeduldig ein. »Weshalb warst du ein Hornochse, und was war nicht einfach?«

»Das war damals Mitte der Sechzigerjahre. Ich bin mit meinem Kumpel Jochen nach dem Abitur auf die spontane Idee gekommen, in den Norden Europas zu reisen. Es war eine verrückte Tour in einem orangen VW Käfer. Erst waren wir eine Weile in Dänemark unterwegs, dann setzten wir mit der Fähre nach Kristiansand in Norwegen über. Es war Ende Juni und Mittsommer. Wir hatten Glück mit dem Wetter, selten Regen, viel Sonnenschein, dazu die hellen Nächte. Es war ein Traum. Wir sind einfach losgefahren, die Küste entlang, haben oft irgendwo gezeltet, wir waren in Stavanger, an einsamen Fjorden. In der Nähe von Bergen sind wir in einem kleinen Dorf in einer Pension mit nur drei Gästezimmern untergekommen, die Ingrids Eltern gehörte. Sie hat dort gearbeitet, hat uns unser Zimmer gezeigt. Sie war so wunderschön, langes blondes Haar, strahlend blaue Augen, dazu ihre zarte Figur. Ich war sofort wie verzaubert. Am Abend gab es in dem Dorf ein Fest, und dort sind wir uns dann nähergekommen. Wir haben stundenlang am Ufer eines Fjords gesessen und geredet. Zum Glück sprachen wir beide gut Englisch. Auch Jochen lernte an dem Abend ein Mädchen kennen, und wir sind länger in dem Dorf geblieben. Es war ein unvergesslicher Sommer. Wir vier waren so verliebt!«

Nina fiel auf, wie sehr er während seiner Erzählung in der Erinnerung versank. Seine Augen strahlten regelrecht, so hatte sie ihn noch nie gesehen. Oder war dieser Eindruck gegenüber ihrer verstorbenen Großmutter ungerecht? Sie tat den Gedanken ab. Uwe war Jahrzehnte mit seiner Thea verheiratet gewesen, ihr Miteinander war natürlich irgendwann alltäglich geworden. Das

Strahlen seiner Augen galt einer Zeit des Glücks, als er noch jung und frei gewesen war. In diesem Moment wünschte sich Nina, sie könnte ebenso freudig auf die Zeit nach ihrem Schulabschluss zurückblicken. Doch der Tod ihrer Eltern hatte einen düsteren Schatten über alles gelegt, Unbeschwertheit oder gar eine erste Liebe hatte sie in jenen Jahren nicht erlebt. Dazu war sie, gefangen in ihrer Trauer, gar nicht in der Lage gewesen.

Sie schob die traurigen Gedanken zur Seite. Sie wollte sich stattdessen darüber freuen, von einem bisher unbekannten Kapitel im Leben ihres Großvaters zu erfahren. Es war schön zu sehen, wie sehr ihn der Rückblick in die Vergangenheit freute. Mit ihrer nächsten Frage sorgte sie jedoch dafür, dass das Leuchten in seinen Augen erlosch.

»Und wieso bist du ein Hornochse gewesen?« Sie biss sich auf die Zunge. Zu oft war sie in Gesprächen ein wenig vorschnell. Sie hätte ihn noch eine Weile in seinen Erinnerungen schwelgen lassen sollen.

»Weil ich sie zurückgelassen hab. Ich hätte sie einfach einpacken und mit nach Deutschland nehmen sollen. Aber damals war das alles nicht so leicht. Die Nachwehen des Zweiten Weltkriegs waren noch deutlich zu spüren, uns Deutschen wurde nicht von jedem die Freundschaft angeboten, was ja auch verständlich war. Ich hab mich von Ingrids Bruder einschüchtern lassen. Er und seine Kumpels haben Jochen und mich eines Abends überfallen und verprügelt. Sie haben gesagt, dass sie uns umbringen, wenn wir nicht sofort abhauen und die Finger von ihren Frauen lassen würden. Wir haben ganz schön was abbekommen und waren total in Panik. Noch in derselben Nacht haben wir unsere Sachen gepackt und sind gefahren. Ich habe mich nicht einmal von ihr verabschiedet. Das wird sie mir niemals verziehen haben.« Er stieß einen tiefen Seufzer aus. »Nach unserer Rückkehr habe ich darüber nachgedacht, ihr einen Brief zu schreiben und alles zu erklären. Aber ich hab es immer vor mir hergeschoben, und nach einem halben Jahr kam es mir dumm vor. Trotzdem ist es schön zu wissen, dass es ihr gut ergangen ist. Sie sah im Fernsehen richtig glücklich aus.«

»Ja, das sah sie«, bestätigte Nina. »Und diese Lebkuchenstadt scheint wirklich beeindruckend zu sein.«

»Ja, wirklich!«, stimmte Uwe ihr zu. »Eine ganze Stadt aus Lebkuchen. Das ist schon eine Meisterleistung. Thea hätte sie geliebt. Deine Großmutter hätte bestimmt auch ein Haus beigesteuert, und es wäre perfekt gewesen. Sie war eine meisterhafte Bäckerin. Am besten waren ihre Bethmännchen. Kein Konditor in ganz Frankfurt bekommt sie so gut hin wie sie.«

»Von ihr stammt auch die Regel, dass vor dem ersten November kein Weihnachtsgebäck gegessen werden darf. Bis heute halte ich mich daran«, warf Nina ein. In ihr stieg Wehmut auf. Es war jedes Mal schön, die Erinnerungen an ihre Oma aufleben zu lassen, doch der Rückblick brachte auch die Traurigkeit darüber mit sich, sie verloren zu haben. Sie hätte sie so gern noch eine Weile länger bei sich gehabt.

»Davor schmeckt es doch gar nicht«, erwiderte Uwe und schenkte sich Äppler nach. »Jedes Jahr stehen die Lebkuchen früher in den Geschäften. Die ersten Spekulatius hab ich schon Mitte August im Supermarkt gesehen. Da hatten wir dreißig Grad. Da ist man doch noch gar nicht in Stimmung für so ein Gebäck!«

»Wir könnten dieses Jahr doch auch ein Lebkuchenhaus backen«, schlug Nina spontan vor. »Das wird bestimmt lustig. Im Internet finden sich dafür gewiss Anleitungen. Oder wir schauen uns nach einem Backset um, so etwas hab ich neulich irgendwo gesehen.«

»Ich weiß nicht recht. Backen war noch nie meine Stärke«, sagte Uwe zögerlich. »Ich hab es ja nicht einmal hinbekommen, auf Theas Plätzchen im Ofen anständig aufzupassen, wenn sie zum Telefonieren ins Wohnzimmer gegangen ist. Jedes Mal sind sie Briketts geworden, und ich hab Schelte bekommen.«

»Daran kann ich mich noch gut erinnern«, antwortete Nina und lachte. »Es war meist Inge, die angerufen hat. Wenn die an der Strippe war, hat man Oma für mindestens zwei Stunden nicht mehr gesehen. Aber wenn wir gemeinsam backen, können wir ja achtsamer sein.« Nina gefiel die Idee. Sicher würde ihre Backaktion in einem heillosen Chaos enden und ihr Lebkuchenhaus vermutlich einer Bruchbude ähneln. Aber das war nicht wichtig. Das Backen bedeutete, dass sie gemeinsame Zeit mit ihrem Opa verbringen würde. Und sie würden ausnahmsweise mal nicht Karten spielen – da verlor sie sowieso andauernd.

»Dann lass uns eben ein Lebkuchenhaus bauen«, gab er nach. »Das könnte tatsächlich spaßig werden. Nur schade, dass wir nicht in Bergen wohnen. Dort hätten wir es zu Ingrids Lebkuchenstadt beisteuern können.«

»Ja, das hätten wir machen können«, antwortete Nina lächelnd und nahm sich noch ein Stück von dem Baguette, um es in den Rest ihrer inzwischen nur noch lauwarmen Suppe zu tunken. »Dann schau ich mich mal nach Rezepten um.«

Und als hätte der Oldie-Sender ihr Gespräch belauscht, spielte er in diesem Augenblick doch tatsächlich zum allerersten Mal in diesem Jahr das Lied *Last Christmas* von *Wham*.

3

Uwe stellte den alten, etwas mitgenommen aussehenden Schuhkarton auf den Küchentisch. In einem anderen Leben befanden sich darin Herrenschuhe, die vierzig Mark gekostet hatten. So stand es jedenfalls auf dem Preisschild, das immer noch an dem Karton klebte. Den Schuhladen auf der Zeil gab es längst nicht mehr, selbst das Haus war irgendwann abgerissen worden. An dieser Stelle befand sich jetzt die *MyZeil*, ein riesiges, modernes Einkaufszentrum, in dem es lauter Geschäfte und Fressläden gab, die Uwe nicht interessierten. An die Schuhe konnte er sich noch erinnern. Sie waren nach mehrmaligem neu Besohlen vor vielen Jahren kaputtgegangen. Für den niedrigen Preis war auch keine lebenslange Haltbarkeit erwartbar gewesen.

Nachdem Nina gegangen war, hatte er sich vor den Fernseher gesetzt, es wurde ein alter hessischer Tatort wiederholt, den Mörder kannte er längst. Er schweifte in Gedanken ab, zurück zu Ingrid und in die Vergangenheit. Zu diesem einen Sommer, in dem er die erste

Liebe seines Lebens kennengelernt hatte. In irgendeinem kitschigen Schmalzfilm hatte mal jemand gesagt, dass man die erste Liebe niemals vergaß. So war es wohl. Trotzdem musste er sich eingestehen, dass er in all den Jahren kaum an sie gedacht hatte. Nach seiner Rückkehr nach Deutschland hatte er sein alltägliches Leben begonnen, bald darauf hatte er Thea kennengelernt, die große Liebe seines Lebens, die er jeden Tag schmerzlich vermisste. Er hatte ihr nie von Ingrid erzählt, von jenen Sommertagen in Norwegen. Vielleicht deshalb, weil diese unbeschwerte und glückerfüllte Zeit ein so schmerzhaftes Ende gefunden hatte und er Thea damit nicht belasten wollte. Außerdem war er der Meinung, dass man seiner aktuellen Herzensfrau nichts von einer alten Liebe erzählen sollte. Das könnte den Eindruck erwecken, dass man die andere Frau mehr geliebt hatte. Thea hatte nie Fragen nach vorherigen Liebschaften gestellt, und sie hatte, so nahm es Uwe jedenfalls an, nie in diesen Schuhkarton geblickt. Fotos, stand in seiner krakeligen Schrift darauf. Hinter den zahlreichen Kisten voller Dias hatte der Karton in einem alten Kellerschrank gestanden, eine dicke Staubschicht darauf.

Mit klopfendem Herzen öffnete er den Deckel. Seine Hände zitterten etwas. »Was ich mich aufrege. Als würden sich darin wertvolle Wunderfitzchen befinden«, sagte er zu sich selbst.

In dem Karton lagen mehrere Fotoumschläge mit der Aufschrift *Photo Porst.* Allein die Umschläge brachten die Vergangenheit zurück. Heutzutage war es so einfach,

Fotos mit dem Smartphone immer und überall anzufertigen. Damals hatte man einen einzigen Film mit einer begrenzten Anzahl von Fotos, den es zu entwickeln galt. Er nahm die Umschläge heraus und öffnete einen nach dem anderen. Es dauerte nicht lange und der gesamte Küchentisch war mit den Schwarz-Weiß-Aufnahmen übersät. Die Bilder aus Norwegen waren noch nicht darunter. Die Fotos zeigten ihn und seine Freunde meist bei irgendwelchen Treffen in ihren ehemaligen Wohnungen. Bierflaschen und übervolle Aschenbecher auf den Tischen, scheußliche Tapeten, außerdem hatte Uwe diese schreckliche Pilzkopffrisur getragen. Auf einem Bild waren sie alle verkleidet, er als Cowboy, an das Kostüm konnte er sich gut erinnern. Die Beatles und die Rolling Stones, Partys, Beatclubs, Demos gegen den Vietnamkrieg und für den Frieden. Das war damals seine Welt gewesen.

Die meisten Bilder hatte sein Freund Jochen mit seiner kleinen Agfa-Kamera gemacht, die er immer und überall dabeihatte. Jochen, der nach ihrer Rückkehr aus Norwegen bald zum Studium nach Hamburg umgezogen und im Alter von nur zweiundfünfzig Jahren an Krebs verstorben war. Seine Witwe, Uwe hatte die Frau nie kennengelernt, hatte ihm erst vier Wochen nach der Beerdigung eine Todesanzeige zukommen lassen. So war das manchmal im Leben. Nicht jede Freundschaft hielt für immer. Außerdem musste man dazusagen, dass damals ein Umzug nach Hamburg dem Abschied auf einen anderen Planeten gleichkam. Telefonate wurden als teure Ferngespräche abgerechnet, Briefe hatten die beiden Freunde nie geschrieben. So war nachvollziehbar, dass der Kontakt abriss.

Uwe nahm einen weiteren Fotoumschlag aus dem Karton und öffnete ihn. Jetzt fand er, was er suchte. Die Aufnahmen von ihrer Sommerreise nach Nordeuropa. Mit zittrigen Händen nahm er die Abzüge heraus und begann, sie durchzusehen. Die Bilder zeigten sie beide in kurzen Hosen und mit T-Shirts bekleidet vor ihrem VW-Käfer. Irgendwo am Strand, ein Bild zeigte ihn an einer Tankstelle. Fotos aus Kopenhagen – seltsamerweise waren ihm nur noch wenige Erinnerungen an die dänische Hauptstadt geblieben. Ein Bild zeigte sie auf der Fähre nach Norwegen. Sie trugen Regenjacken, im Norden bedeutete Sommer nicht alle Tage Sonnenschein und Wärme. Ein Bild zeigte ihn vor ihrem Zelt auf einer Wiese mit wogendem Gras. Wie er damals ausgesehen hatte. So komplett anders. Viel dünner, er hätte als junger Mann gern breitere Schultern gehabt. Ein richtiges Milchbubigesicht hatte er gehabt, dazu die halblangen Haare. Er hätte sich heute selbst nicht mehr auf der Straße erkannt. Gott, was waren sie jung gewesen.

Dann fand er die Fotografie, nach der er gesucht hatte, und sein Herz begann höherzuschlagen. Es zeigte seine Ingrid. Genauso hatte er sie in Erinnerung behalten. Auf dem Schwarz-Weiß-Foto trug sie ein wadenlanges Sommerkleid mit Streublümchen darauf. Er wusste, dass es hellblau gewesen war, die Blümchen rosa. Darüber eine offene Strickjacke. Ihr blondes Haar hatte sie zu einem langen Zopf geflochten. Sie stand am Ufer eines Sees auf einem flachen Stein und lächelte sanft in die Kamera. Sie sah aus wie eine zarte Elfe, glich einer Figur aus dem Märchen. Ihr Anblick sorgte dafür, dass sein gesamter Körper von einer Wärme geflutet wurde, die er sehr lange Zeit nicht mehr empfunden hatte. Ein Lächeln umspielte seine Lippen, und er strich mit den Fingerspitzen über die Fotografie.

»Wie konnte ich alter Dummkopf bloß so lange Zeit nicht mehr an dich denken«, murmelte er. »Du wirst mir mein Fortgehen ohne Abschied bestimmt niemals verziehen haben. Vielleicht hätten wir doch mutiger sein und kämpfen sollen. Verzeih mir meine Feigheit.« Sein Lächeln verschwand, und in seine Augen stiegen Tränen. »Ich weiß, ich hätte dir wenigstens schreiben und dir alles erklären können. Ich war ein solcher Trottel.«

Er seufzte und betrachtete das Bild einen Augenblick lang stumm. Noch immer lief das Radio. Gerade wurden die Verkehrsmeldungen verlesen, eine Landstraße im Taunus war wegen eines schweren Unfalls gesperrt. Das Licht in der Lampe am Fenster flackerte. Jedes Mal, wenn das passierte, nahm er an, dass seine Thea auf eine wundersame Weise anwesend war. Auch jetzt glaubte er, ihre Gegenwart zu spüren.

»Du denkst, ich kann ihr immer noch schreiben und mich bei ihr entschuldigen?« Er glaubte zu wissen, was sie ihm geraten hätte. »Aber nach all den Jahren? Ist das denn nicht unsinnig? Was würde es jetzt noch bringen? So ein Wiedersehen reißt doch nur die alten Wunden auf. Sie sah im Fernsehen glücklich aus. Sie hat bestimmt Familie und einen liebevollen Ehemann. Und ich bin nur ein Schatten aus ihrer Vergangenheit. Es waren wenige Wochen, mehr nicht. Auch wenn sie sich wie ein ganzes Leben angefühlt haben.«

Eine Weile blieb er mit ihrem Bild in der Hand am Küchentisch sitzen. Er starrte auf die Fotografie. Was sollte er jetzt tun? Musste er überhaupt etwas tun? Es fühlte sich so an, als wäre es an der Zeit dafür.

4

Nina betrat die Wohnung, öffnete den Reißverschluss ihrer Daunenjacke und verfrachtete ihren klatschnassen und äußerst mitgenommen aussehenden Klappschirm in den neben der Tür stehenden Schirmständer. Der November machte sich heute mit übelstem Schmuddelwetter mal wieder alle Ehre. Es schüttete bereits den gesamten Tag wie aus Eimern, und dazu wehte ein böiger Wind. Wohl dem, der an solchen Tagen nicht vor die Tür musste.

An ihr Ohr drang Pop-Weihnachtsmusik, die sie Übles erahnen ließ. Sie schlüpfte aus ihren Schuhen und betrat das von ihr und Alex gemeinsam genutzte Wohnzimmer. Der Anblick ließ an diesem Tag Groll in ihr aufsteigen, sie verschränkte die Arme vor der Brust. »Wir hatten doch abgesprochen, dass wir in diesem Jahr erst nach dem Totensonntag schmücken«, sagte sie mit finsterer Miene. »Wir haben noch nicht einmal Mitte November.«

Auf dem Wohnzimmerboden standen zahlreiche Kisten, Kartons und Verpackungen. Auch auf dem Couchtisch herrschte ein heilloses Durcheinander. Zwischen kitschigem Plüsch und Porzellanweihnachtsfiguren lagen künstliche Tannenzweige. In ihrer Adventsschale aus Metall stapelten sich kleine Nikoläuse, Schneemänner und funkelnde Weihnachtskugeln.

»Und da ist doch schon wieder Schmuck dazugekommen. Du übertreibst es jedes Jahr mehr«, meckerte Nina, während ihr Blick zum Wohnzimmerfenster wanderte, an dem bunte Lichter hektisch blinkten. »Und wo hast du bloß diese scheußliche Lichterkette her?«, fragte sie. »Wir sind doch hier nicht im Puff. Und du hast sie schon wieder mit Tesafilm am Rahmen festgeklebt. Also ich rubble das nach Weihnachten nicht wieder stundenlang ab!« Sie schnaubte und verschränkte die Arme vor der Brust.

Alex, der sich gerade damit beschäftigte, den künstlichen Weihnachtsbaum zusammenzustecken, zuckte die Schultern und strahlte eine Form von Gelassenheit aus, die Nina fassungslos machte.

»Wir führen diese Diskussion, seitdem wir zusammenwohnen«, antwortete er. »Mir ist diese dämliche Totensonntagstradition egal, wie übrigens so ziemlich jedem, den ich kenne. Die ganze Stadt ist bereits dekoriert und blinkt und leuchtet. Im Radio spielen sie schon Weihnachtslieder, und Schokonikoläuse gibt es seit Oktober überall zu kaufen. Außerdem hab ich auf Instagram einen Bericht von einem Psychologen gelesen, dass Menschen glücklicher sind, wenn sie früher für Weihnachten dekorieren. Das ist doch mal eine Ansage.«

Er steckte das letzte Teil auf den Plastikbaum und begann, die Zweige zurechtzubiegen. Nina hatte mit dem künstlichen Baum noch nie etwas anfangen können. Ohne Schmuck war er einfach abscheulich, und mit Schmuck war es nur wenig besser, da Alex den Baum mit Deko vollkommen überlud. In ihrer Kindheit hatte es immer einen echten Weihnachtsbaum gegeben, über zwei Meter groß, selbst geschlagen im nahen Taunuswald. Auch Uwe gehörte zur Echter-Baum-Fraktion. Er kaufte jedes Jahr bei demselben Christbaumhändler seine Ein-Meter-fünfzig-Nordmanntanne, größer musste sie nicht sein, schließlich wurde der Baum auf einen Hocker gestellt. Uwe hegte und pflegte ihn alle Jahre bis zum zweiten Februar, denn seiner Meinung nach endete erst an diesem Datum, zu Maria Lichtmess, offiziell die Weihnachtszeit. Wenn man den Baum an diesem Tag dann nur etwas zu lange anschaute, ließ er schlagartig sämtliche Nadeln fallen.

»Du glaubst auch alles, was im Internet steht«, merkte Nina säuerlich an. Ihr Blick wanderte auf das Sofa, wo Peppermint Patty und Charly Brown die bunte und leuchtende Lichterkette für den Baum inspizierten, die Alex bereits entwirrt hatte. Sie begannen, mit ihren Pfoten damit zu spielen, und wenn sie so weitermachten, konnte er mit dem Entknoten bald wieder von vorn anfangen. Ihr anderer flauschiger Mitbewohner Schröder saß in der Weihnachtsbaumschachtel und guckte Nina mit seinen blauen Katzenaugen groß an. Sie musste nun doch schmunzeln.

»Ihr seid mir schon so eine Truppe«, sagte sie. »Also gut«, lenkte sie ein und stieß einen Seufzer aus. »Dann dekorieren wir eben auch dieses Jahr wieder vor dem Totensonntag.«

»Das wollte ich hören«, erwiderte Alex grinsend. Er trug bereits einen seiner Weihnachtspullover, ein besonders scheußliches Exemplar in Grün mit einem dämlich guckenden Schneemann darauf. »Wenn du magst, kannst du mir gleich beim Schmücken vom Baum helfen. Magst du vorher noch einen Weihnachtspunsch? Ich hab ein teuflisch gutes neues Rezept von TikTok ausprobiert. Da ist sogar Chili dran, einfach nur großartig. Lebkuchen gibt es auch, selbstverständlich die guten Nürnberger mit dunkler Schokolade.«

»Klingt verlockend«, antwortete Nina. »Vielleicht können wir dann auch reden. Gibt Neuigkeiten.«

»Wohl nix Gutes. Du hast also nicht nur wegen der Weihnachtsdeko so bös geguckt«, entgegnete Alex und sah sie mit dem für ihn typischen Mitleidblick an.

»Du kennst mich zu gut«, erwiderte Nina und stieß einen Seufzer aus. »Ich hab mich mit David und Jessica übelst wegen der Beförderung gestritten und hab spontan gekündigt.«

»Ach du je«, rutschte es Alex heraus. »Du bist echt die erste Person, die mir unterkommt, die wegen einer Beförderung ihren Job hinwirft. Du musst mir sofort alles bis ins Detail erzählen. Ich will jede Einzelheit hören, auch die dreckigen Kleinigkeiten.« Er erhob sich und tat das, was er immer tat, wenn es Nina nicht gut ging. Er nahm sie in die Arme und drückte sie fest an sich.

Nina genoss seine tröstende Wärme, er roch nach einer Mischung aus Weichspüler, davon verwendete er Unmengen für seine Wäsche, und dem Eau de Toilette, das sie ihm vor einigen Wochen zum Geburtstag geschenkt hatte.

Seine Umarmung sorgte dafür, dass Nina Tränen in die Augen stiegen und sie sich ihrer misslichen Lage endgültig bewusst wurde. Sie konnte gar nicht mehr so genau sagen, wie es zu ihrer Kündigung gekommen war. Jessica hatte Daniel um eine Unterredung gebeten, und er hatte sie dazugeholt. Jessica war ernsthaft gekränkt darüber gewesen, nicht die Beförderung erhalten zu haben, und sie war Nina gegenüber richtig ausfallend geworden. Nina würde dauernd am Handy hängen, privat im Netz surfen, und Jessica hatte sogar behauptet, dass sie ständig Ninas Schnitzer ausbessern müsste. Eine solche Boshaftigkeit hätte Nina ihr tatsächlich niemals zugetraut.

Daniel hatte hilflos gewirkt, und Nina hatte sich in die Ecke gedrängt gefühlt. Von der dummen Idee der Beförderung, die sie doch gar nicht gewollt hatte, und von Jessica und ihrer immer lauter werdenden Stimme, ihrem eiskalten Blick. Schließlich hatte sie die Reißleine gezogen und in den Raum geworfen, dass sie kündigte. Sollte Jessica doch ihre dumme Beförderung haben, diese falsche Schlange. Die Kündigung hatte Nina gleich nach der misslungenen Unterredung verfasst und voller Wut bei der Personalabteilung abgegeben. Die liebe Uschi, eine Mittfünfzigerin mit einer Vorliebe für weite Wallekleider und Kekse hatte recht dumm dreingeschaut, das Blatt jedoch ohne große Nachfragen entgegengenommen.

Auf dem Weg zur Straßenbahn waren Nina erste Zweifel gekommen. Vielleicht hatte sie doch überreagiert?

Wie ein Häufchen Elend saß sie jetzt an ihrem Küchentisch, vor sich den Zauberpunsch von TikTok, der übelst nach Alkohol roch. Alex hatte reichlich Rum in den niedlichen Schneemann-Henkelpott gekippt. Während er den Porzellanweihnachtsteller auf dem Tisch mit gekauften Spekulatius und Lebkuchen auffüllte, sagte er Sätze, die sich wie Balsam für Ninas Seele anfühlten: »Du hast genau richtig gehandelt. Ich hätte da auch gekündigt. Dieser Daniel ist doch gar nicht für eine Führungsposition geeignet. Und diese Jessica ist ja das Allerletzte. So illoyal verhält man sich doch nicht gegenüber seiner Kollegin.«

»Danke dir«, antwortete Nina, nahm sich einen Spekulatius und biss hinein. Der Zimtgeschmack beruhigte ein wenig ihr aufgewühltes Innerstes. Der Erfinder dieses Gebäcks hatte wirklich einen Ehrenpreis verdient.

»Ich hab jetzt allerdings ein Problem. Ab Januar bin ich arbeitslos, und mir graust es schon jetzt davor, mich beim Arbeitsamt zu melden. Ich hasse alle Arten von Behörden. Und dann muss ich mich auch noch mit den vielen Jobportalen im Internet auseinandersetzen und

Bewerbungen schreiben, dann die Vorstellungsgespräche. Was zieht man da heutzutage überhaupt an?«

»Vielleicht musst du das alles gar nicht machen«, entgegnete Alex. »Ich war gestern seit Längerem mal wieder in der Firma, und meine Freundin Irmingard ist doch unsere Personalerin. Sie hat mir bei unserem üblichen Nachmittagskäffchen vorgeheult, dass sie noch immer auf der Suche nach jemanden für die freie Stelle in der Buchhaltung sei. Anscheinend bewerben sich da nur Idioten. Wenn du magst, empfehle ich dich. Ich bin mir sicher, sie nehmen dich. Dann wären wir nicht mehr nur Mitbewohner, sondern auch noch Kollegen. Und in der IT-Branche sind die Gehälter wirklich super. Ich bin mir sicher, dass du bei uns mehr verdienen würdest als bisher.«

»Das klingt großartig«, freute sich Nina. »Du bist ein Goldschatz. Was würde ich nur ohne dich machen?«

»Du könntest dir zum Beispiel diese teure und einmalig schöne Altbauwohnung mit Blick auf die Skyline von Frankfurt nicht leisten«, entgegnete Alex und grinste.

Nina kam nicht mehr dazu, ihm eine Antwort zu geben, denn es läutete an der Tür. Verdutzt blickten die beiden sich an.

»Wer kommt denn jetzt noch?«, fragte Alex. »Der Paketbote? Hast du was bestellt?«

Nina schüttelte den Kopf.

Es klingelte erneut, diesmal mit mehr Nachdruck.

»Ja, ich komme ja schon«, moserte Alex und ging in den Hausflur.

Es dauerte nicht lange, bis eine vertraute Stimme an Ninas Ohr drang und sie aufmerken ließ. Der Besucher war Uwe! Du liebe Zeit. Er war zuletzt bei ihrem Einzug vor Jahren hier gewesen. Stets besuchte sie ihn. Was er an diesem nasskalten Abend wohl bei ihnen wollte? Es war doch wohl nichts Schlimmes geschehen?

Uwe betrat hinter Alex die Küche. Er trug sein gewohntes Outfit, braune Cordhosen, Hosenträger und ein Karohemd. Er war beim Friseur gewesen, sein Haar war gekürzt.

»Hallo Nina«, begrüßte er sie. »Entschuldige, dass ich euch so überfalle. Aber ich muss unbedingt etwas mit dir besprechen.« Er sprach schnell, ein Zeichen dafür, dass er aufgeregt war.

Nina erwiderte den Gruß und fragte: »Ist etwas passiert? Du kommst doch sonst nie her?«

»Nein, alles gut«, entgegnete er und nahm die Brille von seiner Nase. »Hättet ihr vielleicht ein Putztuch für mich? Mir sind die Gläser beschlagen. Das ist aber auch ein Sauwetter heute.«

»Gern«, antwortete Alex und reichte Uwe ein Stück Küchenrolle. »Möchtest du einen Tee mit Rum?«, fragte er und gab nun den Gastgeber. »Setz dich doch erst mal. Wir hätten auch Lebkuchen und Spekulatius im Angebot.«

Uwe ließ sich auf den Küchenstuhl fallen, den Alex ihm zurechtgerückt hatte. Sein Blick wanderte eine Weile in der Küche umher. Auch hier hatte Alex bereits seiner weihnachtlichen Dekorationswut freien

Lauf gelassen. Auf der Fensterbank standen drei drollige Schneemannfiguren mit gestrickten Zipfelmützen, denen ein paar weiße Holztannenbäume Gesellschaft leisteten, und über allem hing eine Lichterkette, die zum Glück in einem angenehm warmweißen Licht leuchtete, was Nina bedeutend besser gefiel.

Uwe nahm das Tee-mit-Rum-Angebot von Alex an, und keine Minute später stand auch vor ihm eine der Schneemanntassen mit dampfendem Inhalt. Alex schien nicht daran zu denken, ihnen ihre Privatsphäre zu lassen, sondern setzte sich neben Nina auf die Küchenbank und stellte die Frage, die eigentlich sie hätte stellen sollen: »Also, was führt dich an diesem scheußlichen Abend zu uns, Uwe?«

Nina seufzte innerlich.

Im nächsten Moment war ein lautes Fauchen zu hören, das nichts Gutes vermuten und Alex alarmiert aufblicken ließ.

»Oh je. Die Peanuts machen mal wieder Blödsinn. Ich glaub, ich muss für Ordnung sorgen.«

Er verließ den Raum, und keine Sekunde später war ein Aufschrei zu hören, der Nina zum Schmunzeln brachte.

»Ich nehme an, die drei haben seine Weihnachtsdeko ordentlich durcheinandergewirbelt«, erklärte sie. »Blinkende bunte Lichterketten und der ganze andere Weihnachtsplunder sind für Katzen etwas Unwiderstehliches.«

Auch Opa Uwe musste lachen. »Weil wir gerade

bei Weihnachten sind«, griff er das Thema auf. »Mein Kommen hat etwas mit dem Fest zu tun. Also ich meine, nicht mit den Feiertagen direkt. Aber schon mit Weihnachten. Also genauer gesagt, mit Dekosachen.«

Irritiert schaute Nina ihren Großvater an. Sie konnte sich nicht daran erinnern, dass er jemals so rumgedruckst hatte. Weihnachten, Dekosachen, worauf wollte er hinaus? Deshalb konnte er doch nicht gekommen sein. Dann fiel ihr wieder ein, über was sie bei ihrem letzten Besuch gesprochen hatten, und sie hatte plötzlich die erste große Liebe ihres Opas vor Augen, wie sie im Fernsehen stolz über die größte Lebkuchenstadt der Welt gesprochen hatte. Da waren sehr viele Dekosachen zu sehen gewesen.

»Meinst du diese Lebkuchenstadt in Norwegen von neulich?«, sprach Nina ihren Verdacht aus.

»Ertappt«, antwortete er und räusperte sich. »Ich weiß, es ist eine Schnapsidee, und du hältst mich jetzt bestimmt für verrückt. Aber ich würde gern nach Bergen fliegen. Und ich wollte dich fragen, ob du mich begleitest?«

Nina sah ihn überrascht an. Sie hatte mit vielem gerechnet, aber nicht damit, dass Uwe eine Reise nach Norwegen in Betracht ziehen würde. Nicht, dass er prinzipiell nicht in den Urlaub fahren würde, er und Thea zum Beispiel waren früher oft mit ihrem Wohnmobil unterwegs gewesen. Seit dem Tod ihrer Großmutter hatte Uwe jedoch Frankfurt nicht mehr verlassen.

»Nach Bergen fliegen?«, wiederholte Nina. »Wir beide?«

»Ja, wir beide. Allein trau ich mir das nicht zu. Mein Englisch ist etwas eingerostet, und Norwegisch kann ich gar nicht. Ich würde auch alles bezahlen. Eine Pension hätte ich schon gefunden. Klein, aber fein.«

»Du willst zu dieser Ingrid«, sagte Nina.

»Ja, das will ich«, antwortete er. »Sie geht mir nicht mehr aus dem Kopf. Ich hab ein altes Foto von ihr gefunden. Ich hab es dir mitgebracht.« Er holte seine Geldbörse hervor, in die er das Bild gesteckt hatte. Er faltete es auseinander und reichte es Nina. Sie betrachtete die blonde Frau mit dem sanften Lächeln in dem hübschen Sommerkleid ausgiebig. Ihr Opa hatte einen guten Frauengeschmack, das musste sie ihm lassen.

»Sie ist sehr hübsch«, sagte Nina und schob das Foto zurück. »Aber meinst du wirklich, es ist gut, nach all den Jahren wieder in ihr Leben zu platzen? Am Ende hat sie dich längst vergessen. Und was ist, wenn du erneut ihrem Bruder begegnest? Das könnte wieder Probleme bringen. Und Bergen ist nicht gerade um die Ecke.«

Alex kam zurück in die Küche. Er hatte Ninas letzten Satz aufgeschnappt und hakte sogleich nach: »Was ist mit Bergen? Ihr wollt doch nicht etwa in den Skiurlaub fahren? Also davon rate ich ab. Auf den Pisten sind nur noch Betrunkene und Rowdies unterwegs, dazu die Kosten. Also mein Kumpel Emil fährt neuerdings nicht mehr nach Österreich deswegen. Er hat gemeint, denen brennt der Hut.«

»Nicht die Berge in Österreich. Wir reden über die Stadt Bergen in Norwegen«, erklärte Nina.

»Ach so, ja dann«, erwiderte Alex. »Aber warum redet ihr davon? Gibt es da etwas Besonderes?«

»Die größte Lebkuchenstadt der Welt«, antwortete Nina.

»Und meine erste große Liebe Ingrid, die ich neulich im Fernsehen gesehen habe«, fügte Uwe hinzu. »Sie organisiert den Aufbau der Lebkuchenstadt, und ich würde sie gern besuchen. Ich habe Nina gefragt, ob sie mit mir kommen möchte, aber jetzt begreife ich, dass das eine totale Schnapsidee gewesen ist. Du musst ja arbeiten, Liebes, und Urlaub kannst du dir jetzt bestimmt keinen nehmen. In der Buchhaltung ist am Jahresende doch immer viel los.« Seine Stimme klang enttäuscht, und er sackte ein Stück in sich zusammen. »Es tut mir leid. Ich hätte dich damit nicht so überfallen sollen.«

»Du willst deine alte Liebe besuchen. Oh, mein Gott, wie süß ist das denn«, meinte Alex und griff sich theatralisch an die Brust. »Selbstverständlich müsst ihr nach Bergen fahren und diese Frau finden! Das ist ja so romantisch. Wie in einem dieser kitschigen Weihnachts-Netflix-Filme. Ich sehe alles schon vor meinem inneren Auge. Eine romantische Schneelandschaft, Rentiere und Nordlichter, ein rustikales Holzhaus, jede Menge Weihnachtslichter, sie sieht dich und fällt direkt in deine Arme. Hach, wie wunderbar. Und Nina kann dich problemlos begleiten, sie hat nämlich heute ihren Job gekündigt und jede Menge Zeit. Und wenn es euch nichts ausmacht, würde ich gern mitkommen. Auf die Peanuts passt bestimmt gern wieder Frau Schneider von nebenan auf. Diese Reise will ich mir auf gar keinen Fall entgehen lassen!«

Verdutzt sahen die beiden ihn an. Uwe war der Erste, der seine Sprache wiederfand. Er schaute seine Enkeltochter an und fragte: »Du hast gekündigt?«

5

»Also, Christbäume, die von der Decke hängen, hab ich auch noch nirgendwo gesehen«, konstatierte Uwe und blickte beeindruckt nach oben. Über ihnen schwebten eine ganze Reihe an funkelnden Weihnachtsbäumen, es sah hübsch, aber auch etwas seltsam aus. Nina war es eigentlich gewohnt, dass Orte wie Flughäfen oder Bahnhöfe eher konservative Weihnachtsdekorationen hatten. »Hoffentlich sind die aus Plastik, sonst rieselt es hier bald kräftig Tannennadeln«, sagte Uwe und grinste.

»Also ich finde die Idee großartig«, meinte Alex, der einen XXL-Koffer neben sich stehen hatte, in dem er ausreichend Kleider für eine achtwöchige Nordpolexpedition untergebracht hatte. Nachdem ihr Beschluss feststand, dass sie nach Bergen fliegen würden, war er in einen wahren Shoppingrausch verfallen. Nina hatte nicht schlecht gestaunt, was er in den wenigen Tagen bis zu ihrer Abreise alles erworben hatte. Ein neuer, knöchellanger Daunenmantel in Schwarz, eine feuerrote Daunenjacke, zwei Thermoskihosen, vier Wollschals, zwei Paar

Winterschuhe, fünf Paar Handschuhe in den unterschiedlichsten Variationen und vier Mützen in den verschiedensten Farben und Formen. Dazu mehrere Norwegerpullover, die allesamt kratzig waren und nach Schaf stanken. »Ich hatte auch überlegt, unseren Baum dieses Jahr wegen der Peanuts an die Decke zu hängen«, meinte Alex. »Aber dann hab ich auf YouTube so ein gewitztes Katerchen gesehen, das von der Kommode reingesprungen ist, und dann ist der ganze Baum mitsamt Deko von der Decke gefallen. Das traue ich unseren dreien auch zu, weshalb ich es gelassen und Plastikkugeln gekauft habe.«

»Katzen kommen hier bestimmt nicht an die Bäume ran«, meinte Uwe, der seinen grauen und knielangen Wollmantel trug, den er schon hatte, seitdem Nina denken konnte. Auf seinem Kopf ruhte sein etwas mitgenommen aussehender dunkelgrüner Filzhut, der vermutlich ähnlich alt war wie der Mantel. »Eines muss man den Norwegern lassen: Sie sind kreativ. Ich hatte allerdings erwartet, dass wir hier Schnee haben werden.« Er deutete zur weitläufigen Fensterfront der Flughafenankunftshalle. Von einer weißen Pracht war weit und breit nichts zu sehen, stattdessen regnete es kräftig.

»Also ich habe im Internet recherchiert, dass Bergen die niederschlagsreichste Stadt Europas ist«, merkte Alex an. »Insofern wundert mich das da draußen nicht wirklich. Aber meine Wetter-App kündigt für morgen einen Temperatursturz an, und dann könnte es was werden mit dem Schneezauber.«

»Ich hatte ja eigentlich geplant, dass wir mit den öffentlichen Verkehrsmitteln ins Stadtzentrum fahren, weil ich ein Freund von solchen Transportmitteln bin«, sagte Uwe. »Aber bei dem Sauwetter hab ich keine Lust darauf, denn von der Haltestelle ist es bis zu unserer Unterbringung noch ein ganzes Stück zu laufen, und einen Schirm hab ich gerade keinen griffbereit. Kommt, ich spendiere uns ein Taxi.« Er deutete nach draußen, wo am Taxistand einige Fahrzeuge auf Kundschaft warteten.

Bald darauf saßen Nina und Alex auf dem Rücksitz eines der Wagen. Uwe hatte vorne Platz genommen und führte zu Ninas Erstaunen ein recht anständiges Gespräch auf Englisch mit dem Taxifahrer. Eingerostet klang das nicht.

Nina und Alex redeten wenig miteinander, beide guckten aus den Fenstern. Die an ihnen vorüberfliegende Landschaft versank im Dämmerlicht des späten Nachmittags. Weiße und gelbe Holzhäuser flogen an ihnen vorüber, die Nina an skandinavische Filme erinnerten. Sie sahen entzückend aus. Nach einer Weile ging es durch einen Tunnel, der ihr ziemlich lang vorkam. Straßentunnel lösten in ihrem Inneren Beklemmung aus, wieso auch immer. Sie war erleichtert, als sie ihn hinter sich ließen. Es schüttete inzwischen so heftig, dass der Scheibenwischer des Taxis große Probleme hatte, mit dem vielen Wasser zurechtzukommen. Bergen machte seinem Namen als regenreichste Stadt Europas wahrlich alle Ehre.

Der Taxifahrer war inzwischen ins Erzählen gekommen und sprach von dem wohl berühmtesten Stadtviertel Bergens. Bryggen, mit seinen vielen alten Kaufmannshäusern. Er berichtete von der mittelalterlichen Hanse und davon, dass Bergen einst für seinen Fischhandel bekannt gewesen sei, darunter getrockneter Fisch aus Nordnorwegen, den sie unbedingt probieren müssten. Nina konnte sich dunkel an einen Bericht im Fernsehen über diesen Fisch erinnern. Oft wurde der frische Fisch wochenlang zum Trocknen an eigens dafür gebauten Gerüsten aufgehängt, ihr war schon beim Zusehen übel geworden. Sie wollte gar nicht wissen, wie der Fisch roch. Wegen ihr konnten diese Spezialität gern andere kosten.

Die Straße war schmal geworden, sie rumpelten gemächlich über Kopfsteinpflaster, und Nina betrachtete mit großen Augen die malerischen, meist weißen Holzhäuser, von denen viele bereits mit warmweiß funkelnden Lichterketten dekoriert worden waren.

»Das ist ja zauberhaft hier«, sagte sie, und trotz des noch immer anhaltenden Regens stieg ihre Stimmung.

»Ja, entzückend«, stimmte Alex ihr zu. »Ich könnte in jedes Häuschen sofort einziehen.«

Nur wenige Augenblicke später erreichten sie ihr Ziel, die kleine Pension Lundberg. Das Taxi blieb direkt davor stehen. In das niedliche Anwesen verliebte sich Nina auf den ersten Blick. Es war kein weißes Holzhaus, sondern massiv gebaut, aber dieser Umstand störte nicht. Das zweistöckige Gebäude war weiß getüncht, besaß hellgrün gestrichene Fensterrahmen und dezente Stuckverzierungen in derselben Farbe. Es gab einen kleinen Vorgarten, und an dem schmiedeeisernen Zaun funkelte eine bunte Lichterkette. Als sie dem Taxi entstiegen, fiel Nina die großartige Lage ihrer charmanten Unterbringung auf. Die Pension lag an einer Biegung der sich weiter den Berg hinaufschlängelnden Serpentinenstraße. Der steile Abhang wurde mit steinernen Mäuerchen abgefangen, es gab viel Grün und sogar einen Aussichtsplatz mit Bänken. Von hier oben hatte man einen hübschen Blick über den Hafen und die dahinterliegenden Hügel. Nina wäre zu gern zu den Bänken gegangen, um sich etwas umzusehen, doch der noch immer kräftige Regen hielt sie davon ab.

Mit ihren Koffern im Schlepptau flüchteten sie vor dem kühlen Nass ins Innere, wo sie warmes Licht und wohlige Wärme empfingen. Es duftete verführerisch nach Gebackenem und Kaffee. Sie wurden von einem dunkelhaarigen Mann in Empfang genommen, der unfassbar blaue Augen hatte und sich als Magnus Lundberg vorstellte. Er gab ihnen freudig die Hand und führte sie sogleich in den gemütlichen Aufenthaltsraum der Pension, wo sich auch der Empfang befand, der aus einem schmalen Tisch aus dunklem Holz und einem Korbsessel bestand. Darauf befanden sich eine Vase mit einem winterlichen Tannengebinde, ein altmodisches Festnetztelefon, ein Notizbuch und ein Laptop.

Zu Ninas Verwunderung sprach Magnus Lundberg sie auf Deutsch an und erklärte ihnen auch gleich, weshalb er ihre Sprache so gut konnte.

»Meine Großmutter stammte aus der Nähe von Wiesbaden, und sie hat sich mit dem Norwegischen schwergetan, weshalb ich von klein auf Deutsch mit ihr gesprochen habe. Von ihr hab ich auch die Pension geerbt. Es ist ein Jammer, dass ihr sie nicht mehr kennenlernen könnt. Sie war die großartigste Gastgeberin, die man sich vorstellen kann.« Er lächelte charmant, und Nina schmolz innerlich dahin. Es begann sogar, in ihrer Magengegend zu flirren. Solche Gefühle hatte ein Mann innerhalb so kurzer Zeit noch nie in ihr ausgelöst. Aber seine Augen waren auch wirklich zu schön!

»Ich bin mir sicher, sie wacht noch heute über Sie, junger Mann, und über diese herrliche Pension«, antwortete Uwe. »Ich habe mich auf dem Buchungsportal sofort in Ihr Etablissement verliebt. Ihr Haus erweckte eher den Anschein eines Zuhauses und nicht eines Hotels.«

Womit er recht hatte, dachte Nina und ließ ihren Blick durch den Raum schweifen, der einem gemütlichen Wohnzimmer glich. Es gab eine behäbige Couchgarnitur in einem warmen Rotton, ein Dreisitzer und zwei Sessel, ein weißes und gut gefülltes Bücherregal im Landhausstil. An den Wänden hingen viele Bilder, teils in bunten Farben gehaltene Gemälde mit Ansichten von Bergen, aber auch gerahmte Fotografien. Sogar alte Hochzeitsfotos in Schwarz-Weiß waren darunter. Auf einer Kommode im Stil der Sechzigerjahre stand ein Plattenspieler, der anscheinend ähnlich alt war. In der Ecke hinter ihnen befand sich ein kleiner Holzofen. Nina konnte nachvollziehen, weshalb ihr Großvater diese Pension einer moderneren Unterbringung vorgezogen hatte.

Nachdem die üblichen Formalitäten des Check-Ins erledigt waren, zeigte Magnus ihnen ihre Zimmer.

Ninas Zimmer war das kleinste von allen, aber sie liebte es auf den ersten Blick. Auf dem Bett lag eine altmodisch geblümte Tagesdecke, ihm gegenüber stand ein rustikaler kleiner Tisch mit einem rot lasierten Holzstuhl, ein Korbsessel diente als Sitzgelegenheit. In einer kleinen Kommode ließ sich ihre Kleidung verstauen. An den Wänden hingen auch hier bunte Gemälde Bergens, zwei ähnliche Wandlampen wie im Aufenthaltsraum sorgten für gemütliches Licht. Die Vorhänge waren altmodisch geblümt. Neben der Tür fand sich ein Waschplatz, Duschen und Toiletten befanden sich auf dem Flur. Einen Fernseher suchte man vergebens, dafür gab es ein Radio.

Alex erhielt zum Glück den geräumigsten Raum mit einem großen Kleiderschrank. An den beiden Fenstern hingen auch hier die altmodischen, geblümten Vorhänge. Und auch das Zimmer von Opa Uwe war perfekt und sehr passend. Die darin befindlichen Möbel entstammten ihrem Stil nach den Sechzigern, und die Tapete war hübsch geblümt.

»Ich hoffe, es ist alles so weit zu eurer Zufriedenheit«, meinte Magnus. »Ich weiß, die Einrichtung ist etwas in die Jahre gekommen, eine größere Renovierung ist für nächstes Frühjahr angedacht. Frühstück gibt es von sieben bis zehn Uhr. Ihr seid übrigens im Moment meine einzigen Gäste. November ist nicht die Hauptreisezeit für Bergen. Entschuldigt meine Frage, aber dürfte ich erfahren, was euch gerade jetzt in unsere hübsche Stadt führt?«

Ninas und Alex' Blicke wanderten zu Uwe, der sich kurz räusperte, bevor er Antwort gab.

»Wir besuchen alte Freunde«, blieb er vage, was Nina verwunderte, da ihr Großvater sein Herz gern auf der Zunge trug. War er von seiner spontanen Idee, hierherzufliegen, nun doch nicht mehr so überzeugt?

»So etwas ist doch immer ein netter Grund für eine Reise«, erwiderte Magnus verständnisvoll und blickte auf seine Armbanduhr. »Ich möchte nicht unhöflich erscheinen, aber ich müsste mich verabschieden. Ich habe noch einige Besorgungen in der Stadt zu erledigen und bin leider auch heute Abend nicht anwesend. Ich bin mit Freunden zum Backen verabredet. Wir treffen uns aktuell zweimal in der Woche, weil unser Bauprojekt für die Lebkuchenstadt fertig werden muss. Wir sind in diesem Jahr etwas spät dran.«

»Sie backen für die Lebkuchenstadt?«, hakte Uwe mit erstauntem Blick nach. »Neulich gab es darüber einen Bericht im Fernsehen. Meine Bekannte ist dort engagiert. Wir hoffen, dieses Wunderwerk der Backkunst während unseres Aufenthalts besichtigen zu können.«

»Aber natürlich backen wir mit«, antwortete Magnus. »Beinahe ganz Bergen ist dabei. Meine Freunde und ich sind jedes Jahr für einige bedeutende Sehenswürdigkeiten zuständig. Dieses Jahr haben wir uns für den Big Ben und den Buckingham Palace entschieden. Sehr aufwendig, wir dachten schon, wir würden nicht mehr rechtzeitig fertig werden. Aber zum Glück wurde die Eröffnung der Lebkuchenstadt von Mitte November auf das erste Adventswochenende verlegt. Es gab organisatorische Probleme mit dem Zelt, in dem sie dieses Jahr ausgestellt werden sollte. Es bestand sogar kurz die Sorge, dass sich kein Ausstellungsort finden lassen würde. Aber dann hat ein Privatunternehmer spontan Räumlichkeiten bereitgestellt. Vielleicht findet die Stadt dort sogar ein dauerhaftes Zuhause. Mich würde es freuen, ich war nie ein Fan der Zeltidee.«

»Buckingham Palace aus Lebkuchen. Das nenne ich mal eine Herausforderung«, meinte Alex. Augenscheinlich war ihm in seinem dicken Norwegerpullover zu warm, denn sein Gesicht war gerötet.

»Ach, das geht ja noch. Letztes Jahr hatten wir das Thema New York. Big Ben ist nichts gegen die Brooklyn Bridge.« Er winkte ab.

Unten begann das Telefon zu läuten, und Magnus verabschiedete sich. »Ich muss dann mal. Heute ist alles etwas chaotisch. Vielleicht bleibt morgen mehr Zeit. Sollte es größere Probleme geben, findet sich am Türstock des Esszimmers meine Handy-Nummer.«

Er eilte die Treppe hinunter, und nur wenige Sekunden später war gedämpft seine Stimme zu hören, er sprach Norwegisch.

Nina, Alex und ihr Großvater blieben ratlos dreinblickend auf dem Flur zurück. Niemand schien so recht zu wissen, was sie jetzt machen sollten. Ninas Blick wanderte in ihr Zimmer und aus dem Fenster. Im Licht einer nicht weit entfernten Straßenlaterne war der noch immer heftige Regen zu erkennen. Die erste freudige Aufregung ihrer Ankunft war verflogen. Wie sollte es jetzt weitergehen?

Im nächsten Moment war das laute Knurren von Alex' Magen zu hören, und er glaubte, sich dafür entschuldigen zu müssen.

»Sorry, Leute. Du weißt ja, Nina, dass ich alle vier Stunden essen muss. Irgendeine Ahnung, wo wir hier etwas zu futtern herbekommen?«

»Tja«, meinte Uwe. »Also, auf die Suche nach einem Restaurant hab ich bei dem Wetter eigentlich keine Lust. Vielleicht findet sich ja etwas in der Nähe, oder es gibt einen Lieferdienst.« Er kratzte sich am Kopf, was er immer tat, wenn er nachdachte.

»Wisst ihr was«, übernahm Nina die Initiative. »Ich frag unseren Hauswirt. Er kann uns bestimmt weiterhelfen.«

Sie lief die Treppe hinab. Erst jetzt fiel ihr auf, wie sehr die ausgetretenen Holzstufen knarrten.

Als sie unten ankam, legte Magnus gerade den Telefonhörer auf und schenkte ihr ein charmantes Lächeln. Ein kurzes Zittern durchfuhr ihren Körper. Himmel, was musste dieser Mann aber auch so verdammt gut aussehen.

»Kann ich dir noch was helfen?«, fragte er mit seinem charmanten Akzent. Nina war es vollkommen egal, dass er sie duzte.

Sie erläuterte ihm ihr Essensproblem, und er überlegte kurz. Seine Antwort überraschte sie.

»Das einzige näher gelegene Restaurant hat heute Ruhetag, und bis in die Stadt runter ist es ein Stück zu laufen, was bei dem Regen eher ungemütlich ist. Gern könnt ihr einen Pizzaservice anrufen und im Frühstückszimmer essen. Oder ich rufe kurz meinen Freund Olav an und frage, ob ich euch zum Backen mitbringen kann. Seine Frau Solveig kocht sowieso jedes Mal für eine ganze Fußballmannschaft, da bekämen wir drei zusätzliche Esser auch noch satt. Aber nur, wenn es euch recht ist. Alle sind lieb, keiner beißt und das Einzige, was passieren könnte, wäre, dass ihr mitbacken müsst.« Er sah sie fragend an.

Nina überrumpelte sein Vorschlag. Sie kannten einander erst wenige Minuten, und er lud sie bereits zu einem privaten Treffen mit seinen Freunden ein. So viel spontane Gastfreundschaft war sie wahrlich nicht gewohnt. Letztlich war aber nicht sie diejenige, die Magnus Antwort gab, sondern Uwe, der unbemerkt hinter sie getreten war. Freudig nahm er die Einladung an.

6

Das Haus von Magnus' Bekannten befand sich nur wenige Fahrminuten von der Pension entfernt und lag in einer romantischen Gasse voller Holzhäuschen, die aussahen, als würden sie miteinander kuscheln. Erhellt wurde die zauberhafte Kulisse auch hier von den niedlichen Laternen, die aussahen, als stammten sie aus einem längst vergessenen Jahrhundert voller Märchen und Wunder. Viele Häuser erstrahlten bereits in warmweißem Lichterglanz. Von der Regelung mit dem Totensonntag schienen die Norweger wenig zu halten, kam es Nina bei dem Anblick in den Sinn. Aber kannte man diesen Feiertag hier überhaupt?

Die Gasse war etwas abschüssig, Autos durften dort keine fahren, weshalb sie das kurze Stück bis zum Haus von einem unterhalb gelegenen Parkplatz zu Fuß zurücklegten. Zum Glück hatte der Regen nachgelassen.

»Es ist, als würde man durch eine Puppenstube laufen«, meinte Alex neben Nina mit strahlenden Augen. »Also gegen so ein Häuschen würde ich unsere Bude in

Frankfurt sofort eintauschen. Hier bekommt das Wort Gemütlichkeit eine ganz neue Bedeutung.« Im nächsten Moment stolperte er über einen Vorsprung im Kopfsteinpflaster und kam ins Straucheln. Nina umfasste reflexartig seinen Oberarm.

»Pass auf, wo du hinläufst«, mahnte sie. »Kopfsteinpflaster kann tückisch sein.«

»Da wären wir«, verkündete Magnus und blieb vor einem hellblau gestrichenen Häuschen mit weißen Fensterrahmen stehen. Auch hier funkelten bereits Lichterketten.

Nur wenige Augenblicke, nachdem er angeklopft hatte, öffnete sich die Tür, und sie erblickten einen blonden, stämmigen Mann in einem dunkelbauen Hoodie mit Bart, der Magnus freudig mit Handschlag begrüßte. Anschließend ließ er seinen Blick über Nina, Alex und Uwe schweifen und sagte etwas auf Norwegisch. Magnus antwortete, und der Mann, Nina vermutete, dass es Olav war, grinste und begrüßte sie auf Englisch.

»Willkommen. Wir freuen uns, euch kennenzulernen. Hilfe beim Backen ist immer willkommen.« Er winkte sie herein und bot ihnen sogleich rot-weiß karierte Gästehausschuhe an.

Eine kleine Frau mit roten Locken erschien. Sie trug einen dunkelgrünen Norwegerpullover, unter dem sich ihr Bauch wölbte. Unverkennbar gab es in diesem Haus bald Nachwuchs. Die Frau umarmte Magnus lächelnd, und es fielen scherzhaft klingende Worte. Nachdem sie sich wieder voneinander gelöst hatten, begrüßte sie die

Gäste ebenfalls herzlich auf Englisch und bat sie, ihr zu folgen.

Etwas schüchtern betraten die drei die Wohnstube der beiden, die Nina auf den ersten Blick mochte. Es gab eine graue Sofaecke, auf der bunte Kissen und eine rote Wolldecke mit Norwegermuster lagen. Auch hier gab es bereits Weihnachtsbeleuchtung in der Form eines funkelnden Sterns am Fenster. Immerhin keinen bunten Plastikkram, kam es Nina in den Sinn.

Hinter einem Esstisch gelangte man direkt in die gemütliche Küche im Landhausstil, der man ansah, dass sie nicht mehr die Jüngste war. Während die Männer im Wohnzimmer stehen blieben, betrat Nina den kleinen Raum und sah sich um. Ein Bild mit einem Spruch an der Wand zog ihre Aufmerksamkeit auf sich. *Wer braucht Paris oder New York, wenn er Bergen haben kann*, stand darauf geschrieben. Charmant ausgedrückte Heimatliebe, die Nina zum Schmunzeln brachte. Auf dem Ofen stand ein großer Topf mit einer Suppenkelle darin, Unmengen an Baguettescheiben stapelten sich bereits in einem Brotkorb neben einem hölzernen Schneidebrett auf der Arbeitsplatte.

»Ich hoffe, ihr mögt Fischsuppe«, sagte Solveig. »Sie gehört zu Bergen wie die Fjorde und der ständige Regen.« Sie zwinkerte Nina verschmitzt zu.

»Wenn sie so köstlich schmeckt, wie sie duftet, ist sie bestimmt ein Gaumenschmaus«, antwortete Nina und bedankte sich noch einmal für die spontane Einladung.

»Na ja, eingeladen haben wir euch ja nicht. Aber das

ist schon in Ordnung. Hätte Magnus euch für Idioten gehalten, hätte er euch nicht angeschleppt.«

Das war eine überraschend direkte Antwort, die Nina etwas einschüchterte. Vielleicht hätten sie Magnus' vorschnelle Einladung doch besser ablehnen sollen?

»Hilfst du mir beim Tischdecken«, fragte Solveig. »Wir sollten rasch essen, denn danach müssen wir uns an die Arbeit machen. Ich nehme an, Magnus hat von unserem Projekt für die Lebkuchenstadt erzählt. Es ist kniffliger als gedacht.« Sie nahm sechs Suppenteller aus einem Regal und deutete auf einen der Wandschränke. »Da drin findest du Gläser. Mögt ihr Weißwein? Dann schick ich Magnus gleich noch in den Keller.«

Bald darauf war die Suppe verspeist, Uwe hatte drei Teller gegessen.

»Das ist eine der besten Fischsuppen, die ich jemals im Leben gegessen habe«, lobte er Solveigs Kochkünste.

Während des Essens hatten sie nett geplaudert. Nina hatte erzählt, dass sie aus Frankfurt kamen. Die Stadt war Olav und Solveig namentlich bekannt, in Deutschland waren sie jedoch beide noch nicht gewesen. Ihr erstes Kind sollte Mitte Dezember zur Welt kommen, was es wurde, wussten sie noch nicht, deshalb strickte die Großmutter Kleidung in neutralen Farben.

Mit jeder Minute, die Nina mehr mit den beiden verbrachte, mochte sie sie lieber. Eigentlich waren sie, ebenso wie Magnus, fremde Menschen, doch ihr kam es so vor, als würde sie alle bereits ewig kennen. Hin und wieder kreuzte sich ihr Blick mit dem von Magnus, und jedes Mal, wenn das passierte, beschleunigte sich ihr Herzschlag. Normalerweise war sie ein rational denkender Mensch, der mit romantischen Gefühlen eher auf Kriegsfuß stand. Nicht bindungsfähig, wie Alex es gern bezeichnete. In diesem Moment fühlten sich diese Empfindungen jedoch perfekt an, und sie verbat sie sich nicht. Was sollte es schon schaden, wenn sie für einige Tage einen hübschen Norweger anhimmelte? Bald wäre sie wieder zu Hause und er nur noch eine Erinnerung an einen verrückten Trip.

Der Tisch in der Wohnstube wurde ausgezogen und verwandelte sich in eine Architekturwerkstatt der besonderen Art. Der bereits fertige Big Ben war beeindruckend, ihm fehlte jedoch noch der letzte Schliff. Zuckerguss und buntes Zuckerzeug zum Dekorieren standen bereit. Beim Buckingham Palace hatte es größere Schwierigkeiten gegeben, wie Magnus erläuterte. Sie hatten sich bei einem Teil des Daches vermessen und die Stücke zu klein gebacken. Der Fauxpas ließ sich bedauerlicherweise nicht auf die Schnelle mit Zuckerguss übergießen, dafür waren die Spalten zu groß. Es mussten neue Dachteile ausgemessen und angefertigt werden. Diese Aufgabe bekam Olav zugewiesen, und er betrachtete den riesengroßen Berg Lebkuchenteig, den Solveig auf den Tisch packte, mit hochgezogener Augenbraue.

»Gute Güte«, sagte er. »Der Teigberg reicht für einen kompletten Buckingham Palace und nicht nur für drei Dachteile. Wieso hast du so viel davon gemacht?«

»Mette hatte mich gebeten, den Teig für sie mit vorzubereiten, aber jetzt kann sie in diesem Jahr nicht mitmachen, weil sie doch gestern bös gefallen ist und mit einem gebrochenen Bein im Krankenhaus liegt.«

»So wie es aussieht, müssen dann also wir noch mehr backen, weggeworfen wird nichts«, erwiderte Olav und stieß einen Seufzer aus.

»Also, so weit ich das verstanden habe, darf jeder etwas für die Stadt backen, egal, was es ist, und es wird dann vom Aufbauteam arrangiert«, mischte sich Uwe in das Gespräch ein.

»Ja, so ist es«, antwortete Magnus. »Bedauerlicherweise fehlen ab und an Absprachen, weshalb gern mal die eine oder andere Sehenswürdigkeit doppelt da ist. Aber meistens klappt es ganz gut.«

»Also könnten wir aufgrund der unvorhergesehenen Menge an Teigmasse ebenfalls ein Projekt zu der Stadt beitragen?«, fragte er. »Vielleicht ja eine deutsche Sehenswürdigkeit.«

Kurz schauten ihn ihre Gastgeber verdutzt an.

»Ja, also, das wäre nett«, war es Solveig, die ihm antwortete. »Allerdings müsste es etwas sein, das nicht ganz so aufwendig in der Herstellung ist. Schließlich ist schon bald Abgabeschluss. An was hast du denn gedacht?«

»Wir könnten das Brandenburger Tor machen«, warf Alex ein. »Das kennt in Europa jeder.«

»Aber wir haben doch gar keinen Bezug zu Berlin«, meinte Uwe. »Und ehrlich gesagt, finde ich das Brandenburger Tor einfallslos. Wenn, dann sollten wir schon was aus unserer Heimatstadt anfertigen. Ich wäre für den Frankfurter Römer. Das ist unser berühmtes Rathaus«, erklärte er ihren Gastgebern. »Wir könnten noch den Frankfurter Weihnachtsbaum davorstellen. Bei dem ist es auch nicht so wichtig, wenn er ein bisschen schief wird, in Wirklichkeit ist der ja auch nie gerade. Dazu das doppelstöckige Karussell. Mit dem bin ich als Kind immer gern gefahren. In eine Lebkuchenstadt würde es großartig passen.«

»Also hätte jeder etwas anzufertigen«, meinte Alex. »Ich würde den Baum nehmen, das klingt nicht so kompliziert.«

»Ich das Karussell. Das klingt nett«, meinte Nina.

»Gut, dann baue ich den Römer. Das wird großartig werden.« Uwe rieb sich die Hände, und seine Augen strahlten. »Dafür reicht doch der Teig, oder?«

Er sah Solveig an, die lächelnd nickte. »Mit Sicherheit. Und sollte er es nicht tun, dann machen wir mehr. So einen Römer hatten wir noch nie in der Stadt. Ich bin gespannt, wie das Gebäude aussehen wird.«

So machte sich die Truppe ans Backen. Solveig sorgte für entspannte Hintergrundmusik, während die drei Gäste aus Deutschland auf ihren Handys nach Vorlagen suchten und rasch fündig wurden. Musterbögen wurden auf Papier vorgezeichnet und ausgeschnitten, Magnus half Nina beim Ausrollen des Teigs und zeigte ihr, welche Stärke für die einzelnen Teile passend war.

»Es darf auf keinen Fall dünner als einen Zentimeter

sein, sonst wird der Teig zu dunkel und bricht schnell«, erklärte er.

Immer wieder berührten sich während der Arbeit ihre Schultern, ihre Hände. Jedes Mal verspürte Nina ein wohliges Schaudern. Nachdem sie die größeren Teile ihres Karussells ausgeschnitten hatte, wanderten sie in den Ofen und wurden gebacken. Während der Wartezeit half sie beim Verzieren des Buckingham Palace mit. Ein Teil der Fenster musste mit Scheiben aus Blattgelatine versehen werden und erhielt dann Rahmen aus Zuckerguss. Auch die Hauptfassade wurde mit Zuckerguss verziert. Das Hauptportal erhielt Säulen aus dicken Zuckerstangenstücken. Sogar König und Königin gab es in Miniaturformat, sie sollten selbstverständlich auf dem Balkon stehen. Auf die Hausfassade malte Solveig mit viel Gefühl einige Leibgardisten. Es war beinahe Mitternacht, als die neu gebackenen Dachteile angepasst und mit Zuckerguss befestigt wurden, dieses Mal passten sie perfekt. Auch Big Ben war fertig. Er stand kerzengerade, mit Zuckerguss liebevoll verziert, die Uhr hatte Magnus selbst aus Marzipan angefertigt. Der Big Ben stand auf einer rechteckigen Fläche aus Lebkuchen, auf die sie noch einige Tannenbäumchen und Schneemänner gesetzt hatten.

»Euer Big Ben ist großartig geworden«, lobte Nina. »Ein richtiges Meisterwerk. Ihr seid wirklich echte Profis.«

»Gelernt ist eben gelernt«, entgegnete Olav und wischte sich die Hände an einem Lappen ab.

»Also, ich habe mir das tatsächlich einfacher vorgestellt«, meldete sich Alex zu Wort. Er hatte im Internet einen niedlichen Tannenbaum gefunden, den er hatte nachbacken wollen. Eigentlich ein nicht sonderlich aufwendiges Projekt, doch sein Bäumchen sah so gar nicht aus wie die Vorlage. Die Teile waren krumm ausgeschnitten und nicht gleich groß, dazu unterschiedlich dick. Das erste Aufeinanderschichten gelang nur leidig.

»Hm«, meinte Uwe und kommentierte das Werk. »Sieht eher wie ein Gagelstrauch aus. Den hässlichen Baum würde ich mir nicht in die Stube stellen.«

»So schlimm ist es jetzt auch wieder nicht«, verteidigte Alex sein Werk. »Ist halt Kunst. Ich mach einfach das, was ich mit unserem Plastikbaum zu Hause auch mache. Ich verpasse ihm jede Menge Dekoration. Dann fällt der Rest gar nicht mehr so auf. Und in der Lebkuchenstadt gibt es wenigstens keine Katzen, die ihn umwerfen und endgültig ruinieren könnten.«

»Katzen werden definitiv nicht reingelassen«, erwiderte Solveig und grinste. »Was hältst du von bunten Zuckerperlen als Kugeln, und kleine Sternchen und Girlanden bekommt er auch. Dann sieht dein Bäumchen bestimmt ganz bezaubernd aus.«

»Zuckerperlen klingt großartig«, erwiderte Alex und griff beherzt nach dem Schüsselchen, das Solveig ihm hinhielt. Uwe, dessen Römerbauteile gerade erst fertig ausgeschnitten und noch nicht gebacken waren, streckte sich gähnend und sah auf seine Armbanduhr.

»Ich möchte kein Spielverderber sein«, meinte er.

»Aber es ist spät geworden. Bestünde vielleicht die Möglichkeit, meinen Römer morgen oder übermorgen zu vollenden?«

»Aber gern«, antwortete Solveig. »Wenn ihr Lust und Zeit habt, könnt ihr morgen Nachmittag zum Tee vorbeikommen, und wir machen die Backwerke fertig.«

»Das wäre wunderbar«, meinte Nina, die sich ebenfalls erschöpft fühlte. Ihr Grundgerüst vom Karussell stand bereits, aber es fehlten noch die Pferdchen, das Geländer und sämtliche Verzierungen.

»Gut, dann machen wir es so«, sagte Solveig. »Ich freu mich. Das wird bestimmt alles großartig werden. Und vielleicht fällt euch morgen ja noch eine zusätzliche Kleinigkeit zum Backen ein. Wir haben noch immer Teig übrig.«

»Büdchen vielleicht«, schlug Uwe vor, Zuckerguss klebte an seinem Hemdsärmel, und seine Wange glitzerte etwas golden, denn der Buckingham Palace sollte selbstverständlich königlich funkeln, und der schimmernde Puder war gut darin, sich auf alles und jeden zu verteilen. »Dann hätten wir einen richtigen Frankfurter Weihnachtsmarkt.«

»Das klingt großartig«, freute sich Olav. »Da wird die Aufbautruppe der Stadt bestimmt große Augen machen. So etwas Außergewöhnliches haben wir selten. Wir sehen uns also morgen Nachmittag wieder. Wir müssen dann aber zügig vorankommen, es ist schon bald Annahmeschluss.«

Es folgte eine nette Verabschiedung, Olav und Solveig

umarmten ihre drei neuen Bekannten aus Deutschland sogar zum Abschied. Als sie nach draußen traten, schauten sich alle überrascht um, denn durch die Lichtkegel der Straßenlaternen tanzten nun Schneeflocken, und auf die Pflastersteine hatte sich bereits eine weiße Schicht gelegt.

»Jetzt passt auch noch das Wetter zum Backevent«, freute sich Uwe.

Auf der kurzen Wegstrecke zum Auto bot Magnus, ganz Gentleman, Nina seinen Arm an, und sie hängte sich nur zu gern bei ihm ein.

7

Uwe stand vor dem Spiegel in seinem Zimmer und betrachtete im Schein einer Wandlampe sein faltiges Gesicht. Es war fünf Uhr morgens, geschlafen hatte er kaum. Nach dem gestrigen Abend war er eigentlich müde gewesen. Die Anreise, die Eindrücke von der Stadt, die fröhliche Backaktion, das alles hatte ihn erschöpft. Doch dann hatte ihn dieses dumme Gedankenkarussell in seinem Kopf nicht in den Schlaf finden lassen, und er hatte sich stundenlang im Bett hin und her gewälzt. Vorhänge gab es in seinem Zimmer nicht. Das Licht einer nicht weit entfernten Straßenlaterne malte die Schatten der fallenden Schneeflocken an seine Wand. Er betrachtete das Schauspiel, und ein Gefühl von Schwermut stieg in ihm auf, zu dem sich nagende Zweifel gesellten. War es tatsächlich richtig gewesen, diese Reise zu unternehmen? Lief er nicht auf diese Weise vor seiner bitter schmeckenden Realität davon? Vor der Stille in seiner Altbauwohnung, mit der ihn die Liebe seines Lebens allein gelassen hatte. Seine Thea, die er mit jedem

Atemzug vermisste. Ihr Platz am Küchentisch war leer, und er ging nicht mehr zum Bäcker an der Ecke, denn ihr Lieblingscroissant in der Auslage zu sehen, das ertrug er nicht. Er hätte alles dafür gegeben, ihr Schnarchen noch einmal zu hören. Thea war so viele kleine Dinge, Gerüche und Worte – oftmals zu viele Worte. Er hatte sie reden lassen, weil Frauen das nun einmal machten. Und jetzt stand er vor diesem Spiegel in Norwegen, sein Rücken tat weh, und er fühlte sich wie gerädert. So wie er sich fühlte, sah er auch aus. Zu seinen zahlreichen Falten hatten sich dunkle Schatten unter seinen Augen gesellt.

»Du dummer alter Narr«, sagte er zu seinem Spiegelbild. »Wie konntest du nur auf die blödsinnige Idee kommen, hierherzufliegen. Sieh dich an. Alt und faltig bist du geworden, fort ist die Jugend, deine Erinnerungen verblassen, das alles ist Jahrzehnte her, passiert in einem anderen Leben. Sentimentalität hat noch nie jemanden weitergebracht.«

Sein Blick wanderte vom Spiegel zum Tisch. Dort lag die Fotografie von Ingrid, er nahm sie zur Hand und betrachtete sie voller Wehmut. Er erinnerte sich noch gut an den Tag, als er sie gemacht hatte. Sie hatten an jenem Abend an diesem Fjord gepicknickt, hatten nebeneinander in einer Blumenwiese gelegen und die Wattewolken am rotgoldenen Himmel betrachtet, hatten sie in ihrer Fantasie in Tiere und Fabelwesen verwandelt.

»Du hast mir die Geschichten von den Trollen erzählt, und ich hätte dir stundenlang zuhören können«, sagte er, und ein Lächeln umspielte nun seine Lippen. »Später sind wir wie Gott uns schuf schwimmen gegangen, und wir liebten uns zum ersten Mal. Wir hatten keine Ahnung von Sex, aber es war trotzdem schön und unvergesslich. Du hast danach in meinem Arm gelegen, und ich wollte dich niemals loslassen. Aber nichts bleibt für immer. Ich weiß gar nicht, was ich nach all den Jahren jetzt zu dir sagen soll. Hallo, da bin ich wieder. Es tut mir leid wegen damals. Am Ende erkennst du mich gar nicht mehr. Ich bin ein alter Mann geworden, äußerlich weit entfernt von dem gut aussehenden Zwanzigjährigen mit dem Kopf voller Träume, der ich früher gewesen bin. Aber du bist noch genauso hübsch wie damals. Was soll ich nur sagen, wenn wir uns begegnen? Kennst du mich noch? Ich bin der, der dich ohne Gruß verlassen hat? Am Ende bist du mir bis heute böse. Vielleicht ist es einfach besser zu schweigen. Die alten Wunden nicht aufzureißen.« Er blickte erneut auf sein Spiegelbild, und die nächsten Worte brachen in diesem Augenblick einfach so aus ihm heraus.

»Du gottverdammter Feigling.«

8

Es war ein lauter Schrei, der Nina und Uwe eine Weile darauf auf den Flur lockte, wo sie Alex begegneten, der, splitterfasernackt, just in diesem Moment aus dem Gemeinschaftsbadezimmer gerannt kam.

Mit großen Augen sahen Nina und ihr Großvater ihn an.

»Kalt«, brachte er heraus. »Das Wasser ist eiskalt!«

Im nächsten Moment waren Schritte auf der Treppe zu hören und Magnus tauchte auf, der verdutzt auf seinen Gast im Adamskostüm blickte.

»Ach du lieber Himmel. Da scheint es mal wieder ein Problem mit unserem Boiler zu geben«, sagte er. »Es tut mir wirklich leid. Es ist einfach ein altes Haus. Ich gehe gleich nachsehen, woran es liegen könnte. Vielleicht kann ich das Problem auf die Schnelle lösen. Manchmal funktioniert das. Möchtest du vielleicht bis dahin ein Handtuch umlegen? Nicht, dass du dich verkühlst.«

Erst jetzt schien Alex bewusst zu werden, dass er nackt auf dem Flur stand, und sein Blick blieb kurz an Nina hängen. Sie mochten sich eine Wohnung teilen, aber im Adamskostüm hatte sie ihn bisher noch nie gesehen. Jeder wahrte seine Privatsphäre. Rasch bedeckte er mit den Händen sein bestes Stück und taperte in einer seltsamen Gangart hinter Magnus zurück ins Badezimmer.

Nina und Uwe konnten sich ein Grinsen nicht verkneifen. Doch die gute Stimmung hielt nicht lange, denn es dauerte nur wenige Minuten, bis Magnus zurückkehrte und zu ihrem Bedauern verkündete, dass es sich nicht lediglich um eine falsche Einstellung des Boilers handelte.

»Ich rufe gleich den Klempner an«, sagte er. »Wenn wir Glück haben, bekommt er es schnell hin. Bis dahin geht leider nur Katzenwäsche oder kalt duschen. Letzteres mache ich übrigens jeden Morgen, und ich bin nie krank.«

»Norweger sind ja auch abgehärtet«, antwortete Alex. Er kam, in ein Handtuch gewickelt, wieder aus dem Bad. »Ihr stammt ja von den Wikingern ab, und die wurden vermutlich schon kälteresistent geboren. Quasi mit einer Elefantenhaut. Okay, mit Robbenhaut, Elefanten wohnen ja in Afrika. Ich bin und bleibe ein Warmduscher, und für die Abwehr nehme ich meine Vitaminpillen. Besonders Vitamin D ist im Winter wichtig, ist ja andauernd duster draußen. Gerade hier im Norden! Gegen den Lichtmangel hilft auch eine kalte Dusche nix.« Er stieß einen Seufzer aus und taperte zu seinem Zimmer.

»Ich geh mich dann mal kümmern«, sagte Magnus. »Wenn wir Glück haben, kommt Malte gleich vorbei. Er betreut unsere Pension schon seit über dreißig

Jahren. Wenn einer den Boiler wieder zum Laufen bekommt, dann er.« Sein Blick blieb kurz an Nina hängen. Ihr wurde schlagartig bewusst, dass sie ihren nicht sonderlich vorteilhaften einteiligen Fleece-Overall mit dem Bärchenmuster trug, dazu dicke Bettsocken, und ihre Haare waren fettig und strubbelig. Ihr stieg die Schamesröte ins Gesicht. Was sollte das Objekt ihrer Begierde denn davon bitte halten? Sexy sah definitiv anders aus.

Nachdem Magnus wieder nach unten gegangen war, blieben Nina und Uwe noch einen Moment auf dem Flur stehen.

»Ich hätte vielleicht doch besser etwas Moderneres buchen sollen«, sagte Uwe, und seine Stimme klang kleinlaut. »Aber dieses Anwesen sah so nett aus. Das alles tut mir leid. Ich glaub, ich hab mit dieser Reise doch ein bisschen vorschnell gehandelt. Wegen Ingrid …«

Nina erkannte den vertrauten Ausdruck von Schmerz in seinen Augen. Nach dem Tod ihrer Großmutter hatte sie diesen Blick bei jedem ihrer Besuche wahrgenommen. Sie hatte seine Traurigkeit gespürt, seine Hilflosigkeit, so allein gelassen in dieser Welt. Doch seitdem er auf die Idee mit der Reise nach Norwegen gekommen war, hatte sie das Gefühl gehabt, ihren Großvater wiederzuhaben. Den alten Herrn voller Lebensfreude, der mit ihr unzählige Runden im Karussell auf dem Frankfurter Weihnachtsmarkt drehte, Berge von Zuckerwatte verputzte, auf den Feldberg zum Schlittenfahren fuhr und wie ein kleiner Lausbub mit ihr gemeinsam die Plätzchen aus Omas Versteck stibitzte.

»Ach Opa«, sagte sie und nahm seine Hand. »Es ist doch alles gut. Ich finde deine Idee mit der Reise hierher großartig. Nach dem ganzen Chaos in der Firma und meiner Kündigung tut mir die Auszeit gut, und Alex ist doch ganz begeistert. Das Backen gestern war wunderbar, die ersten Eindrücke dieser Stadt sind zauberhaft. Und wegen deiner Ingrid solltest du dir nicht allzu viele Gedanken machen. Was hat Oma immer gesagt: Es kommt alles, wie es kommt. Und wenn nichts kommt, dann ist es auch in Ordnung.«

»Ja, das hat sie immer gesagt«, antwortete Uwe und drückte Ninas Hand. In seinen Augen schimmerten Tränen. »Danke dir, Liebes.«

Alex steckte den Kopf aus seinem Zimmer, auf seinem Kopf ruhte ein Handtuchturban, obwohl er sich die Haare doch gar nicht gewaschen hatte.

»Ihr steht ja immer noch auf dem Flur herum«, sagte er und rollte die Augen. »Jetzt seht mal zu, dass ihr euch anzieht. Ich hab mir vorhin einige Shops in Bergen im Internet angesehen, und es gibt hier so einen ganzjährig geöffneten Weihnachtsladen. Den muss ich unbedingt sehen. Aber packt euch warm ein, ihr Süßen, es ist saukalt da draußen.«

Er verschwand wieder in seinem Zimmer, und nach einem kurzen Blickwechsel und verschmitzten Grinsen taten es ihm Nina und Uwe gleich. Wie sie es jetzt ohne das warme Wasser hinbekommen sollte, ihre Haare einigermaßen passabel aussehen zu lassen, war Nina allerdings ein Rätsel.

Einige Stunden später stapften die drei durch den Schnee den Hügel hinab. Es schneite noch immer, aber nicht mehr ganz so kräftig wie am Morgen, dafür fegte ein böiger Wind den Schnee von den Dächern.

»Zum Glück hab ich meine Moonboots eingepackt«, merkte Alex an. »Damit bekomme ich garantiert keine nassen Füße. Reichlich Schnee für Mitte November. Findet ihr nicht?«

»Wir sind in Norwegen«, meinte Nina, die bedauerlicherweise keine Moonboots trug und bereits jetzt feststellte, dass sie in ihren billigen Winterstiefeln feuchte Füße bekam. Dieses blödsinnige Imprägnierspray, das ihr die Kassiererin angedreht hatte, schien nicht zu wirken. Erstaunlich, dass in Norwegen offenbar niemand den Schnee räumte.

»Wo gehen wir eigentlich hin?«, fragte Nina und steckte ihre Hände in die Jackentaschen. Wegen ihr hätten sie es sich bis zu ihrem Backtermin am Nachmittag in dem Aufenthaltsraum der Pension gemütlich machen können. Aber Uwe und Alex wollten unbedingt die Stadt erkunden, und da hatte sie nicht die Spielverderberin sein wollen.

Nach einer Weile erreichten sie den Hafen von Bergen. Schützend zog Nina ihre Kapuze über, was gegen den eisigen Wind allerdings nur bedingt half. Sie flohen vor den Naturgewalten in den Schutz eines Hauseingangs, und selbst Alex' Motivation hatte, trotz seines neuen Schuhwerks, merklich nachgelassen. »Das ist ja der reinste Schneesturm. Also, bei diesem Wetter macht

Sightseeing natürlich keinen Spaß«, merkte er an und rieb sich die in dicken Fleece-Handschuhen steckenden Hände. »Und ich hätte zu gern dieses Bryggen besichtigt, das berühmteste Viertel der Stadt. Es ist ja ein Weltkulturerbe, so etwas sieht man nicht alle Tage.«

»Das klappt bestimmt ein andermal«, meinte Nina, die das Gefühl hatte, dass ihr Gesicht inzwischen komplett eingefroren war. »Für heute sollten wir uns lieber eine Beschäftigung in einem Innenraum suchen.«

»Wir könnten ins Museum gehen«, schlug Uwe vor. »Da gibt es doch diesen Bergenpass für Touristen, mit dem erhält man freien Eintritt. Magnus hat mir den Erwerb gestern beim Backen vorgeschlagen.«

»Museum, wie langweilig«, nörgelte Alex und verzog das Gesicht. »Denkst du wirklich, wir brauchen so einen Pass?«

»Rabatte in Geschäften und Restaurants bekommt man damit wohl auch«, fügte Uwe hinzu.

»Dann ist das natürlich etwas anderes«, änderte Alex sogleich seine Meinung. »Wo bekommt man den?«

Alex' abrupter Sinneswandel brachte Nina trotz der Kälte zum Schmunzeln.

»Bei der Touristeninformation. Die kann man von hier aus sogar sehen.« Uwe deutete nach rechts, wo sich ein moderner Glasbau befand, an dem auf einem großen Schild *Visitor Center* geschrieben stand.

»Das ist zum Glück tatsächlich nicht weit«, antwortete Alex. »Na, dann mal los. Vielleicht können die da drin uns auch sagen, in welchem Café man damit Rabatt bekommt. Eine heiße Schokolade wäre jetzt willkommen, dazu eine Zimtschnecke. Die Dinger gibt es hier in Norwegen doch angeblich an jeder Ecke.«

Sie kämpften sich durch den Sturm bis zur Tourist-Info und staunten nicht schlecht, als sie den modernen Glasbau betraten. Auf großen Bildschirmen wurde Werbung für Fjordfahrten gemacht, es gab einen Souvenirladen, Infomaterial wie Stadtpläne und Broschüren lagen kostenlos aus. Ein an einem modernen Empfangstresen stehender Mitarbeiter begrüßte sie mit einem freundlichen Lächeln, und Uwe war derjenige, der, nach kurzer Absprache bezüglich der Geltungsdauer, die Pässe für sie orderte.

Als sie bald darauf die Touristinfo wieder verließen, hatte der Schneefall zum Glück ganz aufgehört, der böige Wind war zwar noch vorhanden, aber jetzt wehte er einem nicht mehr die Flocken in die Augen, was ihre Stimmung hob. Gemeinsam trollten sie sich sogleich in Richtung des berühmten Bryggen-Viertels. Dort strandeten sie in einem der bei Touristen besonders beliebten Geschäfte, dem ganzjährig geöffneten Julehuset, das sich in einem roten Holzhaus befand und bereits von außen zuckersüß aussah. Hier fand sich über drei Stockwerke hinweg alles, was man für ein traditionelles norwegisches Weihnachtsfest benötigte. Tannenbaumkugeln, Servietten, Tischdecken, Krippen und allerlei andere Dekoartikel. Es gab auch Unmengen der lustigen Trollwichtel zu kaufen, die Nina bereits in der Pension aufgefallen waren. Viele der Gesellen guckten freundlich, es gab aber auch mürrisch blickende Trolle und seltsame Zwerge, die nach Ninas Meinung sogar böse dreinblickten. Wer kaufte denn so gruselige Weihnachtsdekoration?

Sie waren gerade im dritten Stock des vollgestopften Ladens angekommen, als aus einem Hinterzimmer eine blonde ältere Frau mit halblangem Haar trat, die Nina bekannt vorkam. Ihr folgte ein Mann mittleren Alters, und die beiden redeten auf Norwegisch miteinander.

Täuschte Nina sich, oder war das gerade Ingrid gewesen? Sie war sich nicht sicher, denn sie hatte die Frau ja nur kurz im Fernsehen gesehen. Nachdem sie die Treppe nach unten gelaufen war, kam jedoch nur wenige Sekunden später ihr aufgeregter Großvater zu ihr und sagte: »Das war Ingrid. Sie ist hier. Was soll ich denn jetzt machen? Sie ansprechen?«

Nina fühlte sich von seiner Hektik überfordert und wusste nicht, was sie antworten sollte. Mit einem so raschen Aufeinandertreffen der beiden hatte sie nicht gerechnet.

»Ich geh ihr nach. Ja, das tue ich. Diese zufällige Begegnung muss Schicksal sein.«

Entschlossen ging Uwe zur Treppe, und Nina blieb nichts anderes übrig, als ihm zu folgen.

Alex, der gerade an der Kasse stand – er hatte drei der Wichteltrolle als Mitbringsel für seine Familie auserkoren – hatte das Nachsehen, und Nina rief ihm nur noch kurz zu, dass sie sich später bei Olav treffen würden.

Draußen angekommen folgte sie fluchend ihrem Großvater. Er ging den Weg zurück, den sie eben gekommen waren. Ingrid lief jedoch nicht Richtung Tourist-Info, sondern hielt sich linker Hand und bog in eine von bunten Holzhäusern gesäumte Straße ab. Hier gab es allerlei Restaurants, sogar einen McDonalds. Zum Glück war geräumt und gestreut worden, weshalb sie flott vorankamen. Über der Straße hingen Lichterketten, doch zu dieser Uhrzeit leuchteten sie nicht. Nur in der Auslage eines chinesischen Restaurants blinkte ein pinker Weihnachtsbaum vor sich hin.

»Wir müssen schneller laufen«, wies Uwe Nina an und beschleunigte seine Schritte. »Gleich ist sie hinter der Kurve verschwunden, und dann sehen wir sie nicht mehr.«

Wenige Augenblicke später beobachteten sie, wie Ingrid in einem mit funkelnden Lichtern dekorierten Hofeingang verschwand. Davor stand ein Aufsteller mit einem Bild der Lebkuchenstadt. Vollkommen außer Puste blieben Nina und Uwe davor stehen.

»Das muss der Ausstellungsort sein«, sagte Uwe. »Sie haben sogar einen Andenkenladen, wie nett.« Er deutete auf das kleine Ladengeschäft neben dem Hofeingang. In dem weihnachtlich dekorierten Schaufenster befanden sich allerlei Souvenirs zur Lebkuchenstadt.

»Und was nun?«, fragte Nina.

»Wir könnten mal gucken gehen«, antwortete Uwe, seine Stimme klang jetzt unsicher, verschwunden war seine Euphorie von gerade eben. »Obwohl die Stadt ja eigentlich noch gar nicht geöffnet hat. Vielleicht darf man nicht einfach so reingehen.«

Nina rührte seine plötzliche Unsicherheit. Sie mochte sich gar nicht vorstellen, wie schwer es sein musste, nach so langer Zeit einer verflossenen Liebe gegenüberzutreten. Vor allen Dingen, wenn es, wie im Fall ihres Großvaters, zu einer abrupten Trennung gekommen war. Aber nun waren sie hier, also sollte Uwe Ingrid auch treffen, und vielleicht würde es nach all der Zeit für die beiden doch noch ein Happy End geben. Nina wünschte es Uwe so sehr, er hatte, gerade nach dem Verlust seiner geliebten Thea, ein bisschen Glück im Leben verdient.

Sie traten in den Innenhof des Anwesens. Dieser war bereits mit festlich geschmückten Tannenbäumen dekoriert, zwei junge Männer beschäftigten sich gerade damit, eine kleine Bühne aufzubauen. Einer von ihnen wurde auf sie aufmerksam und sprach sie auf Norwegisch an. Er wechselte sogleich ins Englische, als Nina ihm erklärte, dass sie aus Deutschland kamen. Sie sah sich dazu bemüßigt, ihr Eindringen an diesem Ort noch vor der Eröffnung der Lebkuchenstadt zu erklären und erzählte von dem Bericht im deutschen Fernsehen und ihrer spontanen Idee, Bergen deshalb zu besuchen.

»Das ist ja großartig«, antwortete der Norweger, der einen strubbeligen Kinnbart trug. Er ähnelte mit seinem karierten Flanellhemd einem Holzfäller. »Dieses Jahr ist bedauerlicherweise alles nicht so einfach, weil wir hier an dem neuen Standort noch technische Probleme hatten, und jetzt fehlt es an Personal für den Aufbau. Selbst die für das erste Adventswochenende geplante Eröffnung steht schon wieder auf der Kippe.«

»Das ist ja unschön«, meinte Uwe. »Wenn Sie Hilfe benötigen, könnten wir gern einspringen. Wir haben gestern Abend bereits bei Bekannten etwas Backerfahrung gesammelt, und wir hätten Zeit.«

»Das wäre großartig«, freute sich der Norweger. »Jede helfende Hand ist willkommen. Fragt einfach drinnen nach.« Er deutete auf eine hinter ihnen liegende Tür.

Verdutzt sahen Nina und Uwe den Mann an. Damit, dass sie beim Aufbau der Stadt mithelfen könnten, hatten sie nicht gerechnet. Der Norweger wandte sich wieder seiner Arbeit zu, und Nina und Uwe sahen einander kurz an.

»Das ist eine großartige Idee!«, sagte Uwe. »Ich biete mich als Aufbauhelfer an und verwende einen anderen Namen. Dann komme ich in die Nähe von Ingrid und gewinne erst einmal ihr Vertrauen.«

»Denkst du wirklich, dass das so eine gute Idee ist? Was ist, wenn sie dich sofort wiedererkennt?«, fragte Nina.

»Das wird sie nicht. Ich sehe doch heute ganz anders aus als damals. Das klappt bestimmt. Auf diese Weise kann ich erst einmal in ihrer Nähe sein und am Ende wird sich alles andere finden.«

»Ich weiß nicht recht …«, zweifelte Nina noch immer. »Mit so einer Geheimniskrämerei fährt man selten gut.«

»Das wird schon werden, Liebes«, antwortete Uwe, seine Stimme klang nun wieder entschlossen. »Außerdem wird es mir bestimmt Spaß machen, bei dem Aufbau mitzumachen. Vor einigen Jahren war ich doch Mitglied im Bastlerverein. Ich war da immer gern und war richtig traurig, als er wegen Mitgliederschwund aufgelöst wurde. Weißt du noch?«

Nina nickte. An diese Zeiten konnte sie sich noch gut erinnern. Damals hatte sie von ihrem Großvater stets selbst gemachte Sachen geschenkt bekommen. Besonders stolz war er auf einen zweistöckigen Blumenhocker gewesen, den sie heute noch in ihrer WG am Fenster stehen hatten.

»Dann lass uns hier draußen mal keine Wurzeln schlagen und zur Tat schreiten«, sagte Uwe und setzte sich in Bewegung. »Ich bin schon gespannt, wie es da drinnen aussieht.«

Nina ergab sich in ihr Schicksal und folgte ihm. Es galt zu hoffen, dass Uwe recht behielt und Ingrid ihn nicht sofort erkannte. Und wenn sie es doch tun würde, war sie hoffentlich nach all den Jahren nicht mehr böse auf ihn.

Im Ausstellungsraum erspähten sie Ingrid sogleich, die sich gerade mit einer jüngeren Frau mit einem kleinen Mädchen an der Hand unterhielt.

Sie wurden von einem Mann Mitte dreißig begrüßt, der sich über Uwes Hilfsangebot zu freuen schien und ihm mitteilte, dass er sofort anfangen könne. Jedermann, der anpacken wolle, sei herzlich willkommen.

9

»Der Blick von dort oben ist einmalig schön«, sagte Olav. »Das müsst ihr gesehen haben. Wenn wir Glück haben, klart es noch auf und es gibt sogar Nordlichter zu bestaunen.«

»Das wäre ein Traum«, antwortete Alex, der neben Nina herlief und seinen sündhaft teuren Daunenmantel mit Kunstfellbesatz ausführte.

Die letzten beiden Stunden hatten sie gemeinsam mit Magnus bei Olav und Solveig in ihrem kuscheligen Wohnzimmer verbracht und weiter an ihren Bauwerken für die Lebkuchenstadt gearbeitet. Alex übernahm mit Magnus' Hilfe den Bau des Frankfurter Römers, denn Uwe war in der Lebkuchenstadt beschäftigt. Am Morgen war er bestens gelaunt dorthin aufgebrochen und hatte gemeint, dass sie sich erst in den Abendstunden wiedersehen würden, denn es gebe reichlich zu tun. Mit Ingrid hatte er an seinem ersten Tag in der Lebkuchenstadt leider nicht sprechen können. Der Mittdreißiger, der sie in Empfang genommen hatte, hatte ihn an einen jungen Kollegen mit einer dicken Hornbrille auf der Nase verwiesen. Gemeinsam mit ihm hatte er über mehrere Stunden hinweg ein beeindruckendes Lebkuchenschloss in einer idyllischen Parklandschaft in Szene gesetzt – Ingrid hatte er nur wenige Male aus der Ferne gesehen. Als seine Arbeit beendet war, hatte sie bedauerlicherweise schon Feierabend gemacht.

Da sie mit dem Zusammensetzen des Römers flotter vorangekommen waren als gedacht und der Buckingham Palace endgültig fertig geworden war, hatte Magnus vorgeschlagen, ihnen ein wenig von der Stadt zu zeigen, und Olav und Solveig hatten sich ihnen angeschlossen.

Es ging den Berg Fløyen hinauf. Er war eine beliebte Touristenattraktion, und nur wenige Meter unterhalb von ihrer Pension gelegen, befand sich der Bahnhof der Fløyenbahn, mit der man bequem zu dem auf knapp vierhundert Höhenmetern gelegenen Aussichtsplateau fahren konnte.

Die Dunkelheit war bereits hereingebrochen, und allein der Weg zu dem kleinen weißen Bahnhofsgebäude der elektrischen Bergbahn war zauberhaft. Nina konnte von den mit funkelnden Lichterketten dekorierten Holzhäuschen gar nicht genug bekommen. Über eine Gasse waren sogar filigrane und funkelnde Lichtersterne gespannt worden. Es sah entzückend aus. Die Straßen waren dick verschneit, außerdem war es eisig, sie konnten ihren Atem sehen, und es duftete nach

Kaminrauch und Schnee. Es war einfach nur herrlich, wie im Märchen. Genau so stellte man sich diese Jahreszeit in Norwegen vor.

»So muss Winter sein«, sagte Alex. »Nicht so wie in Frankfurt, wo es alle Jubeljahre mal schneit und die weiße Pracht, wenn sie überhaupt liegen bleibt, gleich wieder schmilzt und matschig wird.«

»Obwohl so viel Schnee für Bergen zu dieser Zeit auch eher selten ist«, erwiderte Magnus. »Meist wird es erst Ende Dezember richtig winterlich. Mal sehen, wie es weitergeht.«

Sie erreichten ihr Ziel, und nur wenige Minuten nachdem sie die Fahrkarten gekauft hatten, startete bereits die Fahrt mit der äußerst modernen Elektrobahn, die sogar ein verglastes Dach hatte. Anfangs ging es durch einen Tunnel, doch den ließen sie rasch hinter sich und fuhren an kleinen Häusern vorüber, alsbald ging es durch bewaldetes Gelände. Die Fahrt auf den Gipfel war atemberaubend schön. Neben Nina saß Magnus, seine Nähe sorgte erneut für das angenehme Prickeln in ihrer Magengegend. Schneller als gedacht erreichten sie den Gipfelbahnhof, der sich direkt neben dem großen Aussichtsplateau befand. Hier oben wehte ein eisiger Wind, der Nina, obwohl sie warm eingepackt war, frösteln ließ. Es hatte wieder etwas zu schneien begonnen, doch zum Glück waren es nur wenige Flocken, die durch die Luft wirbelten und nicht weiter störten.

»Sieh nur, was für eine riesige Terrasse sie hier haben«, rief Alex begeistert und deutete nach vorn. »Und hier oben gibt es sogar vier große Adventskerzen. Das ist ja mal cool!«

Nina ließ sich von seiner Begeisterung anstecken und trat bis ganz nach vorn. Der Blick über die Stadt, die Fjordlandschaft und die umliegenden Berge war überwältigend.

»Es ist unglaublich schön«, seufzte sie. »Wie in einem Wunderland.«

»Ja, das ist es«, stimmte Magnus ihr zu. »Selbst ich bin immer wieder von dieser Aussicht überwältigt, auch wenn ich sie bereits in- und auswendig kenne. Sieh mal, da vorn ist Bryggen, sehen die Lichter nicht toll aus? Es liegt gerade eines der berühmten Hurtigruten-Schiffe im Hafen. Mit den ehemaligen Postschiffen kann man bis zum Nordkap fahren. Allerdings ist diese Reise im Sommer eher zu empfehlen. Und dort vorn wird bald der Weihnachtsmarkt eröffnet, sie bauen gerade das Riesenrad auf. Wenn du magst, können wir hingehen.« Während er auf die Aussichtspunkte deutete, hatte er den Arm um Nina gelegt, und sie genoss seine plötzliche Nähe. Auch sein Gesicht war ganz nah an ihrem, sie konnte seinen Atem auf der Wange spüren.

»Ja, ich sehe den Markt«, antwortete sie. »Er sieht einladend aus.«

»Du wirst ihn lieben«, sagte Magnus. »Dort gibt es großartigen Glögg und viele Leckereien.«

Glögg, wie niedlich. Nina wusste, dass dies die norwegische Bezeichnung für Glühwein war. Davon vertrug sie allerdings nur wenig. Ein Becher, und sie wurde albern. Sie nahm sich vor, unbedingt etwas zu essen, bevor sie den weihnachtlichen Alkohol trank. Sonst könnte ihr Ausflug zum Weihnachtsmarkt eine peinliche Angelegenheit werden.

»Bedauerlicherweise ist es bewölkt und schneit sogar etwas, weshalb wir heute wohl keine Nordlichter zu Gesicht bekommen werden«, meldete sich jetzt Olav zu Wort. »Aber vielleicht klappt es ja ein andermal. Sollte es einen klaren Tag geben, könnt ihr auch mit der Seilbahn auf den Ulriken fahren. Das ist der höchste Gipfel von unseren sieben Bergen. Von dort aus ist die Fernsicht noch fantastischer als von hier. Die Seilbahn findet ihr übrigens auch in der Lebkuchenstadt. Sie wird alle Jahre von den Mitarbeitern angefertigt, die bei der Bahn angestellt sind, und ist eines der Highlights der Lebkuchenstadt.«

»Dann bin ich mal gespannt, wie sie aussehen wird«, antwortete Nina. »Eine Seilbahn aus Lebkuchen sieht man auch nicht alle Tage.«

Im nächsten Moment wirbelte eine besonders starke Windböe den Schnee auf und Nina ins Gesicht. Doch sie hatte sich inzwischen an die Außentemperatur und die Wetterbedingungen gewöhnt und störte sich nicht daran.

»Hier oben pfeift es ganz schön«, konstatierte Alex und rieb sich fröstelnd die Hände. Nina fiel auf, dass er gar keine Handschuhe trug. Seine nackten Finger verschwanden in seiner Jackentasche, und er trat von einem Bein auf das andere.

»Also, ich wäre jetzt für ein kleines, kuscheliges Restaurant mit einem warmen Ofen zu haben. Die Aussicht ist einmalig, aber wenn ich noch länger hier stehe, friere ich am Fußboden fest.«

Nina verdrehte spaßhaft die Augen. Alex zeigte mal wieder, was für eine Mimose er sein konnte. Das Wetter würde es ihm nirgendwo recht machen. Entweder es war zu heiß, zu kalt, zu windig oder zu nass. Und wenn die Temperatur ausnahmsweise mal stimmte, dann jammerte er über irgendwelche Pollen. Wenn Nina ehrlich war, wollte sie noch gar nicht wieder ins Tal zurückfahren. Im Bahnhofsgebäude hatte sie etwas von Wanderwegen gelesen, zu gern hätte sie diese erkundet, allerdings war es dunkel, und vermutlich waren die Wege verschneit.

»Mit einem gemütlichen Restaurant kann ich sogar hier oben dienen«, antwortete Magnus und deutete auf ein hell erleuchtetes Gebäude mit großen Fenstern, das ein Stück oberhalb der Bahnstation lag und Nina, trotz seiner Größe und Helligkeit, tatsächlich erst jetzt auffiel.

Bei Alex sorgte der Anblick für strahlende Augen. »Das sieht ja großartig aus«, sagte er. »Genau mein Stil.«

Solveig und Olav verabschiedeten sich zu Ninas Bedauern nun schon wieder. Es stand noch eine Kontrolluntersuchung für das Baby an.

»Mein Arzt hat seine Praxis gleich um die Ecke des Talbahnhofs, weshalb wir noch mit raufgekommen sind, um mit euch gemeinsam die Aussicht zu genießen«, meinte Solveig und legte ihre rechte Hand auf ihren Bauch. »Wenn wir Glück haben, erfahren wir heute endlich, was es wird. Die letzten Male hat es sich bedauerlicherweise nicht gezeigt. Aber so sehr, wie es tritt, gehe ich inzwischen von einem Jungen aus. Denkt daran, dass wir morgen die Häuser fertig machen müssen. Dann können wir Freitag noch alles rechtzeitig vor dem Abgabeschluss abliefern.«

»Wir werden pünktlich da sein«, antwortete Nina. »Ich hoffe, mein Karussell wird überhaupt etwas. Leider sind mir einige Teile arg schief geraten.«

»Ach, da findet sich bestimmt eine Lösung«, erwiderte Olav und winkte ab. »Bisher haben wir alle krummen Bauwerke gerettet bekommen. Aber jetzt müssen wir wirklich los, sonst verpassen wir die Rückfahrt.«

Es folgten Umarmungen, und die beiden liefen winkend zurück zur Bahnstation.

Nina, Magnus und Alex schlugen den Weg zu dem einladend aussehenden Gasthaus ein. Davor funkelte eine gut drei Meter hohe Tanne, die zusätzlich mit roten Kugeln dekoriert war. Neben dem geschmückten Baum stand ein großer, lustig dreinblickender Troll mit einer Laterne in der Hand. Ein Wegweiser vor ihm im Schnee zeigte nach rechts, etwas in Norwegisch war darauf geschrieben.

»Wo geht es da denn hin?«, fragte Nina und blickte in die Richtung.

»Das ist ein Trollwanderweg, eigentlich für Kinder

angelegt, aber er ist auch für Erwachsene sehenswert«, erklärte Magnus. »Jetzt zur Weihnachtszeit ist er hübsch dekoriert und beleuchtet. Wenn du magst, können wir ihn gern gemeinsam erkunden. Er ist auch nicht sonderlich lang.«

»Das klingt toll. Sehr gerne«, antwortete Nina erfreut.

»Ernsthaft?«, murrte Alex sofort los. »Nina, Liebes, du weißt doch, dass ich es nicht so mit längeren Aufenthalten in der Kälte habe. Ich mag Schnee, aber ich schau ihn mir lieber von drinnen an. Wenn ihr mit eurer Trollbewunderung fertig seid, könnt ihr gern zu mir stoßen, ich gebe euch dann gern etwas Warmes aus, damit ihr wieder auftaut.« Er setzte sich Richtung Restauranteingang in Bewegung, und Nina und Magnus blickten ihm einen Moment belustigt nach, dann folgten sie dem Schild auf den Trollweg.

Bereits nach nur wenigen Metern wusste Nina, dass sie die richtige Entscheidung getroffen hatte. Der Weg war gesäumt von kleinen Holzlaternen, in den Bäumen funkelten Weihnachtssterne, es gab dekorierte kleine Tannenbäume, und die Lichter brachten den Schnee zum Funkeln. Dazu gab es die Trollfiguren, von denen jede einzelne anders aussah und mit einer eigenen Beleuchtung in Szene gesetzt wurde. Sie saßen auf Baumstümpfen, an Lagerfeuern, ein Trollgesicht war in einen Baum geschnitzt, wobei dieser Kamerad eher unfreundlich dreinblickte und nur ein Auge hatte.

Nina fühlte sich wie im Märchen. Sie waren ganz

allein auf dem Weg, niemand anderes schien die Wunderwelt der Trolle an diesem kalten Abend besichtigen zu wollen. Auf einer kleinen Lichtung gab es sogar eine kleine Holzhütte, die ebenfalls in warmweißem Funkelzauber erstrahlte. Vor ihr saßen zwei kleine Trolle auf einer Bank, Mann und Frau, sie waren etwas zugeschneit.

Nina betrachtete die beiden lächelnd.

»Was habt ihr Norweger nur mit euren Trollen?«, fragte sie.

»Sie gehören eben zu uns wie die Fjorde und die Nordlichter«, erklärte Magnus. »Sie haben schon lange Zeit vor uns in unseren Wäldern gelebt. Manche sind unheimlich, vor ihnen gilt es sich in Acht zu nehmen, besonders die Trollkinder hecken gern Streiche aus. Sie sind außerdem lichtscheu, erwischt sie nur ein Sonnenstrahl, dann erstarren sie zu Stein. Wir haben schnell gelernt, dass es besser ist, sich gut mit ihnen zu stellen, denn sie haben übernatürliche Fähigkeiten. Reizt man sie, verfluchen sie das Vieh und die Menschen mit Krankheit und Tod. Man sollte also stets freundlich zu ihnen sein. Tut man das, dann sind sie liebenswerte Wesen. Viele Norweger stellen den Trollen deshalb zu Weihnachten auch ihren Lieblingsbrei hin, um sie wohlgesonnen zu stimmen. Letztes Jahr hab ich den Brei leider vergessen rauszustellen. Vermutlich gibt es deshalb in diesem Jahr in der Pension an allen Ecken und Enden Ärger, meine Trolle sind beleidigt.« Er zwinkerte ihr zu, und Nina entgegnete: »Daran glaubst du doch nicht wirklich, oder?«

»Ich bin ein Norweger, natürlich tue ich das. Aber mal Spaß beiseite. Niemand weiß es so genau. Wenn ich dieses Weihnachten den Brei nicht vergesse, wendet sich vielleicht wieder alles zum Guten. Unterschätze niemals einen dir wohlgesonnenen Troll.« In seiner Stimme schwang ein traurig klingender Unterton mit. »Meine Großmutter hat das immer gesagt«, fügte er hinzu. »Sie hat den Brei nie vergessen. Sie hat die Trollmärchen so sehr geliebt und mir so viel von ihnen erzählt, sogar die gruseligen Geschichten. Ein waschechter Norwegerbub muss auch mit grausamen Trollen klarkommen. Es ist das erste Weihnachtsfest ohne meine Großmutter, und sie fehlt mir so sehr.«

»Mir fehlt meine Großmutter auch«, antwortete Nina. Und meine Eltern, fügte sie in Gedanken hinzu. Mama und Papa, die Erinnerungen an die Weihnachtszeiten mit ihnen trug sie fest im Herzen. Sie sah ihre Mama vor Augen, wie sie in ihrer mit Mehl befleckten Schürze Plätzchen buk und spitzbübisch grinsend die zu arg verbrannten immer gleich aufaß. Denn die wollte ja eh keiner haben! Mit ihrem Papa war sie jedes Jahr zu einer Weihnachtsbaumplantage gefahren, um den besten und schönsten Baum für die Familie auszuwählen. Wie einen Preispokal hatten sie ihn nach Hause gebracht und bis zum Abend des dreiundzwanzigsten Dezember in seinem Netz auf den Balkon gestellt. Heiligabend hatte es bei Oma und Opa Frankfurter Würstchen mit Kartoffelsalat gegeben. Auch dieses Jahr würden sie das Gericht essen. Uwe und sie, allein in seiner bunt zusammengewürfelten Küche. Die Erinnerungen an die alten Zeiten würden auch dieses Fest wieder erhellen und gleichzeitig trüben. Viele Bekannte und Kollegen in Ninas Umkreis jammerten ob der Verwandtschaft, der Friede-Freude-Eierkuchen-Show, die sie alle zu Weihnachten abziehen mussten. Nina wünschte sich, sie könnte so eine Show haben, eine große Familie mit all ihren Eigenheiten, vielleicht auch mit dem Streit und den Unzufriedenheiten. Manche Dinge wusste man wohl erst zu schätzen, wenn man sie nicht mehr hatte. In Ninas Hals steckte ein dicker Kloß, und sie blinzelte die aufsteigenden Tränen fort. Dieser Spaziergang sollte doch eigentlich Freude bereiten, und nun trübte Wehmut die Sicht auf die funkelnden Lichter dieses wunderhübschen Märchenwalds. Das durfte nicht sein. Um sich abzulenken, stellte Nina eine unverfängliche Frage, während sie sich langsam wieder in Bewegung setzten.

»Wie verbringst du die Festtage?«

»Mit Verwandten, wie jedes Jahr«, antwortete er. »Es wird sehr viel Essen geben, das sogenannte Julbord. Meine Tante bereitet es tagelang vor. Zu fortgeschrittener Stunde kugeln wir an Heiligabend dann alle in unsere Betten. Hast du schon mal von dem Julbord gehört?«

Nina nickte. Sie hatte irgendwann dazu einen Bericht im Fernsehen gesehen.

Eine Weile lang liefen sie jetzt schweigend nebeneinanderher. Über dem Weg hing an dieser Stelle ein Lichtermeer, es war so romantisch schön, eigentlich ein Ort für ein Liebespaar. Sie warf Magnus einen kurzen Seitenblick zu. Er sah auch in seiner roten Winterjacke und mit seiner Fleecemütze auf dem Kopf noch gut aus. Sie wünschte sich plötzlich, er würde erneut einen Annäherungsversuch wagen, ihre Hand nehmen, den Arm um sie legen. Etwas in ihrem Inneren erträumte sich, dass sie sich hier in diesem von funkelnden Lichtern erfüllten und magisch anmutenden Wald näherkommen würden, dass er sie in seine Arme ziehen und sie seine Wärme spüren würde, ihre Lippen sich berührten, erst schüchtern und zaghaft, zärtlich, bevor der Kuss dann leidenschaftlicher werden dürfte. Seine Lippen waren voll und sicher weich, bestimmt war er ein guter Küsser.

Doch dieser Wunsch blieb unerfüllt. Stattdessen waren plötzlich laute Kinderstimmen zu hören, und ehe sie es sich versahen, bekamen sie Gesellschaft von einem laut bellenden, zottigen Hund, dem drei Kinder und mit etwas Abstand die dazugehörigen Eltern folgten. Die romantische Zweisamkeit war dahin, und den Rest des Weges legten sie mit lautstarker Begleitung zurück.

Als sie am Gasthaus ankamen, war auch Nina kalt geworden, und sie gingen nach drinnen, um Alex mit einer heißen Schokolade Gesellschaft zu leisten. Erstaunt stellten sie jedoch fest, dass er diese gar nicht mehr benötigte. Er saß mit einem äußerst gut aussehenden blonden Mann, einem wahren Hünen mit breitem Kreuz und Dreitagebart am offenen Kamin und war in ein Gespräch vertieft.

10

Nina folgte ihrem Großvater ins Innere des Ausstellungsgebäudes, und sogleich umhüllte sie ein anheimelnder Lebkuchenduft. Wer diese Stadt besuchte, durfte auf keinen Fall etwas gegen die Gerüche von Zimt und Kardamom haben. Mit großen Augen betrachtete Nina das bereits entstandene und noch immer nicht vollendete Lebkuchenwunderland, das, obwohl es noch nicht ganz fertig aufgebaut war und von dem unfreundlichen Deckenlicht beschienen wurde, schon jetzt bezaubernd aussah.

Eigentlich hatte Nina für diesen Tag andere Pläne gehabt. Alex hatte am Vortag eine Ausflugsfahrt in einen der Fjorde vorgeschlagen und diese nach Ninas Zustimmung sofort gebucht. Doch bei dem unwirtlichen Wetter stand weder ihr noch Alex der Sinn nach einer Bootstour. Es schneite wieder kräftig, und der Wind hatte sich zu einem regelrechten Sturm ausgewachsen. Bei diesem Unwetter sollte man sich nach Ninas Meinung besser nicht auf einem wackeligen Boot irgendwo in einem

Fjord aufhalten. Alex, der erst zum Ende ihres Frühstücks verkatert aussehend aufgetaucht war, hatte ihr nach einem kurzen Blick aus dem Fenster beigepflichtet. Zum Glück war die online gebuchte Fahrt kostenlos stornierbar gewesen. In die Lebkuchenstadt hatte Alex nicht mitgewollt, stattdessen war er nach einer Tasse schwarzem Kaffee wieder auf sein Zimmer gegangen. Nina ahnte, dass seine Müdigkeit etwas mit dem Hünen vom Vorabend zu tun hatte. Wann Alex nach Hause gekommen war, wusste sie nicht. Aber vermutlich war es sowieso besser, wenn Alex sich nicht als Helfer betätigte, denn er besaß in handwerklicher Hinsicht zwei linke Hände und war gut darin, ständig irgendetwas fallen zu lassen. Ein Schussel wie er war bei einem solchen Projekt nicht ganz ungefährlich, am Ende räumte er noch aus Versehen ein ganzes Stadtviertel ab. Ihm wäre so ein Missgeschick zuzutrauen.

Die Lebkuchenstadt lag auf mehreren Ebenen und stellte natürlich größtenteils die Stadt Bergen dar. Nina entdeckte den Weihnachtsmarkt mit dem Riesenrad und erkannte auch das berühmte Hafenviertel. In einem künstlich angelegten Hafenbecken schwammen zahlreiche Schiffe. Ein richtiges Kreuzfahrtschiff, auf dessen Oberdeck man sogar kleine Passagiere neben einem winzigen Weihnachtsbäumchen stehen sah. Dem großen Schiff leisteten gleich mehrere Fischerboote und niedliche Piratenschiffchen Gesellschaft. Es war entzückend. Es gab die unterschiedlichsten Lebkuchenhäuser, manche von ihnen säumten kleine, verwinkelte

Gassen, andere standen an breiteren Straßen und auf Plätzen, dazu beeindruckende Schlösser und Kirchen, sogar ein Krankenhaus entdeckte sie. Es gab selbst gebastelte, winzige Laternen, schiefe Gartenzäune, Sitzbänke in verschneiten Vorgärten. An jeder Ecke war etwas anderes zu bestaunen. Sie entdeckte den Eiffelturm und die berühmte Kirche Notre Dame, daneben ein für Paris typisches Stadthaus mit einer Papeterie im Untergeschoss. Es gab sogar kleine Kaffeehausstühle und Tische davor, auf denen Nina winzige Macarons auffielen. Wie konnte man so etwas Filigranes backen? Straßen und Wege waren mit Kunstschnee bestreut, unzählige kleine Lampen und Lichter waren in die Stadt hineingearbeitet, weitere Bäumchen und Dekoartikel wurden von den zahlreichen anwesenden Helfern aller Altersgruppen verteilt.

Ninas Großvater, der bereits seinen Mantel abgelegt hatte, trat neben sie und fragte: »Ist es nicht großartig? Hast du die vielen kleinen Details gesehen. Es gibt auch ein richtiges Beleuchtungskonzept. Gestern haben wir den gesamten Bereich hier verkabelt. Das war ein Gebuckel unter dem Tisch, das kann ich dir sagen. Und dann müssen die Kabel auch noch so versteckt werden, dass es niemand sieht. Und die kleinen Zuckerwürfel-Lampen an den Straßenrändern müssen die richtigen Abstände haben und akkurat sitzen. Aber Erik und ich haben das perfekt hinbekommen. Heute kümmern wir uns noch um die Verkabelung von Klein-Paris, da muss noch Licht in die Bäckerei und der Eiffelturm soll auch funkeln. Erik ist schon dran. Er ist übrigens Ingrids Sohn und als Elektrikermeister ein echter Fachmann. Von ihm kann ich noch was lernen.«

»Wie großartig«, antwortete Nina. Ihr entging nicht, wie sehr die Augen ihres Großvaters leuchteten. So glücklich und agil hatte sie ihn seit dem Tod ihrer Oma nicht mehr gesehen. Allein dieser Anblick lohnte die Reise bereits. Auch sie selbst fühlte sich entspannt wie lange nicht. Magnus kam ihr in den Sinn, und schon der Gedanke an ihn sorgte dafür, dass es in ihrer Magengegend zu kribbeln begann. Der gestrige Spaziergang mit ihm durch den romantischen Trollwald war wunderschön gewesen. Sie hätte so gern noch mehr Zeit mit ihm in dieser magisch funkelnden und mystischen Welt verbracht und seinen Troll-Geschichten gelauscht. Und wenn diese lärmende Familie nicht aufgetaucht wäre, wären sie sich vielleicht im Schein der Lichter nähergekommen.

In dem Restaurant war der Zauber ihres kleinen Ausflugs schnell verflogen, Magnus hatte ein befreundetes Ehepaar getroffen, das sich zu ihnen an den Tisch gesellt hatte, es war viel auf Norwegisch geredet worden, und Nina war sich irgendwann wie das fünfte Rad am Wagen vorgekommen.

Heute Morgen hatte sie Magnus nur kurz gesehen, denn er hatte noch einen wichtigen Termin gehabt und war rasch verschwunden.

Nun näherte sich ihnen der Grund für ihre Reise nach Bergen. Uwes Ingrid trat zu ihnen und begrüßte sie mit einem warmherzigen Lächeln. »Sie müssen Peters Enkelin sein«, sagte sie und gab ihr die Hand. »Er hat schon viel über Sie erzählt. Ich finde es großartig, dass Sie mit Ihrem Großvater auf Reisen gehen. Nicht jedes Enkelkind nimmt sich für so etwas Zeit.«

Für eine so zierliche Person hatte sie einen kräftigen Händedruck.

Nina wusste von ihrem Großvater, dass Ingrid derselbe Jahrgang wie er war, nur einige Monate jünger. Wie eine Frau von über siebzig sah sie jedoch nicht aus. Ihre Gesichtshaut war glatt und rosig, sie war dezent geschminkt, ihr blondes Haar zeigte keine grauen Strähnen. Dazu kam ihr modischer Kleidungsstil. Sie trug ein moosgrünes Cordkleid, ein schmaler Gürtel betonte ihre schlanke Taille. Nina war sie auf Anhieb sympathisch, und ihr entging nicht, wie sie ihren Großvater ansah. In ihren Augen lag ein besonderer Ausdruck von Zuneigung. Oder bildete sie sich das nur ein, weil sie die Vorgeschichte der beiden kannte? Vielleicht hatte Ingrid ihn auch erkannt. Aber hätte sie das dann nicht gesagt? Ihr Opa hatte sich tatsächlich ja sehr verändert und ähnelte kaum mehr dem Uwe in jungen Jahren. Außerdem hatte er sich zu Ninas Missfallen als Peter aus Wiesbaden vorgestellt. Vermutlich interpretierte sie in Ingrids Blick doch zu viel hinein.

»Ihr Großvater ist ein wahrer Segen für unsere Lebkuchenstadt, derart patente Helfer können wir immer gut gebrauchen«, lobte Ingrid ihren Großvater.

»Das freut mich zu hören«, antwortete Nina. »Ich

dachte, ich könnte heute ebenfalls ein wenig mithelfen. Allerdings kenne ich mich mit elektrischen Dingen nicht sonderlich gut aus. Gibt es vielleicht noch etwas anderes zu tun?«

»Hier gibt es immer Arbeit«, antwortete Ingrid und schob sich eine ihrer blonden Haarsträhnen hinters Ohr. »Kommen Sie mit. Ich zeige Ihnen die Häuser, die gestern gebracht wurden und die es unterzubringen gilt. Ich denke, es wird Ihnen bei uns bestimmt nicht langweilig werden.« Sie bedeutete Nina, ihr zu folgen.

Die nächsten Stunden war Nina damit beschäftigt, die perfekten Plätze für die neuen Lebkuchenhäuser in der Anlage zu finden. Immer wieder tauchten noch Bergener mit ihren Werken auf. Der Inhaber eines Gemüseladens brachte sein gebackenes Geschäft vorbei. Nina bestaunte die niedlich arrangierte Auslage vor dem Eingang, den eine rot-weiße Markise überspannte. Auch eine ganze Kindergartengruppe erschien, die ihre Kindertagesstätte gebacken hatte. Die Leiterin der Einrichtung übergab das bunte Machwerk voller Stolz, die Kinder sangen ihnen sogar ein Weihnachtslied vor. Um die Mittagszeit wurden belegte Brötchen und Zimtschnecken von einer Bäckerei gebracht. Uwe futterte gleich drei der leckeren Lachsbrötchen, und sie erhielten von den Anwesenden zahlreiche Tipps, was sie in und um Bergen noch alles unternehmen könnten. Der Wetterbericht meldete ein Ende der starken Schneefälle für den nächsten Tag, und der Wind sollte ebenfalls abflauen.

»Zu unserem Glück soll es weiterhin frostig bleiben,

dann schmilzt der schöne Schnee nicht gleich wieder weg«, sagte Ingrid und tupfte sich mit einer Weihnachtsserviette den Mund ab. »Ihr könntet noch eine Ausflugsfahrt in den Osterfjord machen, die ist durchaus zu empfehlen. Habt ihr eigentlich die Bergencard? Damit erhaltet ihr viele Rabatte.«

Nina wollte antworten, doch sie kam nicht mehr dazu, denn Erik trat näher und sprach Ingrid auf Norwegisch an. Nina schätzte ihn auf Mitte fünfzig. Er ähnelte seiner Mutter kein bisschen, hatte braunes, von einigen grauen Strähnen durchzogenes Haar und überragte sie ein gutes Stück. Er musste nach seinem Vater geraten sein.

»Es tut mir leid«, entschuldigte sich Ingrid bei den beiden. »Es gibt mal wieder ein Problem, um das ich mich kümmern muss. Ihr habt ja beide eure Aufgaben.« Sie verabschiedete sich und eilte gemeinsam mit ihrem Sohn von dannen.

»Erik ist ein guter Junge«, sagte Uwe.

»Also hat sie Familie«, erwiderte Nina. »Weißt du was von einem Ehemann?«

»Danach hab ich mich nicht zu fragen getraut«, antwortete Uwe. »Sonst glauben Ingrid oder Erik noch, ich will sie aushorchen. Ich bin doch erst so kurz hier, da gehört es sich nicht, nach den privaten Sachen zu fragen. Ich komme aber auch kaum mit Ingrid ins Gespräch, wir sind selten allein. Sie sieht so glücklich aus. Ich glaube, wenn ich ihr meine wahre Identität verrate, könnte das alles kaputt machen. Ich könnte es doch auch einfach so lassen, wie es jetzt ist, oder? Ich verbringe Zeit in ihrer Nähe und sehe, dass bei ihr alles gut ist.« Er sah Nina jetzt in die Augen, das Leuchten von vorhin war verschwunden, und in seinem Blick lag nun Unsicherheit. Nina konnte seine Zweifel nachvollziehen. Sie an seiner Stelle hätte vermutlich auch nicht gewusst, wie sie an die Sache herangehen sollte. Und seine Lüge, seine Identität betreffend, machte die Sache auch nicht einfacher.

»Aber du bist doch nicht hierhergekommen, um nur etwas Zeit in ihrer Nähe zu verbringen«, entgegnete sie. »Du wolltest Ingrid doch erklären, weshalb du damals so plötzlich und ohne Abschied verschwunden bist. Ich sehe dir an, wie gern du sie noch immer hast. Sei ehrlich zu ihr. Ich bin mir sicher, dass du nach unserer Rückkehr nach Deutschland nicht glücklich darüber sein würdest, auf eine Aussprache verzichtet zu haben.«

»Ich weiß«, antwortete Uwe und seufzte. »Du hast ja recht. Ich spreche sie an. Es muss sich nur der richtige Augenblick finden.«

Erik kam zu ihnen, in Händen hielt er einen Karton, der mit allerlei Kabeln und weiterem Beleuchtungszubehör gefüllt war.

»Fertig mit Mittagessen?«, fragte er. »Wir müssten dann mal weitermachen.«

Uwe nickte, schob den letzten Rest seines Lachsbrötchens in den Mund und folgte ihm.

Nina war jetzt die Einzige, die noch an dem für die Helfer aufgestellten Klapptisch saß, auf dem Teller,

Thermoskannen und Becher durcheinanderstanden. Die Helfer hatten ordentlich zugegriffen, beinahe alle Kartons der Bäckerei waren leer. Nur in einem von ihnen lag noch eine Zimtschnecke. Nina betrachtete das süße Teilchen und haderte mit sich, es zu nehmen. Sie hatte sich eigentlich geschworen, nicht mehr so viel Zucker zu essen. Andererseits wäre es vermutlich nicht sonderlich klug, in Norwegen auf Zimtschnecken zu verzichten, schließlich waren die hier so was wie ein Nationalgebäck.

»Sie sollten besser schnell zugreifen, meine Liebe«, wurde sie plötzlich von einer bekannten Stimme angesprochen. Nina wandte sich um. Ingrid setzte sich neben sie, griff nach einer der Thermoskannen und füllte ihren Becher mit duftendem Früchtetee. »Die Schnecken werden uns vom besten Bäcker der Stadt gebracht. Sie werden in ganz Norwegen keine besseren finden, das verspreche ich Ihnen.«

»Dann bleibt mir wohl nichts anderes übrig«, antwortete Nina, griff nach dem Backwerk und biss hinein. Sogleich war ihr Mund von dem zimtig süßen Geschmack erfüllt, und sie seufzte selig.

»Wo genau aus Deutschland kommt ihr eigentlich?«, fragte Ingrid plötzlich, und Ninas wonnige Zimtstimmung schwand sogleich. In ihrem Inneren sträubte sich in diesem Augenblick alles gegen eine Lüge. Es reichte schon, dass ihr Opa es nicht fertigbrachte, seiner Jugendliebe die Wahrheit zu sagen. Sie konnte und wollte sich nicht auch noch ein Märchen zu ihrer eigenen Herkunft und Identität ausdenken. Aber musste sie das denn überhaupt? Schließlich war sie eine erwachsene Frau und hatte ihr eigenes Leben, und Wiesbaden lag nicht weit von Frankfurt entfernt. Sie beschloss, was ihre Wohnumstände betraf, bei der Wahrheit zu bleiben.

»Ich wohne in Frankfurt in einer Wohngemeinschaft, zusammen mit meinem Mitbewohner Alex und seinen drei Katzen. Das ist nicht so weit von Opa weg, was schön ist, denn dann kann ich ihn regelmäßig besuchen. Gerade nach Omas Tod ist er oft einsam.«

»Frankfurt, wie schön. Ein früherer Bekannter von mir kam aus dieser Stadt«, sagte Ingrid, und Nina glaubte, Wehmut in ihrer Stimme zu erkennen. »Er hieß Uwe und war, als ich ein junges Mädchen war, eine Weile mit einem Freund zu Gast in unserem Heimatdorf. Leider haben wir uns nach seiner Abreise aus den Augen verloren. Sie kennen nicht zufällig einen Uwe Keller? Er ist in meinem Alter.«

Nun musste Nina doch lügen. »Nein, bedauerlicherweise nicht.« Der Schwindel kam ihr nur schwer über die Lippen. »Frankfurt ist ja sehr groß, über siebenhunderttausend Menschen leben in der Stadt.«

»Ja, das ist wohl so«, antwortete Ingrid. »Aber es hätte ja sein können. Ich mochte ihn und würde so gern wissen, was aus ihm geworden ist und ob es ihm gut geht. Aber so ist nun einmal der Lauf des Lebens. Nicht jeden Menschen kann man im Auge behalten. Aber die Erinnerungen im Herzen können wir uns bewahren, und das ist schon eine Menge wert. Finden Sie nicht?« Sie sah Nina fragend an.

Nina nickte und biss, obwohl sich ihr Hals in diesem Augenblick wie zugeschnürt anfühlte, von ihrer Zimtschnecke ab. Es befiel sie plötzlich das Gefühl, dass Ingrid ihr auf ihre ganz eigene Art mitteilen wollte, dass sie wusste, wer dieser seltsame Peter tatsächlich war. Oder bildete sie sich das nur ein?

»Ja, das ist eine Menge wert«, antwortete sie und schenkte Ingrid ein verbindliches Lächeln.

Nach dem, was Ingrid gerade gesagt hatte, glaubte Nina nicht, dass sie ihm wegen seines plötzlichen Weggangs von damals noch böse war. Es hörte sich eher danach an, als liebte sie ihn noch immer. Sie musste unbedingt nachher ein ernstes Wörtchen mit ihrem Opa reden.

11

Uwe stand unweit des Eingangs zur Lebkuchenstadt und wartete mit klopfendem Herzen darauf, dass Ingrid das Gebäude verließ. Zum Glück hatte sich im Laufe des Tages der böige Wind gelegt und auch der starke Schneefall hatte nachgelassen, und es fielen nur noch vereinzelte Flocken vom Himmel. Am späten Nachmittag hatten er und Nina ihre Arbeit in der Lebkuchenstadt beendet und waren bei Olav und Solveig gewesen, um an ihren eigenen Beiträgen für die süße Metropole weiterzuarbeiten. Auf dem Weg dorthin hatte Nina ihn ins Gebet genommen und ihm gesagt, was sie davon hielt, dass er Ingrid anlog. Und sie hatte ja so recht. Auch ihm kam sein Schwindel schäbig vor. Ingrid hatte die Wahrheit verdient, auch wenn er mit seinem Geständnis das neue Kennenlernen vielleicht wieder zerstören würde. Nach ihrer Rückkehr in die Pension war er also noch einmal in der Hoffnung losgezogen, Ingrid in den Ausstellungsräumen anzutreffen. Er wusste, dass sie meist als Letzte ging. Doch nun hatte ihn der Mut verlassen, und er traute sich nicht, den letzten Schritt zu wagen und zu ihr hineinzugehen.

Nina stellte sich das alles so einfach vor. Rede mit ihr, sag ihr die Wahrheit, hatte sie eindringlich von ihm gefordert. Deshalb sind wir doch hergekommen. Sie hatte recht. Voller Euphorie war er gewesen, als er Ingrid im Fernsehen gesehen hatte. Und sie im echten Leben wiederzutreffen und mit ihr reden zu können, fühlte sich wie ein Geschenk an. Aber das Wiedersehen mit Ingrid brachte auch den Schmerz und den Kummer von damals mit sich. Die Zweifel und die vernebelten Tage nach seiner Rückkehr aus Norwegen. Der schönste Sommer seines Lebens war in einem tristen Herbst versunken, auf den ein eisiger Winter gefolgt war. Mehrfach hatte er in jener Zeit darüber nachgedacht, mit Ingrid wieder Kontakt aufzunehmen. Mehrere Briefe hatte er begonnen, verworfen, manche sogar beendet. Keinen hatte er abgeschickt. Und dann war ihm Thea begegnet, und der helle Sommer und all die ungesagten Dinge waren immer mehr in den Hintergrund getreten. Viel Zeit war vergangen. Wenn er nun vor Ingrid stand, fühlte er sich wieder wie der schüchterne Junge von damals, nervös und unsicher, im Umgang mit Mädchen vollkommen unerfahren. Alles, was er sagte, klang banal.

Aber das war doch verrückt! Er war ein alter Mann, und trotzdem fühlte es sich an, als würde Ingrid ihm erneut den Kopf verdrehen. In ihrer Gegenwart fiel es ihm schwer, einen klaren Gedanken zu fassen. Wie ein Idiot kam er sich deshalb vor. Wie sollte er unter diesen

Umständen ein ernsthaftes Gespräch beginnen? Vorhin hatte er vor dem Spiegel in seinem Zimmer noch die passenden Sätze eingeübt, sich gerade hingestellt, sich geräuspert, seine verbliebenen Haare glatt gestrichen. Würde sie ihn überhaupt noch attraktiv finden, so faltig wie er geworden war? Aber darum ging es bei dieser Reise doch gar nicht. Es ging um die Wahrheit, darum, etwas gutzumachen. Das redete er sich jedenfalls ein.

Aber hinter den grauen Haaren und den Falten befand sich noch der junge Mann von damals. Der Mann, der dieses Mädchen mehr geliebt hatte als alles andere auf der Welt, der sie niemals hatte loslassen wollen. Er begriff langsam, dass seine Gefühle für sie nie erloschen waren. Er hatte diese Gefühle tief in seinem Inneren bewahrt, und nun traten sie wieder hervor, und er wusste nicht, wie er mit dieser Art von Emotionen umgehen sollte.

Jetzt stand er hier an dieser Straßenecke und beäugte den Eingang mit klopfendem Herzen, anstatt seiner Jugendliebe gegenüberzutreten und die Sätze zu sagen, die er sich zurechtgelegt und für gut befunden hatte. Nina war zu jung, um seine Situation realistisch nachvollziehen zu können. Außerdem hatte sie noch nie einen Menschen wirklich geliebt. Der Grund dafür, weshalb sie sich nicht vollständig auf einen anderen Menschen einlassen konnte, war ihm bewusst und stimmte ihn traurig. Der Verlust ihrer Eltern war zu viel für sie gewesen, die Angst davor, erneut verlassen und verletzt zu werden, war zu groß. Er wünschte sich so sehr, dass sie irgendwann wieder in der Lage dazu sein würde, Vertrauen in das Leben zu fassen und daran zu glauben, dass die Dinge auch ein glückliches Ende nehmen konnten. Aber bis dahin schien der Weg, gerade nach dem Verlust ihrer geliebten Großmutter, schwer zu sein.

Uwe verharrte weiter an Ort und Stelle und blickte auf den Lichtschein in einem der Fenster. Seine Gedanken wanderten erneut in die Vergangenheit. Zurück zu den hellen Tagen dieses unvergesslichen Sommers, als er noch jung gewesen war und sie gedacht hatten, alles sei möglich. Er erinnerte sich noch gut an den Moment, als er Ingrid zum ersten Mal geküsst hatte. Oder besser gesagt war sie diejenige, die ihn zum ersten Mal küsste. Er war viel zu schüchtern für diesen Schritt gewesen. Sie hatten an jenem Tag einen Spaziergang gemacht und waren in den Regen gekommen. Kichernd waren sie in einen alten Bootsschuppen geflohen, klitschnass waren sie gewesen. Und da war es geschehen. Plötzlich war ihr Gesicht ganz nah an seines gekommen, und sie hatte zu kichern aufgehört und ihn auf eine ganz besondere Art angesehen. Ihre Lippen waren immer näher gekommen und hatten die seinen berührt. Sie hatte so verdammt gut gerochen, nach Blumen und warmem Sommerregen. Ihre Haut war so herrlich weich und samtig gewesen. Er hatte sie fest an sich gezogen und war mit seiner Zunge in ihren Mund vorgedrungen, ihr Kuss war leidenschaftlicher geworden. Ihr feuchtes Haar streifte seine Wange, eigentlich hätten sie frieren müssen, so durchnässt wie sie waren, doch sie hatte diese ganz eigene Wärme gespürt, die von Innen strahlte und die Haut zum Glühen brachte.

Die Erinnerung an diesen besonderen Augenblick sorgte dafür, dass es Uwe selbst jetzt, als er dort in der Kälte stand und auf seine Ingrid wartete, warm ums Herz wurde.

Nina hatte recht. Er musste mit ihr reden und sich erklären, auch wenn es noch so schwerfiel. Er hätte niemals lügen sollen. Ingrid hatte die Wahrheit verdient, auch wenn sie über sein Geständnis vielleicht wütend wurde oder traurig. Er hoffte darauf, dass sie ihn verstehen würde.

Im nächsten Moment erlosch das Licht im Haus, und nur wenige Augenblicke später öffnete sich das schmiedeeiserne Tor und Ingrid trat nach draußen. Uwe beobachtete mit klopfendem Herzen, wie sie das Tor abschloss und davonging. Er sah ihr nach und ärgerte sich über sich selbst. Was war er bloß für ein dummer Feigling. Er hätte gleich auf sie zugehen und mit ihr reden sollen. Aber seine dämliche Unsicherheit hatte ihn erneut davon abgehalten. Aber was hätte er auch sagen sollen? Hallo, ich hab auf dich gewartet? Ich wollte dir nur sagen, dass ich nicht Peter heiße, sondern Uwe. Der von früher.

Das klang alles so bescheuert.

Er beobachtete, wie sie die Straße hinunterging und ihre Gestalt immer kleiner wurde. Weil er nicht so recht wusste, was er sonst machen sollte, beschloss er, ihr zu folgen.

Es ging an einer Kirche vorüber und in eine schmale, von den typischen Holzhäusern gesäumte Gasse. Weihnachtslichter funkelten, die Gerüche von Kaminrauch schwängerten die eisige Luft. Gemessen daran, dass die Straße verschneit und etwas rutschig war, hatte Ingrid einen recht flotten Schritt. Vermutlich war ihr Schuhwerk bedeutend besser als seines. Uwe hatte Mühe, mit ihr mitzuhalten, und geriet schnell außer Puste. Er hätte doch öfter zur Seniorengymnastik gehen sollen.

Ingrid bog ein Stück von ihm entfernt nach rechts ab, und als auch er die Hausecke erreichte, beobachtete er, wie sie rechter Hand eine Treppe nach oben lief. In dieser Stadt ging es zu seinem Bedauern ständig irgendwo bergauf. Er folgte ihr und hoffte, dass er sie nicht aus den Augen verlieren würde. Als er den obersten Treppenabsatz erreichte, sah er gerade noch, wie sie in einem Hauseingang verschwand. Er nahm an, dass sie hier wohnte.

Unsicher, was er als Nächstes tun sollte, sah er das weiße und weihnachtlich dekorierte Holzhaus einen Moment lang einfach nur an. Irgendwann fasste er sich ein Herz und ging näher heran. Vor der Tür angekommen, hob er den Arm, um anzuklopfen, doch er ließ ihn rasch wieder sinken, denn erneut verließ ihn der Mut. Vielleicht war es keine gute Idee, sie zu Hause zu überfallen. Sie könnte es seltsam finden, dass er ihr gefolgt war. Er würde besser morgen mit ihr reden. Bestimmt würde sich ein passender Moment finden.

Er trat von der Tür zurück und entfernte sich vom

Haus. Als er auf der anderen Straßenseite war, blieb er stehen und wandte sich noch einmal um. In einem der unteren Fenster brannte Licht, und er sah Ingrid, die an einer Küchenarbeitsplatte stand. Ihr leistete ein älterer Mann Gesellschaft, den er nicht kannte. Er füllte gerade zwei Rotweingläser und reichte ihr eines. Uwe wandte den Blick ab, und das Gefühl von Enttäuschung breitete sich in ihm aus, während er langsam zurück zur Treppe ging.

»Dummer alter Mann«, schalt er sich murmelnd und gab sich seinem Selbstmitleid hin, das ihm seit dem Tod von Thea ein guter Begleiter geworden war. »Was hast du dir nur dabei gedacht? Was soll die ganze Wahrheit denn bringen? Deine Entschuldigungen sind doch längst nichts mehr wert. Ich sollte nach Hause fahren und mich auf die Dinge beschränken, die alte Leute so machen.«

Was das genau war, wollte ihm jedoch in diesem Moment gar nicht so recht einfallen.

12

Am späten Abend desselben Tages fühlte sich Nina von den vielen Eindrücken erschöpft. Trotzdem fand sie keinen Schlaf. Am Nachmittag waren sie erneut bei Olav und Solveig zu Gast gewesen, um an ihren Lebkuchenhäusern zu arbeiten. Uwe war mit seinem Römer erstaunlich gut vorangekommen, er hatte die Zinnen und Fenster mit Zuckerguss verziert, und Olav war ihm dabei behilflich gewesen, die Teile zusammenzusetzen. Nina hatte weiter an ihrem Karussell gebastelt, sie war äußerst stolz auf ihre kleinen Pferdchen, die sie an dicken Zuckerstangen befestigte. Auch ihre Dachkonstruktion hatte gehalten, und Solveig hatte ihr beim Verzieren einige Tricks gezeigt.

Alex hatte diesen Termin allerdings geschwänzt, und er hatte Nina lieb darum gebeten, den Lebkuchenbaum für ihn weiterzubasteln. Er hatte sich mit dem blonden Hünen vom Fløyen verabredet. Inzwischen wusste Nina, dass er Fischer war und Sven hieß. Er hatte Alex zu sich eingeladen, um ihm zu zeigen, wie man eine richtige norwegische Fischsuppe kochte. Nina ahnte, dass es nicht die Suppe, sondern eher der gut aussehende Koch war, an dem ihr Mitbewohner Interesse zeigte.

Irgendwann gab sie es auf, schlafen zu wollen, und knipste ihre Nachttischlampe an. Vielleicht half es, noch ein wenig zu lesen, um zur Ruhe zu kommen. Sie hatte im Gemeinschaftszimmer einen skandinavischen Krimi gefunden. Passend zu ihrem Aufenthaltsort gab es in dem Buch eine Tote im Fjord. Doch bevor sie mit der Lektüre beginnen konnte, musste sie noch einmal aufs Klo. Sie schlug die Bettdecke zurück und schlüpfte in ihre Schlappen. Als sie auf den Flur trat, fiel ihr auf, dass unten noch Licht brannte, was sie verwunderte, denn es war bereits zwei Uhr morgens. War Magnus etwa ebenfalls noch wach? Nachdem sie auf der Toilette gewesen war, beschloss sie, nach unten zu gehen und nachzusehen.

Nur wenig später stieg sie, nach einem kontrollierenden Blick in den Spiegel und in ihren Morgenmantel gehüllt, die Treppe nach unten. Die Lichtquelle befand sich in der Küche, leise Musik war zu hören. Sie trat näher und spähte ins Innere. Es war tatsächlich Magnus, der mit dem Rücken zu ihr am Küchentisch stand. Was machte er hier bloß mitten in der Nacht?

»Eine Nachtschwärmerin«, sagte er plötzlich, ohne sich umzudrehen. »Kannst du nicht schlafen?«

Nina zuckte ertappt zusammen.

Er wandte sich um und lächelte Nina charmant an.

Sie fragte sich sogleich, wie er ihre Anwesenheit bemerkt hatte. In ihrer Magengegend stellte sich erneut dieses wohlige Gefühl ein, das sie noch nicht allzu oft im Leben empfunden hatte. Und wenn doch, dann war sie meist davor geflohen und hatte einen Menschen vor den Kopf gestoßen, den sie eigentlich gern gehabt hatte. Sie atmete tief durch, um ihr aufgewühltes Innerstes zu beruhigen. Dieses Mal würde sie nicht davonlaufen, dieses Mal würde sie die Angst vor der Nähe nicht gewinnen lassen.

»Guten Abend, Nina«, begrüßte er sie. »Dein Zimmer liegt genau über der Küche. Das Haus ist hellhörig«, erriet er ihre Gedanken von gerade eben.

»Ja, das ist es«, stimmte sie zu und lächelte ebenfalls. »Was machst du hier noch so spät?«, fragte sie und trat einen Schritt auf ihn zu.

»Ich stelle meinen alljährlichen Beitrag für die Lebkuchenstadt fertig. Gebacken hab ich die Teile schon länger, aber ich bin bisher nicht zum Zusammensetzen gekommen. Wenn du möchtest, kannst du mir gern dabei helfen. Ich hätte auch noch Tee im Angebot. Magst du Roibusch mit Zimt?«

»Noch einen Beitrag für die Lebkuchenstadt?«, hakte Nina verdutzt nach und trat näher. Auf dem Küchentisch lagen fertig gebackene Hausteile, Zuckerguss und Verzierungen bereit. »Nach einem Großprojekt wie dem Buckingham Palace sieht es aber nicht aus.«

»Nein, das hier ist eher Marketing für unsere Pension. Wir machen das schon seit vielen Jahren. Oder besser gesagt hat Großmutter das jahrelang gemacht. Ich führe nur ihr Erbe weiter. Seitdem es die Lebkuchenstadt gibt, hat die Pension Lundberg einen festen Platz darin. Auch in diesem Jahr darf sie natürlich nicht fehlen.«

»Das ist ja großartig«, erwiderte Nina. »Die Pension ist aber auch perfekt dafür geeignet, um in einer Lebkuchenstadt zu stehen. Das alte Häuschen ist so wunderbar gemütlich, ein Platz zum Wohlfühlen.«

»Ja, das ist es«, erwiderte Magnus. »Aber in die Jahre gekommene Dinge machen manchmal auch Probleme, wie ihr schon gemerkt habt. Ich wünschte, ich hätte das Geld für die notwendigen Renovierungsarbeiten, meine Großmutter war gut darin, die Wehwehchen des alten Hauses zu vertuschen. Aktuell ist es wie ein Überraschungsei, das bedauerlicherweise wenig Positives beinhaltet.« Er stieß einen Seufzer aus. »Aber damit will ich dich jetzt nicht belasten. Der Boiler funktioniert ja wieder einwandfrei, das warme Wasser ist zumindest gesichert. Möchtest du nun einen Tee?«

Nina nickte. Ihr war aufgefallen, dass Magnus' Augen etwas von ihrem Strahlen verloren hatten. Das Erbe seiner Großmutter, hatte er gesagt. Vermutlich hatte er sie sehr geliebt, so wie sie ihre Oma Thea geliebt hatte und ihren Opa Uwe noch heute liebte. Ein Leben ohne ihn konnte sie sich nicht vorstellen. Wie es sich anfühlte, geliebte Menschen zu verlieren, wusste sie nur zu gut. Zum Glück erfreute sich Uwe bester Gesundheit, und diese verrückte Reise nach Norwegen hatte ihn endgültig wieder ins Leben zurückgeholt. Allerdings konnte diese Reise noch ein unschönes Ende nehmen, wenn er es nicht schaffte, seiner Jugendliebe reinen Wein einzuschenken. Gleichzeitig bereute es Nina schon wieder, mit ihm wegen seiner Lügerei so hart ins Gericht gegangen zu sein. Schließlich war sie, was Partnerschaften anging, eine schlechte Ratgeberin. Sie hatte bisher nur zwei etwas ernsthaftere Beziehungen gehabt. Eine davon hatte immerhin ein knappes Jahr gehalten. Als ihr damaliger Auserwählter mit ihr zusammenziehen wollte, hatte sie ihm jedoch den Laufpass gegeben. Sie konnte sich noch genau daran erinnern, wie er das Thema während eines Restaurantbesuchs ansprach. Hoffnungsvoll hatte er sie angesehen, und sie hatte sich in diesem Moment gefühlt wie ein hilfloses Tier, das in eine Ecke gedrängt wurde. Mit jemandem zusammenzuziehen bedeutete in einer Beziehung eine Verantwortung und eine Nähe, für die sie nicht bereit war.

Vielleicht sollte sie doch eine Therapie machen, wie Alex es ihr vor einer Weile empfohlen hatte. Aber von Seelenklempnern hatte sie noch nie viel gehalten. Menschen, die in der Gefühlswelt anderer Leute herumstocherten und meinten, sie könnten sie reparieren, waren ihr suspekt.

Sie schob die Gedanken beiseite und richtete ihren Blick wieder auf die auf dem Tisch liegenden und noch nicht dekorierten Hausteile.

»Was sind deine nächsten Arbeitsschritte?«, fragte sie.

»Wir müssen die Fensterscheiben einkleben«, sagte er und griff nach einem Päckchen Blattgelatine. »Wenn du magst, kannst du das gern allein machen, und ich befestige schon mal die Lichterkette auf der Bodenplatte. Letztes Jahr hab ich sie erst im Nachhinein eingebaut, und das war ein arges Gefummel. Dieses Jahr werde ich mich gleich um die Technik kümmern.«

Die beiden machten sich an die Arbeit, und Nina bemühte sich darum, die Fensterscheiben aus Gelatine möglichst akkurat mit dem Zuckerguss zu befestigen. Nachdem sie diesen Arbeitsschritt erledigt hatte, war auch die Lichtinstallation auf der Bodenplatte fertig, und gemeinsam begannen sie, das Lebkuchenhaus zusammenzusetzen. Nina hielt die Platten fest, während Magnus die Teile miteinander verklebte. Der zuckrige Zement, den er angerührt hatte, hielt erstaunlich gut, es blieb alles relativ schnell an Ort und Stelle. Nur der obere Dachfirst wollte nicht zu hundert Prozent passen, aber der kleine Spalt ließ sich kaschieren. Jedes Mal, wenn er sie während ihrer Bastelaktion berührte, fühlte es sich an, als würde er ihr einen kurzen Stromschlag versetzen. Nina trank, um ihre Nervosität im Griff zu behalten, viel zu viel von dem zuckrigen Tee, der ihr eigentlich gar nicht schmeckte.

»Oma hätte jetzt schon wieder gemeckert«, sagte Magnus lächelnd, während er noch eine extra Schicht Zuckerguss auf dem Dachfirst verteilte. »Was unser Lebkuchenhaus anging, war sie eine Perfektionistin und hat es bis zum Beginn ihrer Erkrankung stets allein gebaut. Niemand durfte ihr dabei zur Hand gehen. Und eine so blutige Anfängerin wie dich hätte sie erst gar nicht in die Küche gelassen. Nicht, dass sie ein unfreundlicher Mensch gewesen wäre. Sie war herzensgut und liebevoll, die beste Gastgeberin, die man sich vorstellen kann. Aber bei ihrem Lebkuchenhaus war sie eigen.«

»Verständlich«, erwiderte Nina. »Es kommt ja auch in eine große und berühmte Ausstellung. Da sollte es schon perfekt sein. Darf ich fragen, welche Krankheit sie hatte?«, erkundigte sie sich und biss sich im selben Moment auf die Lippe. Sie kannte Magnus doch kaum, ein solches Nachhaken würde er womöglich für indiskret halten. Doch ihre Sorge schien unbegründet.

»Parkinson«, antwortete er und seufzte. »Anfangs hat sie es zu verbergen versucht, sie war eine Kämpferin. Aber diesen Kampf konnte sie nicht gewinnen.«

Die Strahlkraft seiner Augen wirkte erneut getrübt. Die Art, wie er seine Emotionen zeigte, berührte Ninas Herz und weckte in ihr die Erinnerungen an ihre Oma Thea, die sich ebenfalls mit all ihrer Kraft gegen ihre Krankheit gestemmt hatte.

»Ja, es ist hart, zusehen zu müssen, wie ein Mensch immer schwächer wird und allmählich verschwindet«, erwiderte Nina. »Meine Großmutter hatte Krebs, und als er entdeckt wurde, war es bereits zu spät. Für Opa war es besonders schlimm, er vermisst sie bis heute. Sie war die Liebe seines Lebens. Er hat sich nach ihrem Tod sehr in seiner Wohnung vergraben und geht nur noch selten aus dem Haus.«

»Aber er hat doch die Pension gebucht, oder?«, entgegnete Magnus mit verdutzter Miene. »Sogar über eines der Internetportale, und trotzdem hat er noch extra angerufen, um sich zu versichern, dass auch alles seine Richtigkeit hat. Das machen ältere Leute häufig, sie haben es gern, persönlich eine Bestätigung zu erhalten, und trauen dem Netz in dieser Hinsicht nicht so recht. Er wirkt so agil und fröhlich.«

Nina entlockte Magnus' Einwand ein Lächeln, und die Traurigkeit, die sich durch seine Erzählung in den Raum geschlichen hatte, verschwand wieder. Sie überlegte kurz, ob es richtig war, Magnus den wahren Grund für ihre Reise zu erzählen – und entschied sich dafür. Sie berichtete von dem Fernsehbericht über Bergen und die Lebkuchenstadt und von Uwes darauffolgender Idee. Um welche Frau es sich handelte, erwähnte sie jedoch nicht. Ihr Großvater würde gewiss nicht wollen, dass sie alle Details seiner persönlichen Geschichte weitergab. Besonders das unschöne Ende dieser kurzen Liaison ließ sie unerwähnt und erklärte nur allgemein, dass der Kontakt nach seiner Rückkehr aus Norwegen bedauerlicherweise rasch abgerissen sei.

»Das ist ja großartig«, erwiderte Magnus. »Eine Reise aus Liebe. Ich hoffe, er findet sein Glück.«

»Ja, das hoffe ich auch«, antwortete Nina, froh darüber, dass Magnus nicht zu neugierig war und sich nicht genauer nach der Frau erkundigte.

»Und weil er nicht allein fahren wollte, bin ich mitgekommen. Und Alex hat sich voller Begeisterung drangehängt. Er und seine drei Katzen sind meine Mitbewohner.«

»Verstehe«, antwortete Magnus.

Es entstand eine Gesprächspause, und Nina bemerkte plötzlich doch ihre Müdigkeit. Ihr Blick fiel auf eine an der Wand hängende Uhr. Es war bereits halb fünf. Die Zeit war wie im Flug vergangen.

»Ich glaube, ich lege mich noch mal hin. Opa wollte mich heute Vormittag erneut mit in die Lebkuchenstadt nehmen, und wie ich ihn kenne, steht er wieder früh auf.« Sie streckte sich gähnend.

»Und was wäre, wenn du der Lebkuchenstadt einen anderen Dienst erweist und einen weiteren und äußerst wichtigen Beitrag für die Stadt mit mir gemeinsam heute Mittag abholst?«, schlug Magnus plötzlich vor. »Es ist ein Stück zu fahren, aber ich denke, es könnte dir gefallen. Am frühen Abend wären wir wieder zurück.« Er sah sie hoffnungsvoll an, und Ninas Herz tat einen Satz. Er wollte mehr Zeit mit ihr verbringen, das war großartig! Aber wollte sie diese Nähe auch wirklich zulassen? Sie empfand etwas für ihn, so viel war klar. Es kam ihr so vor, als würde sie ihn bereits ewig kennen. Bisher hatte sie noch für keinen Mann so rasch etwas empfunden. Aber er war Norweger und lebte in Bergen, und sie lebte in Frankfurt. Am Ende würde er ihr das Herz brechen. Sie konnte sich unmöglich auf sein Angebot einlassen.

Oder sie tat endlich einmal das, was Alex ihr seit Jahren bereits vorbetete: Sie könnte spontan sein und die Dinge auf sich zukommen lassen.

Sie atmete innerlich tief durch, schob die dummen Zweifel zur Seite und antwortete: »Ich komme sehr gern mit.«

13

Am späten Vormittag starteten die beiden ihre Fahrt in einem in die Jahre gekommenen rot-weißen Ford Transit. Nina begeisterte die farbenfrohe Innenausstattung, die eindeutig die Handschrift einer älteren Frau trug und an die Hippiezeiten der Siebzigerjahre erinnerte. Die Autositze waren mit selbst gehäkelten Bezügen versehen, hellblau mit gelben Blümchen, und am Innenspiegel baumelten kleine Strickpüppchen in lustigen Latzhosen.

»Hübsch bunt hast du es hier«, konnte sich Nina einen Kommentar zur Autogestaltung nicht verkneifen.

»Omas Handwerk«, antwortete Magnus. »Der alte Bus sieht mein ganzes Leben lang schon so aus, und ich käme niemals auf die Idee, etwas zu verändern. Noch dazu läuft er wie ein Uhrwerk und macht zum Glück nie Probleme.«

»Da würde mein Opa jetzt gleich wieder mit einem dieser alten Früher-war-alles-besser-Sprüche kommen«, erwiderte Nina lächelnd. »Damals war alles noch echte Wertarbeit.«

Magnus bremste ab, denn vor ihnen beschäftigte sich ein alter Mann in einem grauen Norwegerpullover damit, die schmale Gasse vom Schnee zu befreien. Magnus schien sich nicht daran zu stören, dass der Mann noch gut eine Minute weiterräumte, bevor er zur Seite trat. In Deutschland hätten zwei Drittel der Autofahrer vermutlich längst gehupt und lautstark gemeckert. Nina gefiel diese Form von Gelassenheit. Als sie an dem Mann vorüberfuhren, winkte er ihnen fröhlich zu, und Magnus winkte zurück.

»Der alte William, immer bei der Arbeit«, sagte er und lenkte den Wagen langsam um die nächste Kurve. An dieser Stelle war die Gasse äußerst eng, und es parkte zudem ein Fahrzeug an der Seite. Nina, die nur selten Auto fuhr, hätte die Durchfahrt vermutlich vor lauter Angst, sie könnte irgendwo anstoßen, verweigert. Ihr war bewusst, dass Magnus mit den schmalen Gassen als Einheimischer vermutlich umgehen konnte, trotzdem atmete sie erleichtert auf, als sie eine breitere Hauptstraße erreichten.

»Wo fahren wir eigentlich genau hin?«, fragte Nina. »Bisher hast du nur gesagt, dass wir einen weiteren Beitrag für die Lebkuchenstadt abholen. Verrätst du mir jetzt Näheres?«

»Aber gern. Wir fahren auf die Insel Tysnes. Dort wird es dir gefallen, das verspreche ich dir.« Er warf ihr einen kurzen Seitenblick zu und grinste spitzbübisch, da er genau wusste, dass Nina mit diesem Namen nichts anfangen konnte.

»Auf eine Insel«, wiederholte Nina erstaunt.

»Ja, davon haben wir hier eine ganze Menge«, erwiderte er. »Tysnes ist aber etwas Besonderes. Ich bin dort aufgewachsen. Jetzt im Winter ist es ruhig auf der Insel, aber im Sommer ist immer eine Menge los, denn es gibt ein großes Musikfestival.«

»Verstehe«, antwortete Nina. »Also keine kleine Insel.«

»Es ist eine ganze Inselgruppe. Aber du wirst sie bald sehen. Und so wie es scheint, haben wir heute auch mit dem Wetter Glück, es klart auf.« Er deutete zum Himmel, und Nina folgte seinem Blick. Er hatte recht. Zwischen den noch immer zahlreich vorhandenen Wolken zeigten sich erste blaue Lücken. »Also der perfekte Tag für eine Bootsfahrt«, sagte Magnus und lenkte den Wagen auf eine Autobahn.

Es dauerte nicht lange, bis sie an einem Fährhafen ankamen, wo zu ihrem Glück die Fähre gerade bereitstand. Auf dem Schiff verließen sie das alte Auto, und Magnus organisierte ihnen am Bordkiosk zwei Becher Kaffee. Nina blieb auf dem Oberdeck. Inzwischen hatten sich die Wolken beinahe vollständig verzogen, und sie stand im hellen Sonnenschein der Mittagssonne am Geländer und ließ ihren Blick über das funkelnde Wasser des Bjørnafjords und über die verschneite Landschaft schweifen. Da es windstill war, kamen ihr die frostigen Temperaturen gar nicht so kalt vor. Kurz nachdem sie abgelegt hatten, trat Magnus mit den zwei Kaffeebechern neben sie und reichte ihr einen davon. Sie bedankte sich lächelnd und nippte vorsichtig an dem dampfenden Getränk. Er stand nah bei ihr, und seine körperliche Nähe berauschte sie so sehr, dass es ihr schwerfiel, seinen Ausführungen und Erklärungen zu ihrer Umgebung zu folgen. Er deutete während der Überfahrt mal nach links, mal nach rechts und erzählte alle möglichen Dinge über kleine Inseln im Fjord, die wie entzückende Eilande aus einer Zauberwelt aussahen. Die Kulisse erinnerte an die typischen Liebesfilme aus dem Fernsehen, die Nina eigentlich nie guckte, weil sie ihr zu kitschig waren. Aber war dieses Erlebnis nicht auch irgendwie kitschig? Sie fuhr mit einer Fähre über einen Fjord mit einem unfassbar gut aussehenden Typen, der ihr komplettes Gefühlsleben mit nur einem Blick aus seinen unfassbar schönen Augen komplett durcheinanderwirbelte. Und ihr Großvater war ebenfalls auf Freiers Füßen unterwegs. Befänden sie sich in einem dieser Filme, dann würde es wohl ein Happy End mit einer Doppelhochzeit geben, oder?

Kurz bevor sie ihr Ziel erreichten, verdunkelte eine erste Wolke die Sonne. Magnus' Blick wanderte Richtung Norden, und seine Miene wurde skeptisch.

»Das war es dann wohl wieder mit dem Sonnenschein, es sieht erneut nach Schnee aus. Dieses Jahr scheint es in der Gegend tatsächlich mal wieder stabil winterlich zu sein.«

»Dieses Jahr«, erkundigte sich Nina irritiert. »Wir sind in Norwegen. Hier ist es doch immer winterlich, oder?«

»Nicht immer und überall. Bergen liegt ja nicht so weit im Norden wie zum Beispiel Tromsø. Auch weiter im Inland gibt es viel mehr Schnee, dort liegen viele bekannte Skigebiete. Unser Wetter wird oft vom Atlantik beeinflusst, aber dieses Jahr ist es anders, und die nördlichen Winde haben uns fest im Griff. Wenn wir Glück haben, bekommen wir in Bergen mal wieder weiße Weihnachten. Das passiert leider nicht immer, zuletzt hatten wir vor zwei Jahren Schnee zum Fest.«

»Also, die Hoffnung, dass wir in Frankfurt irgendwann mal wieder weiße Weihnachten bekommen, habe ich längst aufgegeben«, erwiderte Nina lachend. »Bei uns gibt es für die Schneepleite zum Fest sogar ein Fachwort. Weihnachtstauwetter. Allerdings gab es in den letzten Jahren nicht einmal mehr Schnee, der hätte tauen können.«

Es ertönte eine Durchsage über den Lautsprecher der Fähre, erst auf Norwegisch, dann auf Englisch. Sie erreichten ihr Ziel in wenigen Minuten und wurden gebeten, zu ihren Autos zurückzukehren.

»Dann wollen wir mal«, sagte Magnus und trat vom Geländer zurück.

Als sie kurz darauf mit dem Ford Transit von der Fähre fuhren, hatte der Himmel sich endgültig zugezogen und die ersten Schneeflocken fielen.

Die Fahrt vom Hafen bis zu ihrem Ziel dauerte nicht sonderlich lang. Es war ein beschaulich am Wasser gelegenes, dreistöckiges weißes Holzhaus mit einer großen und teilweise überdachten Veranda, an deren hölzernem

Geländer eine weihnachtliche Tannengirlande befestigt war. Auf der Hauswand stand der Name E.H. Solberg geschrieben. Darunter stand das Wort *Landhandel.* Es war also irgendeine Art von Geschäft.

»Herzlich willkommen bei der Familie Solberg«, sagte Magnus und stellte den Motor ab. »Meine Tante Janne und mein Onkel Ragnar betreiben hier ein ganz besonderes Geschäft, das bereits seit vielen Jahrzehnten in Familienbesitz ist. Es ist vieles in einem: Schokoladenfabrik, Bäckerei, historischer Laden. Du wirst es lieben, das verspreche ich dir.«

Er öffnete die Autotür, und Nina stieg aus. Über wenige Stufen gelangten sie auf die weitläufige Veranda.

»Im Sommer kann man hier draußen sitzen und bei dem besten hausgemachten Eis der Welt den Blick über den Fjord genießen«, erläuterte Magnus. »Aber im Moment verkaufen sie natürlich weihnachtliche Süßigkeiten. Komm, ich zeige dir alles.«

Er nahm wie selbstverständlich ihre Hand und zog sie mit sich zum Eingang.

Im Inneren empfing sie ein Ladengeschäft, wie Nina es noch nie zuvor gesehen hatte. Mit dem Wort »historisch« hatte Magnus den Nagel auf den Kopf getroffen. Nina wusste gar nicht, wo sie zuerst hingucken sollte. Die Wände waren hellblau gestrichen, alte Verkaufsschilder hingen daran, ähnliche Werbeschilder hatte Nina mal auf einem Flohmarkt gesehen. Tabak und Fisch wurden angepriesen, dazu natürlich feinste Schokolade. Auf einer hölzernen Verkaufstheke mit unzähligen kleinen Schubladen standen eine alte Kasse und eine Küchenwaage, die sie in dieser Form nur aus dem Museum kannte. Es gab sogar ein historisches Telefon, ein riesiger, moosgrüner Kasten mit einem altmodischen Hörer. In den Regalen standen hausgemacht aussehende Fruchtweine und Marmeladen. In der Kuchentheke befanden sich kleine Kuchen, verschiedenste Arten von Pralinen und Zimtschnecken. In einem Regal stapelten sich mit Weihnachtsgebäck gefüllte Tüten. Selbstverständlich war auch hier alles weihnachtlich dekoriert, in den Fenstern funkelnde Lichtersterne, und an der Theke waren Girlanden angebracht. In den Regalen entdeckte Nina zwischen den Waren kleine Weihnachtstrolle.

Sie wurden auf Norwegisch von einer älteren Frau begrüßt, die hinter der Verkaufstheke stand und von ihrem äußerlichen Erscheinungsbild perfekt zu dem historisch anmutenden Laden passte. Sie trug über einem beigefarbenen Rollkragenpullover eine blaue Schürze mit dem Firmennamen darauf, und ihr ergrautes Haar hatte sie zu einem Zopf geflochten. Sie strahlte vor Freude und kam hinter dem Tresen hervor, um Magnus fest an sich zu drücken. Als sich die beiden wieder voneinander gelöst hatten, fiel der Blick der Frau auf Nina, und Magnus stellte sie einander vor. Er sprach Deutsch, anscheinend schien die Frau damit kein Problem zu haben.

»Janne, das ist Nina. Sie ist aktuell gemeinsam mit ihrem Großvater und einem Bekannten Gast in der Pension. Unsere Lebkuchenstadt und die Liebe hat sie in die Stadt geführt. Ist das nicht großartig?«

Janne reichte Nina die Hand zur Begrüßung, und auch sie sprach nun Deutsch.

»Schön, dich kennenzulernen, Nina. Die Lebkuchenstadt und die Liebe, was für eine Kombination. Du musst mir unbedingt erzählen, was es damit auf sich hat. Für romantische Geschichten bin ich immer zu haben.« Sie zwinkerte Nina lächelnd zu. »Vielleicht bei einer heißen Schokolade und einer frisch gebackenen Zimtschnecke?«

»Das klingt verführerisch«, antwortete Nina freudig. Janne hatte sie mit ihrer herzlichen Art sogleich für sich eingenommen.

Nur wenig später saßen sie in einer gemütlichen Landhausküche, die allerdings nicht ganz so aus der Zeit gefallen war wie der alte Laden. Es gab eine normale Küchenzeile, eine rustikale weiße Sitzgruppe und ein gemütliches dunkelblaues Küchensofa. Auf dem Fensterbrett tummelten sich aber auch hier possierliche Weihnachtstrolle, und die verführerischen Düfte der heißen Schokolade und des Zimts erfüllten den Raum, während es draußen kräftig schneite. Endgültig hatte Nina das Gefühl, in Astrid Lindgrens Bullerbü angekommen zu sein.

Janne stellte eine große Tasse heiße Schokolade mit Sahne vor sie und sagte: »Ich hab dir noch ein bisschen Zimt draufgestreut, dann schmeckt es besser.« Sie deutete auf den Hauch braunen Pulvers, der sich auf dem recht ansehnlichen Sahnehäubchen befand. Auch Magnus bekam eine Tasse hingestellt, es folgte ein reichlich gefüllter Teller mit Zimtschnecken. Ninas Augen wurden groß. Derart voluminöse Ausgaben dieses Gebäcks hatte sie noch nie zuvor gesehen.

»Greift zu, solange sie noch warm sind. Dann schmecken sie am besten«, forderte Janne sie auf und setzte sich Nina gegenüber. Auch sie trank eine heiße Schokolade, allerdings war ihre Tasse bedeutend kleiner ausgefallen.

Magnus nahm sich zuerst eine der Schnecken, Nina griff nun auch zu und beförderte eine der ausladenden Köstlichkeiten auf ihren Teller.

Während Nina sich ein erstes Stück in den Mund schob, erkundigte sich Janne bei Magnus nach der Pension. Ihr Nachfragen sorgte dafür, dass sich Sorgenfalten auf seine Stirn legten.

»Es bleibt schwierig«, antwortete er, und seine Stimme klang bedrückt. »Heute früh hab ich wieder eine schlechte Bewertung im Internet gefunden. Jemand beschwert sich über die Hellhörigkeit im Haus und die knarrenden Fußböden. Die Möbel waren den Gästen zu abgewohnt, und auch das Gemeinschaftsbad war ihnen ein Dorn im Auge. Der Name war anonym, aber ich weiß, wer es war. Ein Ehepaar, sie sind vor einigen Tagen abgereist.«

»Nimm dir solche Rückmeldungen nicht so zu Herzen«, sagte Janne und legte tröstend ihre Hand auf Magnus' Arm. »Diese Leute haben doch genau gewusst, was sie buchen. Im Internet ist zu sehen, dass es ein altes Haus und kein Fünf-Sterne-Luxushotel ist.«

»Ja, ich weiß«, erwiderte Magnus und seufzte tief. »Aber solche Rezensionen sind nie gut fürs Geschäft. Mir selbst ist das Etagenbad auch ein Dorn im Auge, aber mir fehlt einfach das Geld für eine modernere Einrichtung.«

»Nun ja«, sagte Nina. »Uns gefällt es in deiner kleinen Pension richtig gut. Gerade die alte Einrichtung macht den besonderen Charme aus. Und knarrende Holzböden gehören doch dazu. Ja, das mit dem Warmwasser war nicht so gut, aber dafür findest du bestimmt eine Lösung. Deine Pension ist so heimelig, man fühlt sich nicht wie in einem unpersönlichen Hotel, sondern wie zu Hause. Von uns bekommst du auf jeden Fall eine gute Bewertung im Internet.«

»Danke dir«, antwortete Magnus. Nun konnte er schon wieder etwas lachen. Nina fing kurz seinen Blick auf, und es durchfuhr ihren Körper erneut dieses wohlige Schaudern.

»Da muss ich Nina recht geben«, sagte Janne. »Irgendwem gefällt immer irgendetwas nicht. Trotzdem finde ich es nach wie vor großartig, dass du die Pension von Lina übernommen hast. Sie hat so sehr daran gehangen.«

»Ja, das hat sie«, antwortete Magnus. »Ihr habt recht. Ich sollte mich nicht von solchen negativen Dingen runterziehen lassen. Ich rede morgen mal mit Malte. Niemand kennt die alten Leitungen im Haus besser als er. Bestimmt wird er eine Lösung für das Problem finden, und mit der Bezahlung wurden wir uns bisher immer irgendwie einig.«

»Das klingt doch schon besser«, erwiderte Janne.

Es war ein lautes Tosen, das die drei aufmerken und aus dem Fenster blicken ließ. Draußen schneite es wie verrückt, und ein regelrechter Sturm zerrte an den Zweigen der kahlen Bäume. Die Flocken fielen so dicht, dass selbst der nahe gelegene See nicht mehr zu erkennen war.

»Was für ein Unwetter«, war es Janne, die als Erste den Ausblick kommentierte. »Und wir waren heute früh noch so blauäugig und dachten, die Front würde weiter nördlich an uns vorüberziehen. So kann man sich irren.«

Im nächsten Moment waren schwere Schritte zu hören. Sie gehörten zu einem bulligen Mann mit Bart, der die Küche betrat. Er trug eine Daunenjacke, und auf seinem rundlichen Kopf lag eine Wollmütze, auf der der Schnee glitzerte. Seine Wangen waren von der Kälte gerötet, und seine Miene war ernst. Er grüßte auf Norwegisch und redete auch in dieser Sprache weiter. Mit klopfendem Herzen hörte Nina ihm zu, manche norwegischen Worte klangen dem Deutschen recht ähnlich. Doch wirklich etwas von dem Gesagten verstehen konnte sie nicht. Janne setzte sie, gleich nachdem der Mann seine Rede beendet hatte, ins Bild: »Der Fährbetrieb ist für heute wegen des starken Sturms komplett eingestellt worden. So wie es aussieht, werdet ihr beiden bis morgen unsere Gäste sein. Wollen wir hoffen, dass der Spuk rasch vorüber ist.«

14

»Nein, Opa, es ist alles so weit in Ordnung«, versuchte Nina Uwe zu beruhigen. »Wegen des Sturms fahren die Fähren nicht, deshalb kommen wir hier heute nicht mehr weg. Du musst dir aber keine Sorgen machen. Wir werden von Magnus' Tante und seinem Onkel liebevoll umsorgt. Janne und Ragnar betreiben einen kleinen Landhandel und eine eigene Schokoladenfabrik. Ist das nicht großartig? Wie läuft es denn bei dir so? Wie war der Tag in der Lebkuchenstadt? Kommt ihr mit dem Aufbau weiter gut voran? Klappt sonst auch alles?«

»Wie man es nimmt«, antwortete Uwe. »Alex treibt sich irgendwo mit diesem Sven rum. Er hat was davon gesagt, dass sie fischen gehen wollen. Aber wer fährt denn bei so einem Wetter aufs Meer raus? Und Ingrid war heute leider nicht in der Lebkuchenstadt. Sie ist wohl erkältet. Kannst du Magnus bitte ausrichten, dass mit der Heizung etwas nicht in Ordnung ist? Im ganzen Haus ist es eiskalt.«

»Ach du je«, erwiderte Nina bestürzt. »Ich sag es

ihm sofort, wenn er wieder da ist. Er ist gerade mit seinem Onkel Ragnar raus zum Schuppen, um Feuerholz zu holen.«

»Wie passend«, merkte Uwe an.

Nina erkannte den sarkastischen Unterton in seiner Stimme, der nichts Gutes verhieß. Uwes Laune schien an einem Tiefpunkt angekommen zu sein. Nina ahnte, dass dieser Umstand nicht nur mit der fehlenden Wärme und dem Kranksein von Ingrid zu tun hatte. »Da ist noch etwas anderes, oder?«, hakte sie vorsichtig nach. »Ist es wegen Ingrid? Dass ich neulich so schroff zu dir gewesen bin, tut mir leid. Es ist natürlich deine Entscheidung, wie du dich ihr näherst. Ich hab aber gedacht, dass sie deine Ehrlichkeit verdient.«

Am anderen Ende herrschte nun Stille, und Nina glaubte kurz, die Verbindung sei abgerissen.

Doch dann kam eine Antwort von Uwe: »Du hast ja recht«, sagte er und seufzte hörbar. »Ingrid hat meine Ehrlichkeit verdient. Ich komme mir ganz furchtbar schäbig vor, weil ich es nicht fertigbringe, ihr reinen Wein einzuschenken. Da ist aber noch etwas. Ich hab es dir gar nicht erzählt, warum nicht, kann ich gar nicht sagen. Jedenfalls bin ich Ingrid neulich Abend bis zu ihr nach Hause nachgelaufen, und da hab ich sie durchs Fenster mit einem anderen Mann beobachtet. Sie hat so glücklich ausgesehen. Ich hab mich wie ein Idiot gefühlt. Wir hätten nicht herkommen sollen. Diese ganze Reise war eine dumme Schnapsidee. Das ist doch alles schon so lange her, über fünfzig Jahre. Wenn du von der

Insel zurück bist, können wir dann früher nach Hause fliegen als geplant?«

Seine Stimme klang beinahe so schrecklich traurig und hoffnungslos wie damals, als er Thea verloren hatte. Nina fühlte sich plötzlich vollkommen hilflos, ihr fehlten die Worte für eine Antwort. Seine Niedergeschlagenheit griff auf sie über, und es fühlte sich an, als legte sich eine Last auf ihre Schultern.

Sie stand am Küchenfenster und blickte ins Schneetreiben, Ragnar und Magnus kamen gerade mit dem Feuerholz in großen Körben angelaufen. Sie beobachtete, wie sie die Stufen zur Veranda hinaufeilten. Vielleicht wäre es tatsächlich besser, ihre Reise abzubrechen. Bevor weitere Wunden aufgerissen wurden, die erneut schwer heilen würden. Aber war es nicht doch eine besondere Form von Entschlossenheit gewesen, die sie hierhergeführt hatte? Auch sie selbst fühlte sich frei wie lange nicht. Sie hätte schon längst einmal aus dem immergleichen Trott ausbrechen, ihre Lähmung abschütteln sollen. Allerdings ging es hier nicht um sie, sondern um ihren Großvater. In diesem Moment wurde ihr klar, was der wahre Grund für seinen Rückzieher war.

»Bist du noch da?«, hörte sie ihn fragen.

»Ja, das bin ich«, antwortete Nina. »Kann es sein, dass du eifersüchtig bist?«, sprach sie ihren Gedanken von eben laut aus. »Dass du sie noch immer liebst?« Nina verfluchte sich innerlich für diesen Vorstoß. Sie redete mit ihrem Großvater wie mit ihrer besten Freundin. Stand ihr das überhaupt zu?

»Schon möglich«, antwortete Uwe irgendwann. »Warum sollte ein alter Dummkopf wie ich sonst bis nach Norwegen fliegen? Aber eigentlich kenne ich sie doch gar nicht mehr richtig. Das Mädchen, in das ich mich vor fünfzig Jahren verliebt habe, gibt es heute nicht mehr.«

»Ich weiß«, antwortete Nina. »Sie ist älter geworden, aber sie ist immer noch Ingrid. Ich finde, du solltest nicht davonlaufen. Ich weiß, es fällt dir schwer und du bist aus der Übung, und ich hab eh keine Ahnung von der Liebe und bin eine furchtbar schlechte Ratgeberin, aber wenn du mit ihr jetzt nicht redest, dann wirst du es vermutlich den Rest deines Lebens bereuen.«

»Hier steckst du«, vernahm Nina plötzlich Alex' Stimme durchs Telefon. »Boah, ist das kalt hier drin. Sag bloß, die Heizung geht nicht. Wo stecken denn Nina und Magnus?«

Nina entlockte Alex' Auftauchen einen Seufzer. Damit war das persönliche Gespräch mit ihrem Opa wohl beendet.

Während Uwe Alex die Situation erklärte, betrat Magnus die Küche, und Nina winkte ihn sogleich zu sich und berichtete von der ausgefallenen Heizung. Sie reichte das Handy weiter, und Magnus versprach Uwe, sofort Malte zu informieren.

»Er wird bestimmt gleich kommen und die Heizung wieder in Gang setzen. Das verspreche ich euch. Gebt mir eine Minute, ich melde mich sofort wieder.«

Nachdem er aufgelegt hatte, gab er Nina ihr Handy

zurück und versuchte, mit seinem eigenen Telefon Malte zu erreichen, was ihm bedauerlicherweise nicht gelang. Er hinterließ eine Nachricht auf der Mailbox und bat um einen sofortigen Rückruf.

Missmutig dreinblickend ließ er das Handy sinken und sagte: »Das dumme alte Ding, Malte hat sie gerade erst gewartet, da war alles gut. Wo steckt er bloß?«

Nina wusste nicht, was sie sagen sollte. Da waren sie wieder: seine Sorgen mit dem alten Haus. Und jetzt saßen sie auch noch auf dieser Insel im Schneesturm fest, und er konnte nicht einmal vor Ort nachsehen, was los war.

Janne betrat den Raum. »Hey ihr beiden«, grüßte sie freundlich. »Ich hab eure Zimmer fertig gemacht. Wenn du magst, zeige ich dir deines, Nina. Es hat früher meiner Tochter gehört, vom Fenster aus hat man einen hübschen Blick über den Fjord. Gut, heute eher weniger, aber vielleicht ja morgen früh.«

Ihr Blick fiel kurz auf Magnus, dann auf das Handy in seiner Hand.

»So wie du aussiehst, gab es schlechte Nachrichten«, sagte sie.

Magnus erläuterte das Problem.

Eine Antwort blieb Janne ihm schuldig, denn im nächsten Moment läutete Magnus' Handy. Seine Miene hellte sich bereits auf, als er auf das Display schaute.

»Malte«, sagte er und nahm den Anruf sogleich an. Das auf Norwegisch geführte Telefonat dauerte nicht lang.

»Malte ist in fünf Minuten vor Ort«, teilte Magnus ihnen mit. Ihm war die Erleichterung anzusehen, seine Gesichtszüge entspannten sich wieder. »Bestimmt haben es die beiden gleich wieder warm. Wenn einer das Problem in den Griff bekommt, dann Malte.«

»Wie schön«, sagte Janne lächelnd. »Dann hat sich für diese Sorge zum Glück eine rasche Lösung gefunden.«

Nina informierte Alex per WhatsApp über die guten Neuigkeiten, danach folgte sie Janne aus dem Raum. Es ging die Treppe nach oben und in ihr Zimmer.

Als sie es betrat, wurden ihre Augen groß. So bezaubernde Räumlichkeiten kannte sie eigentlich nur aus Landhaus-Zeitschriften oder von arrangierten Bildern auf Instagram. Sie hätte niemals im Leben gedacht, dass es derart perfekte und gemütliche Zimmer in Wirklichkeit geben könnte. Die Wände zierte eine hübsche hellbraune Tapete, die voller filigraner weißer Fliederzweige war. Der alte Dielenboden hatte einen hellen Anstrich erhalten, ebenso die hölzerne Decke. Auf dem rustikalen Bett lag ein kuscheliges Fell als Tagesdecke. Es gab einen grün gepolsterten Sessel, daneben einen passenden Toilettentisch. Nina sah das junge Mädchen beinahe vor sich, wie es auf dem gepolsterten Hocker vor dem Spiegel saß und sein Haar bürstete.

»Was für ein entzückendes Zimmer«, konstatierte Nina und berührte mit den Fingerspitzen die Felldecke. »Es sieht aus wie aus einem Märchen. Fehlt nur noch die Schneekönigin, die durchs Fenster hereinblickt.«

»Aber die ist doch böse«, sagte Janne. »Da hab ich

lieber irgendwelche Trolle, denen stell ich ihren Brei hin, dann sind sie freundlich.«

Nina brachte die Erwähnung der Trolle zum Schmunzeln. Da waren sie wieder, diese für die Norweger so wichtigen Fabelwesen.

»Meine Älteste hätte das öfter tun sollen, dann hätte ihr vielleicht ein besonders freundlicher Troll beim Aufräumen geholfen. Als sie hier noch gewohnt hat, war es nie so ordentlich – Teenager eben«, sagte Janne lachend. »Das Bad ist genau gegenüber, ich bring dir frische Handtücher, und ich konnte auch eine neue Zahnbürste auftreiben. Wenn du magst, leihe ich dir etwas Bequemes für die Nacht. Du hast ja nichts mit, ihr wolltet ja eigentlich gleich wieder zurück. Es freut uns übrigens sehr, dass Magnus mal ein Mädchen mitbringt. Seit dem, was damals passiert ist, dachten wir schon, er hätte den Frauen für immer abgeschworen.«

Nina sah Janne überrascht an.

»Aber nein, Magnus und ich sind nicht zusammen«, erklärte sie sogleich. »Ich bin nur Gast in der Pension, mehr nicht. Wir wollten gemeinsam das Lebkuchenhaus abholen, und er wollte mir das alles hier zeigen.«

»Verstehe«, antwortete Janne und strich eine Falte im Bettbezug glatt. Überzeugt sah sie nicht aus.

Nina wusste, dass ihre Neugierde unangebracht war, aber sie konnte nicht anders und hakte nach: »Was ist denn damals passiert?«

»Seine große Liebe hat ihn am Altar stehen lassen und

ist mit seinem besten Freund durchgebrannt. Das hat er nie verwunden.«

»Du liebe Güte«, entfuhr es Nina.

»Wir waren damals alle fassungslos, die beiden sind miteinander aufgewachsen, kannten sich ihr Leben lang«, sagt Janne und seufzte. »Alle dachten, sie wären das perfekte Paar. Ich habe es ihm so gegönnt. Gerade Magnus hat Glück verdient, denn er hatte es nicht immer leicht im Leben. Seine Mutter war sehr jung, als sie ihn bekommen hat, und sie war mit ihm komplett überfordert, den Namen seines Vaters hat sie nie verraten. Als er ein halbes Jahr alt war, ist sie abgehauen, wohin, weiß bis heute niemand. Deshalb ist Magnus bei seiner Großmutter aufgewachsen. Sie hat ihn mit Liebe überschüttet, aber eine richtige Familie konnte sie selbstverständlich nicht ersetzen. Ihr Verlust hat ihm dann endgültig das Herz gebrochen.«

»Verstehe«, antwortete Nina. Sie wusste nicht, was sie noch sagen sollte. Plötzlich lag eine beklemmende Stille im Raum. Nina wusste nur zu gut, was es bedeutete, geliebte Menschen zu verlieren. Was es bedeutete, ein gebrochenes Herz voller Narben zu haben. Emotionen, die sie im Alltag meist verdrängen konnte, drangen nach oben und trieben ihr die Tränen in die Augen. Sie wandte kurz den Blick ab und blinzelte sie fort.

Im nächsten Moment war Magnus' Stimme zu hören, die heiter klang. Nina hob den Blick. Magnus stand in der Tür, und sein einnehmendes Lächeln sorgte dafür, dass die bedrückenden Gefühle sogleich wieder verschwanden.

»Hey, ihr beiden«, sagte er. »Die Heizung in der Pension läuft wieder. Malte hat eben angerufen. War keine große Sache. Jetzt haben es die beiden wieder warm.«

Im nächsten Moment läutete Ninas Handy. Es war Uwe, der ihr freudig ebenfalls die guten Neuigkeiten überbrachte.

»Alex neuer Bekannter Sven ist vorhin aufgetaucht, und er hat uns spontan zum Fischessen eingeladen«, teilte er ihr die Pläne für den Abend mit. »Ist das nicht nett von ihm? Es soll diesen norwegischen Stockfisch geben. Ich bin ja schon gespannt, wie der zubereitet wird und schmeckt. Schade, dass du nicht dabei sein kannst.«

»Ach, auf den Stockfisch kann ich ganz gut verzichten«, antwortete Nina. Es erleichterte sie zu hören, dass Uwe wieder in besserer Stimmung war. »Dann habt mal einen ganz tollen Abend, ihr Lieben. Wollen wir hoffen, dass der Sturm bis morgen abflaut und die Fähren wieder fahren.«

Die beiden verabschiedeten sich voneinander.

»Also, eine solche Delikatesse wie Stockfisch kann ich hier gerade nicht anbieten«, sagte Magnus verschmitzt grinsend. »Aber Ragnar hat gefragt, ob wir Lust hätten, ihm in der Schokoladenfabrik etwas zur Hand zu gehen. Sein Lehrling hat sich krankgemeldet, und für morgen müssten noch einige Bestellungen fertig werden.« Er sah Nina fragend an, und allein dieser Blick sorgte dafür, dass sie wieder das übliche Prickeln spürte.

»Das klingt nach einer großartigen Idee«, antwortete sie und verließ gemeinsam mit ihm den Raum.

Janne folgte ihnen mit einem verschwörerischen Grinsen auf den Lippen.

Am späten Abend betrachtete Nina wohlwollend ihr Werk. Sie hatte gemeinsam mit Ragnar und Magnus fünf unterschiedliche Pralinensorten für den Laden produziert. Von einer Sorte hatte sie etwas für Uwe eingepackt. Es waren Lebkuchenschokokugeln mit Krokant. Bestimmt würde er sich darüber freuen, denn er war ein Süßmäulchen. So hatte ihn früher ihre Großmutter oftmals im Scherz bezeichnet. In der Adventszeit war er jedes Jahr gut darin gewesen, das von ihr produzierte Gebäck aus den Blechdosen in der Speisekammer zu stibitzen. Für Alex hatte sie Marzipanschnitten als Mitbringsel gewählt, denn sie wusste, wie sehr er Marzipan liebte.

Nina und Magnus befanden sich allein in der Schokoladenwerkstatt, wie Ragnar die Backstube bezeichnete, die eher wie eine Landhausküche aussah. Es gab eine große Arbeitsfläche in der Mitte des weitläufigen Raumes, hölzerne Einbauschränke, an den Fenstern hingen niedliche handgehäkelte Scheibengardinen. Einige Gerätschaften wiesen dann aber doch auf einen größeren Betrieb hin. Der Industriebackofen und eine professionelle Knetmaschine etwa, die so aussah, als hätte sie bereits einige Jahrzehnte auf dem Buckel. Über allem hing eine appetitliche Geruchsmischung: Mehl, Lebkuchengewürz, Schokolade und Vanille. Und hier fand sich auf einem der Tische auch das für die Lebkuchenstadt gebaute Haus. Es war ein wahres Meisterwerk. Das dreistöckige und liebevoll mit weißem Zuckerguss verzierte Landhandel-Häuschen sah entzückend aus, die Veranda zierten sogar eine winzige Lichterkette und ein kleiner Weihnachtsbaum. Es galt darauf zu hoffen, dass es den Transport nach Bergen gut überstehen würde.

Nina trocknete sich die Hände an einem Geschirrtuch ab und blickte nach draußen. Bis vor Kurzem war der starke Flockenwirbel noch im Licht einer nahen Gartenlaterne sichtbar gewesen, doch nun war er verschwunden.

»Es hat zu schneien aufgehört«, sagte sie.

Magnus trat ans Fenster.

»Du hast recht«, bestätigte er. »Es hat sogar aufgeklart, und die Sterne funkeln. Das ist eine perfekte Nacht für Nordlichter. Wenn du magst, können wir rausgehen und sehen, ob es welche gibt. Ich kenne da einen guten Platz dafür, es ist nicht weit von hier. Was meinst du?« Er sah sie fragend an.

Nina stimmte sofort zu.

15

Nur wenig später ließen die beiden das Haus mit warmen Wolldecken und einer Thermoskanne Tee bewaffnet hinter sich und stapften durch den im Mondlicht glitzernden Schnee zu dem kleinen Anleger hinunter, an dem mehrere kleinere Boote vertäut waren.

»Wir fahren mit einem Boot?«, fragte Nina irritiert. Sie war davon ausgegangen, dass sie zu einem Aussichtspunkt laufen würden.

»Ja, das tun wir«, antwortete Magnus und entfernte die schützende Plane von einem der Boote. Beim Einsteigen war er Nina behilflich. »Es wird dir gefallen, ich verspreche es. Wollen wir hoffen, dass uns die Nordlichter nicht im Stich lassen. Das wäre bedauerlich.«

Fürsorglich breitete er eine der Decken über Ninas Beine aus. »Mein Gast soll während der Fahrt nicht frieren«, sagte er und grinste. Einen Moment lang sahen sie einander direkt in die Augen, und Nina wünschte sich in diesem Augenblick, er würde sie in seine Arme ziehen und küssen. Doch nichts dergleichen geschah. Stattdessen ging er zum Motor und startete ihn.

Nur wenige Augenblicke später tuckerten sie auf den Fjord hinaus, und die beeindruckende Natur Norwegens nahm Nina gefangen. Über ihnen funkelten unzählige Sterne, und um sie herum lag die verschneite Landschaft im fahlen Licht des Mondes. Es war eine wunderbare Einheit, die Landschaft, der Fjord, die weißen und bunten Holzhäuser an den Ufern. Nina konnte sich gar nicht daran sattsehen. Wäre es nicht so eisig kalt gewesen, sie hätte ewig auf diesem Fjord bleiben und die Welt um sich herum betrachten können.

Nur wenige Minuten später erreichten sie ihr Ziel. Es war eine mitten im Fjord gelegene, winzige Insel, auf der sich ein kleines Haus befand. Nina betrachtete es staunend, während Magnus das Boot am Steg vertäute.

»Was für ein wunderhübscher Ort«, sagte Nina. »Es sieht aus wie in einem Traum.«

»Ja, es ist ein Ort zum Träumen«, antwortete Magnus und half ihr aus dem Boot. »Und es ist der perfekte Platz, um über dem Fjord die Nordlichter zu beobachten. Jetzt müssen wir nur noch darauf hoffen, dass sie auch erscheinen.«

»Wohnt hier jemand?«, fragte Nina, während sie durch den Schnee zu dem verwunschen aussehenden, winzigen Anwesen stapften.

»Nein, fest wohnt hier niemand. Es gehört seit vielen Jahren meinem Onkel. Die Familie vermietet es als Ferienhaus. Zu dieser Jahreszeit wird es aber nur selten gebucht. Ende November ist nicht gerade die beste Reisezeit für Norwegen. Selbst die berühmten Hurtigruten-Schiffe sind zu dieser Zeit kaum belegt. Komm, wir machen uns ein Lagerfeuer, dann haben wir es angenehm warm, während wir auf die Nordlichter warten. Hinter der Hütte befindet sich bestimmt noch Holz.«

Während Magnus draußen das Feuer in Gang brachte, bestaunte Nina das Innere des winzigen Häuschens. Es hatte nur einen Wohnraum. Die Wände waren weiß getüncht, es gab ein Doppelbett aus Metall, eine schmale Küchenzeile, einen kleinen Tisch mit zwei Stühlen. Vor einem offenen Kamin stand ein zweisitziges Sofa mit hellem Blümchenstoff. An den Wänden hingen Skizzenzeichnungen der Fjordlandschaft. Nina strich mit den Fingerspitzen über den metallenen Bettrahmen. Dieses kleine Häuschen machte etwas mit ihr, was sich nur schwer in Worte fassen ließ. Es vermittelte ihr eine ungekannte Form von Geborgenheit. Hier auf dieser Insel und in diesem kuscheligen Häuschen war die Welt mit all ihrem Kummer weit fort. Sie konnte Magnus verstehen, weshalb er es liebte. Auch sie hatte sich auf Anhieb verliebt. Sie hatte das Gefühl, dass ihr das Haus vertraut war. So vertraut, wie auch Magnus es war. Bereits bei ihrem ersten Aufeinandertreffen war da diese Empfindung gewesen. Das Gefühl, auf jemanden zu treffen, den sie bereits kannte. Wobei das im Grunde verrückt war! So etwas geschah nicht im echten Leben. Derart kitschige Dinge passierten nur in Filmen.

Vor dem Häuschen war der Schein eines Feuers zu

erkennen, und Nina ging nach draußen. Es gab eine richtige Feuerstelle mit Holzbalken zum Sitzen darauf, und damit sie es warm hatten, hatte Magnus auf einen von ihnen eine kuschelige Decke gelegt. Nina setzte sich und nahm den Becher mit dampfendem Tee entgegen, den er ihr reichte. Magnus setzte sich neben sie, und eine Weile sagte keiner von beiden etwas. Vor ihnen lag die unbändige Natur, das Mondlicht spiegelte sich auf dem schwarzen Wasser des Fjords, über ihnen funkelten die Sterne. Nina wollte gar nicht reden, denn sie hatte das Gefühl, dass jedes Wort diesen kostbaren Moment zerstören würde. Doch ihre Gedanken konnte sie nicht zur Ruhe zwingen. Sie spürte plötzlich wieder die Unsicherheit und ihre alte Angst, verletzt zu werden. Sie widerstand dem Impuls, ein Stück von Magnus abzurücken und versuchte, während sie ihren Blick fest an den Horizont heftete, die düsteren Zweifel fortzuschieben. Lass es zu, sprach sie sich in Gedanken Mut zu. Denk nicht an morgen, lass es einfach nur geschehen. Es ist doch gut, es ist doch perfekt.

Als hätte Magnus ihre Gedanken gehört, sagte er plötzlich:

»Es gab eine Zeit, da wollte ich niemals wieder diese Insel betreten. Aber irgendwann hab ich mir gedacht, dass es hier viel mehr gute Erinnerungen als schlechte gibt. Also kam ich letzten Sommer wieder hierher, und es fühlte sich nicht mehr schlimm an. Sorry, aber ich hab mitbekommen, dass Janne mal wieder redselig gewesen ist und dir von meiner Ex erzählt hat.« Er zwinkerte ihr kurz zu. »Ich nehme es ihr nicht krumm. Sie ist eben, wie sie ist. Eine liebe Seele, die nichts für sich behalten kann. Der Name meiner Ex war übrigens Eldrid, und sie hat meinen ehemals besten Freund Tore inzwischen sogar geheiratet. Die beiden leben heute in Kristiansand. Mehr weiß ich zum Glück nicht. Ich hab mir lange Gedanken darüber gemacht, weshalb sie so gehandelt und mich am Altar stehen gelassen hat. Ich meine, man kann doch vorher reden, oder? Heute denke ich, dass der Druck einfach zu groß war. Unser Zusammensein ist von allen erwartet worden. Es war, als hätte man uns Fesseln angelegt. Und sie war diejenige, die sie sprengte. Ich meine, wir kannten uns schon immer, alle sagten, wir wären füreinander bestimmt. Vielleicht war es keine Liebe, sondern nur eine tiefe Freundschaft. Schon in der Zeit vor der Hochzeit war es nicht mehr gut, wir haben damals viel gestritten.« Er verstummte und schüttelte den Kopf. »Ach, verdammt«, fluchte er. »Es tut mir leid. Wir sitzen hier an diesem großartigen Ort, und ich erzähle dir von meiner Vergangenheit und von meiner Ex. Das gehört sich nicht.«

»Schon gut«, antwortete Nina und stieß ihn sanft mit ihrer Schulter an. »Jetzt kenne ich wenigstens die Details. Janne würde sich großartig mit Alex verstehen, er hat ebenfalls ein riesengroßes Plappermaul. Ihm solltest du auf gar keinen Fall ein Geheimnis anvertrauen.«

»Ich werde es beherzigen«, antwortete Magnus und lachte. »Aber vielleicht könnte ich ja mal mit ihm über dich plaudern, und er erzählt mir dann deine Geheimnisse.« Er rempelte sie sanft zurück, und Nina erschauderte kurz.

»Du kannst es gern versuchen«, sagte sie. »Er wird dir antworten, dass ich eine total langweilige Frau bin, die schon ewig Single ist und seiner Meinung nach endlich lockerer werden muss.« Während Nina redete, schlug ihr Herz wie wild, und sie hielt ihren Blick auf das Feuer gerichtet. So vertraut hatte sie noch nie mit einem Mann gesprochen. Selbst nicht mit dem Ex, der mit ihr hatte zusammenziehen wollen. Erneut stemmte sie sich gegen den inneren Impuls, vor Magnus zurückzuweichen.

»Also, ich finde dich gar nicht langweilig«, sagte er und hob plötzlich seine Hand. Sie spürte seine warmen Finger an ihrer Stirn, er strich zärtlich eine Haarsträhne hinter ihr Ohr und berührte sanft ihre Wange. Nina schluckte, ihr Fluchtinstinkt bröckelte.

»Ich mochte dein Lachen auf Anhieb«, sagte er. »Deine Begeisterung für die kleinen Dinge. Und ich kenne nur wenig Frauen, die mit ihrem Großvater mal eben so nach Norwegen fliegen würden, weil er seine große Liebe wiedersehen möchte.«

»Das ist ja auch eher untypisch für einen Großvater«, antwortete Nina. Noch immer lag seine Hand auf ihrer Wange, sein Gesicht näherte sich dem ihren.

»Wir haben nur noch uns, weißt du«, sagte Nina leise und schloss die Augen. Seine Lippen berührten jetzt ihre, sie fühlten sich weich und warm an. Ninas Zurückhaltung schwand, die Vernunft setzte aus, sie öffnete ihre Lippen, und ihre Zungen berührten sich. Er zog sie in seine Arme, sein Kuss wurde leidenschaftlicher, und Nina vergaß endgültig alles um sich herum.

Trotzdem war sie diejenige, die als Erste den Kuss beendete, nachdem sie nur für einen kurzen Augenblick die Augen geöffnet hatte. Sie hatte das Schauspiel am Himmel erblickt, weswegen sie hierhergekommen waren.

»Schau mal«, rief sie begeistert und deutete auf den Horizont. »Da sind Nordlichter!« Sie stand auf und lief wie gefangen von dem magischen Lichtschauspiel vom Haus weg und auf den Steg hinaus. Magnus folgte ihr und blieb neben ihr stehen.

Das grüne Licht tanzte über den klaren Himmel. Unter ihm lagen die schneebedeckten Hügel und der Fjord. Es war magisch, so atemberaubend schön.

»Ja, es ist jedes Mal wieder ein Erlebnis, das Licht zu sehen«, sagte Magnus und legte von hinten die Arme um Nina. Sie ließ die Vertrautheit gern zu und lehnte ihren Kopf an seine Schulter.

»Angeblich hat man bei uns zu Hause das Licht in diesem Jahr auch gesehen, weil es starke Sonnenstürme gegeben hat. Aber ich hab das natürlich verpasst. Damals hab ich gedacht, dass ich das Nordlicht niemals sehen werde, und jetzt stehe ich hier in Norwegen auf dieser wunderschönen kleinen Insel und sehe dieses magische Tanzen. Es ist wie ein Traum.«

»Ja, die Lichter sind wunderschön«, sagte Magnus andächtig. »Aber es gibt auch Norweger, die sich vor ihnen fürchten. Viele Sami glauben noch immer, dass sie die Seelen der Toten sind. Sie sind davon überzeugt, dass man mit den Nordlichtern besser nicht sprechen und sie auf gar keinen Fall reizen sollte. Macht man sie auf die eigene Anwesenheit aufmerksam, könnten die Lichter nach unten greifen und einen in den Himmel entführen oder einem sogar den Kopf abschlagen.«

»Was für eine gruselige Vorstellung«, antwortete Nina. Sie wäre niemals auf die Idee gekommen, dass man in diesem bezaubernden Licht etwas Negatives sehen könnte.

»Andere Legenden berichten davon, dass das Polarlicht der Atem von tapferen und im Kampf gefallenen Soldaten ist. Und in wieder anderen Geschichten wurden die Polarlichter für die Asenbrücke gehalten, einen leuchtenden, pulsierenden Bogen, über den gefallene Krieger zu ihrer letzten Ruhestätte in Walhalla gelangten.«

»Alles hat mit dem Tod zu tun«, sagte Nina. »Das finde ich traurig.«

»Mir gefällt deshalb auch eine finnische Legende viel besser«, sagte Magnus. »In Finnland heißt das Nordlicht Revontulet, was sich mit Feuerfuchs übersetzen lässt.

Der Name stammt von dem schönen Mythos, dass die Polarfüchse für die Entstehung des Polarlichts verantwortlich sind. Diese rennen im Volksglauben so schnell über den Himmel, dass ihre pelzigen Schwänze, wenn sie die Berge streifen, sprühende Funken erzeugen, die dann den Himmel erhellen.«

»Das gefällt mir viel besser«, antwortete Nina.

»Mir auch«, erwiderte Magnus.

Eine Weile standen sie schweigend auf dem kleinen Steg und betrachteten das magische Naturschauspiel. Heute wusste man, dass es Sonnenstürme waren, die das Licht verursachten, doch die alten Mythen, und waren sie auch oft erschreckend, verliehen dem grünlichen Lichterzauber eine ganz andere Form von Magie. Magnus' Erzählung sorgte dafür, dass Nina das Schauspiel noch einmal mit ganz anderen Augen sah. In diesem Moment wünschte sie sich, die Zeit würde für eine Weile stehen bleiben, damit sie diese Magie mit all ihren Geschichten noch weiter in sich aufsaugen und die Geborgenheit des Augenblicks noch länger festhalten könnte. Sie wollte nicht, dass Magnus sie losließ und der Zauber endete.

Er war derjenige, der irgendwann die Stille brach: »Wollen wir ins Haus gehen?«, fragte er. »Es ist kalt, und unser kleines Lagerfeuer ist inzwischen ausgegangen. Die Nordlichter können wir auch noch durchs Fenster beobachten.« Er beugte sich zu ihr, und sie wandte sich ihm zu. Erneut fanden sich ihre Lippen, und er umarmte Nina ganz fest. Dieses Mal hatte sein Kuss jedoch auch etwas Forderndes an sich, seine rechte Hand landete auf ihrem Po. Aber die Zweifel in ihr blieben auch jetzt noch stumm. In diesem Augenblick wollte sie nur ihn – was morgen sein würde, war ihr gleichgültig.

Arm in Arm gingen sie zurück zu dem kleinen Haus.

Als Nina die Augen öffnete, blinzelte sie in helles Sonnenlicht. Sie drehte sich grummelnd auf die Seite und blickte direkt in Magnus' blaue Augen. Kurz erschrak sie, denn sie hatte für einen Moment vergessen, wo sie war. Doch das Schreckgefühl schwand sogleich wieder.

»Guten Morgen«, sagte er und fragte lächelnd: »Gut geschlafen?«

»Wie ein Baby«, antwortete Nina. Ihre Gesichter lagen auf den Kissen ganz nah beieinander, und obwohl sie einander nicht berührten, konnte sie die Wärme seiner Haut spüren. »Ich hab sogar vom Nordlicht geträumt. Aber nicht von toten Kriegern oder anderen Schreckensmärchen.«

»Zum Glück«, antwortete er leise und rückte näher an sie heran. »Ich hab von dir geträumt. Von uns.«

Er begann, ihre Wange zu küssen, und drehte sie auf den Rücken. Sie streckte ihren Kopf nach hinten, während seine Lippen ihren Hals hinunterwanderten. Seine Hände berührten ihre Brüste, und sie stöhnte auf. Genau in dem Moment, als er mit seinen Lippen ihren Bauchnabel erreichte, ihr gesamter Körper bebte vor Erregung, begann Ninas Handy laut zu klingeln. Am Klingelton hörte Nina, dass es Uwe war, der anrief, und es befiel sie sogleich ein schlechtes Gewissen. Abrupt richtete sie sich auf, die Erregung war mit einem Schlag verschwunden.

»Das ist Uwe«, sagte sie und erhob sich. Hektisch kramte sie in ihrer Tasche nach dem Handy. Uwe ließ es hartnäckig klingeln, das musste man ihm lassen. Am

Ende fand Nina das Telefon in ihrer Jackentasche und nahm das Gespräch an.

»Nina, Liebes. Wo steckst du denn?«, fragte Uwe, seine Stimme klang besorgt. »Ich dachte, du wolltest heute wieder zurückkommen. Es ist ja schon gleich Mittag. Also der Schneesturm ist hier vorbei, es scheint sogar hübsch die Sonne. Ich muss dir auch noch was wegen Alex sagen. Der ist jetzt total übergeschnappt. Er will zu diesem Fischer Sven ziehen und Seemann werden. Der spinnt doch total! Du musst mit ihm reden.«

Nina stieß einen Seufzer aus. Alex mal wieder. Manchmal übertrieb er es mit seiner Spontaneität. Schon einige Male hatte er aus Liebesgründen für einige Tage sein gesamtes Leben infrage gestellt und war mit irgendeinem Kerl abgehauen. Einmal war es ein hübscher Franzose gewesen, der angeblich ein Restaurant in der Provence gehabt hatte, ein andermal ein attraktiver Weinbauer aus Südtirol, der zu Hause dann allerdings Frau und Kinder hatte. Am schlimmsten war der Luxusimmobilienhändler aus New York gewesen. Der hatte Alex eine Menge Geld gekostet, und Luxusimmobilien hatte er auch keine verkauft. Nun war es also ein Fischer aus Norwegen, der ihrem Mitbewohner den Kopf verdrehte und dafür sorgte, dass Alex mal wieder seinen klaren Menschenverstand ausschaltete. Ihr Mitbewohner wurde schon auf einem Ausflugsschiff auf dem Main seekrank, wie sollte er da bitte Seemann oder Fischer werden?

»Ich komme so schnell ich kann zurück«, antwortete Nina. »Ich rede mit Alex.«

Sie legte auf und fing Magnus' Blick auf. Er stand vom hellen Sonnenlicht umrahmt am Fenster und hatte bereits seine Boxershorts und sein T-Shirt angezogen.

»Du hast es gehört«, sagte sie und hielt kurz das Handy in die Höhe. »Es tut mir leid. Aber Uwe braucht mich.«

»Ist schon gut«, beschwichtigte er, trat näher und legte die Arme um sie. »Wir müssen sowieso zurück. Für heute Nachmittag haben sich weitere Gäste in der Pension angekündigt. Das hätte ich beinahe vergessen. Und wir müssen das Lebkuchenhaus von Janne und Ragnar nach Bergen bringen. Heute Abend ist Abgabeschluss. Aber ... wir könnten ja wiederkommen.« Während er den letzten Satz aussprach, näherten sich seine Lippen den ihren und berührten sie sanft.

»Das könnten wir tun«, antwortete Nina, dann genoss sie seinen Kuss.

Er zog sie noch fester in seine Arme, drängte sie zum Bett, und sie ließen sich lachend fallen. Einen kleinen Moment konnten sie noch dem Alltag entfliehen, dann klingelte erneut ein Handy, dieses Mal gehörte es Magnus. Seufzend setzten sie sich erneut auf, und er nahm das Gespräch an.

16

Nina öffnete die Augen, und ihr Blick fiel auf den bunten Teppich vor ihrem Bett, auf den das Licht der vor dem Fenster stehenden Straßenlaterne fiel. So etwas wie Rollläden gab es in dem alten Haus nicht. Es herrschte diese besondere Stille, die es nur gab, wenn es schneite. Nina empfand sie immer als etwas Friedliches. Die vom Himmel fallenden Flocken dämpften die Geräusche und ließen die Welt für einen Moment zur Ruhe kommen.

Da es in Bergen zu dieser Jahreszeit um einiges später hell wurde als in Frankfurt, verlor Nina in den Morgenstunden jedes Zeitgefühl. Kurz überlegte sie, was sie heute für einen Wochentag hatten. Mittwoch, oder war doch schon Donnerstag? Dieses gedankenlose Hineinleben in den Tag hatte etwas Lotterhaftes an sich, aber es fühlte sich gerade jetzt passend an. Sie konnte sich nicht daran erinnern, wann sie jemals an einem normalen Wochentag im November ausgeschlafen hatte. In den beiden letzten Monaten des Jahres gab es in der

Buchhaltung mit dem Vorbereiten des Jahresabschlusses immer besonders viel zu tun. Da war an Freimachen nicht zu denken, es galt sogar eine Urlaubssperre. Auch mit einer Erkältung war sie ins Büro gehetzt, hatte mit Tee und Lutschtabletten irgendwie die Tage überstanden. Und jetzt lag sie in diesem Bett in Norwegen, und es fühlte sich so an, als wäre sie aus Zeit und Raum gefallen.

Schritte im Flur durchbrachen die winterliche Stille, keine Sekunde später klopfte es an ihre Tür. Nachdem Nina »Herein« gerufen hatte, erschien der Kopf ihres Großvaters im Türspalt, was sie in diesem Moment etwas enttäuschte, denn sie hatte mit Magnus gerechnet.

»Guten Morgen, meine Liebe«, grüßte er – bestens gelaunt, wie an seiner munteren Stimmlage zu erkennen war. »Ich wollte nur Bescheid geben, dass ich schon mal in die Lebkuchenstadt vorgehe. Erik und ich haben uns für heute Morgen verabredet. Gibt noch einiges mit der Technik zu tun. Du kommst später nach, oder?«

Nina setzte sich auf.

»Das habe ich doch versprochen«, antwortete sie und erkundigte sich nach der Uhrzeit.

»Es ist schon nach halb neun, Liebes. Ich weiß, die anderen Lichtverhältnisse nehmen einem jedes Zeitgefühl. Aber man gewöhnt sich bestimmt irgendwann daran.«

»Hm«, gab Nina zur Antwort. Wieso sie sich daran gewöhnen sollte, erschloss sich ihr in diesem Moment nicht. In einigen Tagen würden sie wieder in Frankfurt sein und da war, selbst zu dieser Jahreszeit, die Sonne bereits aufgegangen.

»Magnus ist übrigens schon weg«, sagte Uwe noch. »Aber Frühstück gibt es wie immer. Steht alles unten bereit. Alex ist auch schon auf den Beinen. Er freut sich bestimmt über deine Gesellschaft.« Er zwinkerte ihr zu, verabschiedete sich endgültig und schloss die Tür.

Einen Moment lang lauschte Nina seinen Schritten im Flur und auf der Treppe, dann schlug sie mit einem Seufzer die Bettdecke zurück. So wie es aussah, war es nun auch im beschaulichen Norwegen mit dem seligen Nichtstun vorbei. Es galt, in diesen noch dunklen Tag zu starten.

Bald darauf saß sie mit Alex an einem der Fenstertische und schmierte sich ein Marmeladenbrötchen. Draußen war es eiskalt, an der Straßenlaterne hing ein dicker Eiszapfen, durch ihren Lichtkegel wirbelten Schneeflocken.

Nina wusste, weshalb Magnus heute bereits so früh unterwegs war. Er hatte seinem Freund Olav versprochen, mit ihm die Möbel für das Kinderzimmer bei Ikea abzuholen und sie anschließend gemeinsam mit ihm aufzubauen.

Nach ihrer Rückkehr von Tysnes war die Stimmung zwischen Nina und Magnus seltsam gewesen. Es war, als wüssten sie beide nicht so recht, wie sie hier in Bergen jetzt miteinander umgehen sollten. Für Nina fühlte es sich ein wenig so an, als wären ihr unbefangenes Miteinander und diese herrliche Vertrautheit auf der kleinen Insel im Fjord zurückgeblieben. Vielleicht war es besser, wenn sie akzeptierte, dass es nur diese eine märchenhafte Nacht gegeben hatte. Immerhin würde sie schon bald wieder in Frankfurt sein. Und Magnus' Leben fand hier in Bergen statt. Auf lange Sicht konnte das doch gar nicht funktionieren.

Nicht zum ersten Mal in ihrem Leben war es, als hätte sie wie im Film zwei kleine Püppchen auf den Schultern sitzen, und jede von ihnen redete ihr etwas anderes ein. Die auf der rechten Schulter riet ihr zur Vernunft und flüsterte, dass sie dieses Techtelmechtel beenden sollte, bevor es ihr das Herz brach. Sie konnte doch unmöglich in Bergen bleiben! Im Winter wurde es kaum hell, im Sommer wurde es gar nicht richtig warm, es regnete ständig. In dieser Stadt würde sie über kurz oder lang Depressionen bekommen.

Das Püppchen auf der linken Schulter träumte hingegen von einer sonnigen Zukunft, davon, dass sie für immer bei Magnus in Bergen bleiben und mit ihm viele weitere Liebesnächte und Tage auf der kleinen Insel im Fjord verbringen würde. Davon, dass sie für immer in der entzückenden alten Pension mit all ihren Macken wohnen und jedes Jahr zusammen in der Weihnachtszeit ein wunderschönes Lebkuchenhaus backen würden, während die Welt vor dem Fenster im Schnee versank.

»Ich muss mir noch Gedanken darüber machen, wie das mit dem Auswandern nach Norwegen eigentlich so ist«, riss Alex sie aus ihren Gedanken. Sie hob den Blick. »Norwegen ist ja nicht EU, also gelten bestimmt andere Regeln.« Er griff nach dem Schokoaufstrich und beförderte davon eine ansehnliche Portion auf die eine Hälfte seines Croissants.

»Du willst also tatsächlich mit diesem Sven mitgehen und Fischer werden?«, hakte Nina ungläubig nach.

»Ja, das hab ich vor«, antwortete er. »Ich will nach Norwegen auswandern und werde gemeinsam mit Sven in sein Heimatdorf ziehen. Er ist nur vorübergehend hier in Bergen und wird noch vor Weihnachten zu seiner Familie zurück nach Bud gehen, das ein Stück weiter im Norden liegt. Und ich gehe mit ihm. Er wird im neuen Jahr den Fischereibetrieb seines Vaters übernehmen. Ich hab gestern Abend seinen Bruder kennengelernt. Er ist ein sympathischer Typ und will mir alles übers Fischen beibringen. Wir werden dort ein eigenes Haus haben, seine Mutter betreibt ein Fischrestaurant, und im Sommer kommen ganz viele Touristen, und es ist ständig was los.«

»Aber findest du das alles nicht etwas übereilt?«, meinte Nina mit skeptischem Blick. »Fischer, ausgerechnet du. Da musst du auf den Nordatlantik rausfahren! Dir wird schon auf der Badeinsel im Langener Waldsee schlecht.«

»Ach, das bekomme ich in den Griff. Sven hat gemeint, dass das Geschaukel Gewöhnungssache ist. Man hängt eine Woche über der Reling, dann ist es vorbei. Außerdem gibt es dafür Medikamente.« Er winkte ab.

»Aber du bist Softwareentwickler, du hast von Fischen gar keine Ahnung«, merkte Nina an. »Du kannst einen

Hering nicht von einer Makrele unterscheiden. Außerdem wohnst du in Frankfurt, und du liebst den Trubel der Großstadt und hast dort viele Freunde. Willst du das tatsächlich alles für einen kleinen norwegischen Fischerort namens Bud aufgeben? Wie viele Einwohner hat das Nest überhaupt? Der Nabel der Welt ist es bestimmt nicht, oder?«

»Nein, das ist es nicht«, räumte Alex ein. »Aber ich denke, diese Veränderung hin zu einem ursprünglicheren Leben wird mir guttun. Mal ein bisschen runterfahren und den Kopf frei bekommen. So etwas kann man an einem solchen Ort doch viel besser als in Frankfurt. Und wie ich schon sagte, es kommen ja immer Kreuzfahrtschiffe und viele Touristen.«

»Vermutlich hauptsächlich im Sommer. Im Winter ist es da bestimmt nur kalt und dunkel und einsam. Wird es oben im Norden tagsüber überhaupt noch hell im Dezember?«

Alex' Miene verfinsterte sich. Er verschränkte die Arme vor der Brust und ging zum Angriff über: »Und was ist mit dir?«, fragte er bissig. »Glaubst du vielleicht, ich bin blind? Da läuft doch was zwischen dir und dem hübschen Magnus. Sag mir nicht, dass auf dieser Insel nichts gewesen ist. So wie ihr euch anseht.«

»Ja, es ist ein bisschen mehr passiert«, gab Nina zu. »Und es war sehr schön. Aber deswegen plane ich doch nicht gleich nach Bergen auszuwandern. Ich meine, ich hab in Frankfurt ja auch ein Leben.«

»Ach ja? Was für ein Leben denn?« Alex lehnte sich

auf dem Stuhl zurück. »Du hast kaum Freunde, gehst so gut wie niemals aus, und neuerdings hast du dort auch keinen Job mehr. Im Grunde hält dich in dieser Stadt doch noch weniger als mich.«

Nina schnappte kurz nach Luft. Sie war noch nie gut darin gewesen, passend Konter zu geben. Hinzu kam noch, dass ihr Mitbewohner recht hatte. Alex hatte ihren wunden Punkt getroffen. Sie war oft einsam, hatte sich mit dem Alleinsein irgendwie arrangiert. Sie war nicht nur beziehungsunfähig, sie war menschenscheu. Die tiefsitzende Angst davor, einen geliebten Menschen zu verlieren, hatte sie sogar davor zurückschrecken lassen, echte Freunde zu finden.

Alex schien zu merken, dass er über das Ziel hinausgeschossen war, denn seine Miene wurde weicher, sein Blick milder. »Es tut mir leid. Ich wollte dir nicht wehtun. Aber wir wissen beide, dass ich recht habe. Bergen tut dir gut. Ich hab dich noch nie so zugänglich erlebt. Und Magnus ist ein toller Typ. Wäre er schwul, ich würde ihn dir sofort ausspannen. Diese Chance solltest du ergreifen. Stoß ihn bitte nicht wieder vor den Kopf, Kleines.«

Alex' verständnisvolle Worte sorgten dafür, dass Nina Tränen in die Augen stiegen. Sie schluckte. »Ja, er ist toll, und Bergen ist großartig. Aber trotzdem gehöre ich nicht hierher, genauso wenig wie du. Es scheitert allein schon an den Sprachkenntnissen. Jedes Mal, wenn sie untereinander Norwegisch sprechen, fühle ich mich ausgegrenzt.«

»Ach, die können hier doch alle ganz gut Englisch, und Norwegisch ist dem Deutschen sehr ähnlich«, entgegnete Alex. »Das lernt sich bestimmt recht flott. Ich bin da guter Dinge. Sven ist großartig, so jemanden wie ihn habe ich noch nie getroffen. Ich werde ihn auf gar keinen Fall loslassen. Und sollte das mit dem Fischen auf dem Nordatlantik doch nicht funktionieren, dann koche ich eben im Fischrestaurant.«

»Und kochen kannst du«, erwiderte Nina und schluckte ihre weiteren Einwände gegen Alex' Vorhaben herunter. Aus Erfahrung wusste sie, dass sie ihn im Moment sowieso nicht von seiner Idee abbringen würde. Der Weinbauer aus Südtirol war am Anfang auch der Supermann gewesen, an den Luxusimmobilienmakler wollte sie gar nicht erst denken. Es galt zu hoffen, dass Sven sich nicht ebenfalls als ein hinterhältiger Verbrecher entpuppen würde, der nur an Alex' Geld wollte. Denn dass ihr Mitbewohner nicht unvermögend war, wusste Nina durchaus.

Eine Weile schwiegen beide. Nina blickte nach draußen. Langsam wurde es hell. Es schneite mal wieder kräftig. Zwei Männer auf Skiern glitten gerade an der Pension vorbei und weiter die abschüssige Straße hinunter. Sich auf diese Weise in der Stadt fortzubewegen, war aktuell vermutlich eine der besten Ideen. Bergen versank mit jedem Tag mehr im Schnee. Doch im Gegensatz zu den Deutschen in Frankfurt, wo jetzt vermutlich bereits Warn-Apps mit Hinweisen auf Starkschneefall und Glatteis ihr Handy fluten würden, gingen die Menschen hier mit dem kräftigen Wintereinbruch ganz entspannt um. Das gefiel Nina. Allgemein kamen ihr die Norweger unaufgeregter vor. Aber vielleicht bildete sie sich das auch nur ein.

»Ich muss jetzt gleich los«, durchbrach Alex ihre Gedankengänge. »Ich wollte Sven und seinem Kumpel heute auf dem Fischmarkt helfen. Ich nehme an, du hilfst nachher beim Aufbau der Lebkuchenstadt mit?«

»Ja, das wollte ich«, antwortete Nina. »Es sind jetzt nur noch einige Tage bis zur Eröffnung, und Opa rechnet fest mit meiner Unterstützung. Wir wollen heute gemeinsam nach einem guten Platz für unseren Römer Ausschau halten. Er ist übrigens großartig geworden, ebenso dein Baum, mein Karussell und die Weihnachtsmarktbuden.« Ihr Tonfall war leicht vorwurfsvoll.

»Ja, ich weiß. Ich hab mich vor der Arbeit gedrückt«, gestand Alex mit reumütiger Miene ein. »Aber das Backen und Basteln war sowieso nicht so mein Ding. Ein Baumeister für Lebkuchenhäuser werde ich in diesem Leben nicht mehr.« Er zwinkerte ihr grinsend zu. »Wenn du magst, können Uwe und du später zu uns in die Fischhalle kommen, dann gebe ich euch ein Krabbenbrötchen zum Mittagessen aus. Die Dinger sind echt köstlich, und die hausgemachte Remoulade von Sven ist die beste, die ich je gegessen habe.«

»Das klingt nach einem ausgezeichneten Angebot«, antwortete Nina und trank ihren inzwischen nur noch lauwarmen Kaffee aus. »Dann stürzen wir uns mal in den Tag!«

Nina und Uwe beschäftigten sich damit, ihrem Weihnachtsmarkt vor dem Römer den letzten Schliff zu geben. Sie verteilten die kleinen Buden rund um das Karussell, Nina befestigte den Weihnachtsbaum, der hübsch mit Zuckerguss verziert war und kleine rote Kugeln erhalten hatte. Das Karussell war nicht doppelstöckig wie das auf dem Römerberg, aber Nina fand, dass es ihr trotzdem ganz gut gelungen war. Es hatte sechs halbwegs gleich aussehende Karussellpferde, die an Zuckerstangen steckten, und das Dach hatte sie hübsch mit weißem Zuckerguss und goldenen Zuckerperlen verschönert. Sogar ein kleines Kassenhäuschen hatte sie noch gebastelt.

»Also, ich finde, wir haben das großartig gemacht«, sagte Uwe, nachdem er die letzte ihrer vier Weihnachtsbuden aufgestellt hatte. Sie waren allesamt ähnlich groß und hatten weiße Dächer mit unterschiedlichen Aufschriften. Lebkuchen, Kerzen, Glühwein, Bratwürste, stand auf kleinen Schildchen.

»Ja, es sieht perfekt aus«, stimmte Nina ihm zu. »Ich frage mich nur, ob die Besucher auch erkennen werden, was sie vor sich haben. Eine weltweit bekannte Sehenswürdigkeit Deutschlands ist unser Römerberg ja nicht gerade.«

»Und ob er das ist«, entgegnete Uwe entrüstet. »Du weißt doch, wie viele Chinesen über den Römerberg laufen. Frankfurt ist international! Gut, Schloss Neuschwanstein ist vermutlich noch bekannter. Aber back das Ding mal als Lebkuchenhaus! Da lob ich mir die einfache Baustruktur unseres Römers. Schlichte und klare Formen statt übertriebenem Geschnörkel.«

Ingrid trat näher und betrachtete ihr Arrangement wohlwollend. »Das ist ja entzückend geworden«, lobte sie. »Den Frankfurter Römer hatten wir noch nie in unserer Ausstellung. Da werden die Besucher bestimmt staunen. Ich wollte dich fragen, Peter, ob du Erik noch bei der Seilbahn helfen könntest. Sein Helfer fällt heute leider aus, und die Gondeln müssen noch ausgerichtet werden.«

»Ich helfe gern«, antwortete Uwe mit strahlenden Augen. Erik und er verstanden sich mit jedem Tag besser. Erik war bereits einige Male in Wiesbaden und Frankfurt auf Geschäftsreise gewesen. Er hatte Uwe gegenüber die Frankfurter Küche und den wunderschönen Rheingau mit seinen hübschen Weinbergen gelobt, besonders den Apfelwein hob er hervor, womit er bei Uwe sofort einen Stein im Brett hatte. »Wir sind hier jetzt ja auch fertig. Möchtest du übrigens mit mir und Nina nachher gemeinsam zum Fischmarkt gehen? Unser Mitreisender Alex gibt uns ein Krabbenbrötchen aus, und bestimmt lässt er sich nicht lumpen und spendiert dir auch eins.«

»Das würde ich gern«, antwortete Ingrid. »Aber Erik und ich sind bereits mit meinem Bruder zum Mittagessen verabredet. Harald kommt jedes Jahr zum traditionellen Lysfesten in die Stadt, weil er es so liebt. Es findet heute Abend statt. Ihr kommt doch auch zum Fest, oder? Es gibt Live-Musik, einen Fackelumzug und sogar ein großes Feuerwerk. Mit dem Lichterfest leiten wir Bergener ganz offiziell die Adventszeit ein. Harald wird übrigens auch bei der Eröffnung der Lebkuchenstadt anwesend sein. Aber ich denke, ihr werdet ihn bereits vorher persönlich kennenlernen. Dieses Jahr musste er nicht einmal Urlaub für das Fest nehmen. Er arbeitet als Chefarzt in Oslo im Krankenhaus und ist für einige Tage wegen einer Fortbildung in Bergen.«

Nina erinnerte sich dunkel daran, dass Magnus beim Backen der Lebkuchenhäuser von dem Lichterfest gesprochen hatte. Seltsam, dass er es gar nicht mehr erwähnt hatte. Aber heute Morgen war er ja schon unterwegs gewesen. Bestimmt plante er, mit ihnen am Abend dorthin zu gehen. In Nina breitete sich Vorfreude aus. Diese Veranstaltung klang wunderschön und würde an Magnus' Seite gewiss zu einem unvergesslichen Erlebnis werden.

»Wie schade«, reagierte Uwe enttäuscht auf Ingrids Abfuhr. Seine Gesichtszüge wirkten angespannt, und es schien, als würde er Ingrids Blick ausweichen. Nina ahnte, weshalb er sich so verhielt. Ingrids Bruder hatte ihm damals durch seine Gewalttätigkeit und seine Drohung sein Glück genommen. Ein Aufeinandertreffen der beiden würde unter Umständen schwierig werden. Andererseits war Uwe für Ingrid noch immer Peter aus Wiesbaden, und gegen den konnte dieser Harald ja eigentlich nichts haben. Obwohl sich Nina nicht ganz sicher war, ob Ingrid Uwes Scharade nicht längst durchschaut hatte. Manchmal schaute sie ihn länger an als notwendig, ihr Blick hatte dann etwas Nachdenkliches an sich. Aber vielleicht bildete sie sich das auch bloß ein.

»Das Lichterfest klingt toll«, antwortete Uwe, bemüht um einen entspannten Tonfall. »Bestimmt gehen wir hin. Und vielleicht sehen wir uns dann ja.«

»Das will ich hoffen«, antwortete Ingrid und schenkte Uwe ein sanftes Lächeln, das das Strahlen in seine Augen zurückbrachte. »Wenn du möchtest«, fügte sie hinzu, »können wir gern beim Fackelzug gemeinsam laufen. Ich würde mich freuen. Aber selbstverständlich nur, wenn deine Enkeltochter nichts dagegen hat.« Sie sah zu Nina.

»Ich habe mit Sicherheit nichts dagegen«, antwortete sie sofort. »Es findet sich jemand, mit dem ich laufe. Ganz bestimmt.«

Uwe strahlte über das ganze Gesicht und antwortete freudig, und, wie er es immer tat, wenn er aufgeregt war, mit etwas zu lauter Stimme: »Ich laufe gern mit dir gemeinsam im Fackelzug.«

17

Nina stand missmutig dreinblickend vor dem Spiegel und nahm die Mütze wieder vom Kopf. »So geht das nicht«, grummelte sie. »Ich sehe mit dem Ding aus wie ein Trottel.«

Sie hasste Mützen, schon immer. Andere Leute sahen mit Kopfbedeckung in ihren Augen immer gut aus, sie selbst wie eine Idiotin. Vermutlich hatte sie die falsche Kopfform, oder einfach kein Mützengesicht. Aber heute Abend würde es leider nicht anders gehen. Es hatte zwar zu schneien aufgehört, sogar aufgeklart hatte es im Laufe des Nachmittags, und sie hatten kurz vor Sonnenuntergang noch einige wenige Sonnenstrahlen erblickt. Aber es war bitterkalt, das Thermometer zeigte bereits jetzt fünf Grad unter Null an. Da galt es, sich für einen längeren Aufenthalt im Freien warm einzukleiden.

Langsam wurde ihr in ihren vielen Kleiderschichten warm. Sie hatte sich nach dem Zwiebelprinzip angezogen. Thermostrumpfhose unter der Jeans, dicke Stricksocken, ein Unterhemd, ein Langarmshirt, ein

Strickpullover, einen Schal und darüber ihre Daunenjacke. Die Thermostrumpfhose hatte sie am Nachmittag noch schnell gekauft, nachdem Magnus sie nach seiner Rückkehr in die Pension ganz offiziell gefragt hatte, ob sie mit ihm zu dem Lichterfest gehen wolle.

Wenn sie nicht bald ihr Mützenproblem gelöst bekam, dann würde sie vermutlich hier im Zimmer zerfließen.

Ihre nur angelehnte Tür wurde von Alex aufgeschoben. Auch er war bereits für den Abend eingekleidet. Er trug seinen schwarzen Daunenmantel, dazu seine Moonboots und die neu erworbene Skihose. Auf seinem Kopf ruhte eine Fleecemütze von Ralph Lauren. Er hatte selbstverständlich ein Mützengesicht und sah großartig aus.

»Wo bleibst du denn, Kleines?«, fragte er ungeduldig. »Die anderen sind schon fertig. Mann, ist das alles aufregend! Sven hat mir versichert, dass das Feuerwerk gigantisch sein soll.« Er musterte Ninas Kopf mit hochgezogener Augenbraue. »So willst du aber nicht gehen, oder? Wie hast du denn die Mütze aufgesetzt? Das geht ja gar nicht. Lass mich dir mal helfen!«

Ohne eine Antwort abzuwarten, trat er näher, zog Nina die Mütze wieder vom Kopf und löste ihr Haarband.

»Goldene Regel. Die Haare unter der Mütze immer offen tragen«, erklärte er. »Dann sieht es gleich charmanter aus.« Er bürstete kurz ihre verstrubbelte Mähne und setzte ihr die hellblaue Strickmütze wieder auf. Verblüfft blickte Nina in den Spiegel. Jetzt sah es tatsächlich richtig gut aus.

»Du bist ein Zauberer«, sagte sie. »Und ich dachte immer, Mützen stehen mir nicht.«

»So ein Blödsinn, Darling«, erwiderte Alex und verdrehte die Augen. »Du siehst perfekt aus. Es kommt eben nur auf die Feinheiten an. Komm, lass uns gehen. Unsere Outfits sind nicht für Innenaufenthalte gemacht.«

Im unteren Hausflur wurden sie bereits von Uwe und Magnus erwartet, beide trugen ebenfalls ihre warmen Jacken, Uwe hatte, wie gewohnt, seinen Filzhut auf.

»Dann mal los«, sagte Magnus und öffnete die Haustür. Draußen nahm er, wie selbstverständlich, Ninas Hand, was dafür sorgte, dass ein warmer Schauer des Glücks ihren Körper durchflutete. Es war eine ganze Weile her, dass sie mit einem Mann Händchen gehalten hatte. Zuneigungsbekundungen in der Öffentlichkeit waren ihr meist sogar unangenehm gewesen. Doch jetzt fühlte sich ihre Hand in der seinen perfekt an. Das zweifelnde Püppchen auf ihrer rechten Schulter war vollständig verstummt.

Sie gingen gemeinsam mit vielen anderen Anwohnern den Hügel hinunter. Ihr Weg führte sie zum Festplassen, wo die Veranstaltung beginnen würde. Nina hatte während ihres Aufenthalts noch nie so viele Menschen in der Stadt gesehen. Es waren gefühlt Tausende auf den Straßen unterwegs, und alle strömten in dieselbe Richtung.

»Hier ist ja was los«, sagte sie.

»Ja, unser Lichterfest wird immer beliebter und zieht

inzwischen viele Menschen aus ganz Norwegen und sogar Touristen an. Es ist aber auch eine großartige Veranstaltung. Und es ist so wunderbar, dich in diesem Jahr dabeizuhaben.« Er warf Nina einen kurzen Blick von der Seite zu, und sie hatte den Eindruck, dass seine Augen heute noch viel heller als sonst strahlten. Ihr Herzklopfen verstärkte sich. Das alles hier war doch verrückt! Sie verabscheute normalerweise Menschenaufläufe, aber jetzt fühlte sich der Trubel um sie herum keineswegs unangenehm an. Und sie war tatsächlich drauf und dran, sich richtig ernsthaft in Magnus zu verlieben. Kurz wanderte ihr Blick zu Uwe, der neben Alex lief – die beiden unterhielten sich gerade über irgendetwas. Es schien in der Familie zu liegen, dass sie ihr Herz in Norwegen verloren.

Sie erreichten den Festplassen. Die Sonne war gerade untergegangen und tauchte den Himmel in rotgoldenes Licht, die schneebedeckten Berggipfel rund um die Stadt schienen regelrecht zu leuchten.

Es ging durch eine kleine Parkanlage, vorbei an einem entzückenden weißen Pavillon, der aussah, als wäre er aus einem romantischen Disney-Märchen gefallen. Vor dem Pavillon stand Ingrid. Sie trug einen hübschen dunkelblauen Wollmantel und eine beige Wollmütze. Sie winkte ihnen bereits freudig zu und begrüßte sie mit strahlenden Augen. »Ist es nicht großartig? Es ist trocken, und es liegt sogar Schnee. Besser lässt sich die Weihnachtszeit nicht einläuten.«

Die vier begrüßten Ingrid, jeder Einzelne mit einer

kurzen Umarmung. Nina hatte vor der Begegnung sowohl Alex als auch Magnus noch einmal darauf eingeschworen, Uwe in ihrer Anwesenheit nur Peter zu nennen. Es sei doch zu schade, wenn Uwes kleiner Schwindel ausgerechnet bei diesem besonderen Event auffliegen und ihnen am Ende die gute Stimmung verhageln würde.

Zu Uwes Glück entschuldigte Ingrid ihren Bruder. Ihm war ein Notfall im Krankenhaus dazwischengekommen.

Sven tauchte auf. Er und Alex begrüßten sich freudig mit einer Umarmung. Der bullige Fischer trug einen dicken roten Norwegerpullover, dazu Jeans, auf seinem Kopf thronte eine dunkelblaue Mütze mit der norwegischen Flagge darauf.

Ingrid hängte sich bei Uwe ein, während sie alle gemeinsam Richtung Festplassen weiterliefen. Auf diesem war bereits eine große Bühne aufgebaut, auf der es später Live-Musik geben sollte.

Die erste Attraktion der Veranstaltung befand sich allerdings in der Mitte des hier gelegenen Sees namens Lungegårdsvannet. Auf einem Ponton stand ein wunderbarer und mit einer Lichterkette dekorierter Weihnachtsbaum, auf den bereits einige in die Höhe gehaltene Handy-Kameras gerichtet waren.

Die Gruppe lief ein Stück weiter nach links und ergatterte tatsächlich noch einen Platz am Ufer mit guter Sicht aufs Wasser.

»Jetzt geht es gleich los«, sagte Magnus und umschloss Nina von hinten mit seinen Armen.

Alex, der neben den beiden stand, hatte ebenfalls sein Handy gezückt, um den großartigen Moment festzuhalten. Auf dem Festplassen stand der Bergener Bürgermeister auf der Bühne, und auf einer großen Leinwand erschien der Schriftzug Lysfesten 2024. Magnus übersetzte für Nina die norwegische Begrüßung, dann folgte der große Countdown, bis die Lichter des Weihnachtsbaums eingeschaltet wurden. Überall in der Menge ragten Handys in die Höhe. Als der Baum in seinem Glanz erstrahlte, gab es großen Beifall und Jubel. Auch Nina klatschte begeistert mit. Es folgte eine erste Live-Musik auf der Bühne. Es war eine regional bekannte Band, die ein Lied spielte, das Nina nicht kannte. Sie wippten alle im Takt mit, Magnus hielt sie weiterhin fest umschlungen, und sie fühlte sich so geborgen und glücklich wie lange nicht. Als die Dunkelheit vollständig hereingebrochen war, wurden an sämtliche Anwesende Fackeln verteilt, die an vorbereiteten Feuerstellen entzündet werden konnten. Es war ein Meer aus Lichtern, das bald darauf vom Festplatz aus Richtung Hafen loszog. Es wurden sogar Weihnachtslieder gesungen, überall gab es strahlende Gesichter.

Nina hielt ihre Fackel achtsam hoch, sie wollte niemanden verbrennen. Neben ihr lief Magnus, vor ihr liefen Uwe und Ingrid. Alex und Sven hatten sie im Gedränge verloren. Magnus hielt auch jetzt wieder ihre Hand und warf ihr verliebte Blicke zu. Als der Zug beim Überqueren einer Straße kurz ins Stocken kam, gab er ihr einen kurzen Kuss, woraufhin das kribbelige Gefühl in ihrem Inneren für einen kurzen Moment überzuschwappen schien. Obwohl sie bereits seit zwei Stunden in der Kälte unterwegs war, fror Nina nicht, was gewiss nicht nur an ihrem Zwiebeloutfit lag.

Der Fackelzug lief durch die niedlichen Gassen den Hügel hinauf, und die Menschen begannen, norwegische Weihnachtslieder zu singen. Kinder saßen auf den Schultern ihrer Väter oder liefen freudig lachend und mit blinkenden LED-Lichtern in den Händen an ihnen vorüber. Es war wie ein großer Marsch des weihnachtlich leuchtenden Lichterglücks.

Der Fackelzug erreichte alsbald wieder den Festplassen, und hier wurden von Helfern zahlreiche Zettel mit Liedtexten verteilt. Auf der Bühne trat ein Kinderchor auf, und es wurden erneut Weihnachtslieder vorgetragen. Nina wusste mit den norwegischen Texten nicht so recht etwas anzufangen, weshalb sie froh darüber war, dass Magnus vorschlug, Glühwein an einer der Getränkebuden zu kaufen. Uwe hingegen schien seine wahre Freude am Singen zu haben. Er stand unweit von Nina entfernt neben seiner Ingrid und schmetterte in seinem ganz eigenen Norwegisch die Lieder lautstark mit, was Nina zum Schmunzeln brachte.

Am Glühweinstand trafen sie auf Alex und Sven, beide hatten von der Kälte gerötete Wangen – trotzdem strahlte Alex über das ganze Gesicht. Nina hatte ihn schon oft freudig erlebt, auch verliebt bereits mehrfach. Aber in diesem Augenblick kam es ihr so vor, als hätte sie ihn noch niemals zuvor so glücklich gesehen.

Vielleicht war dieser Sven doch die Liebe seines Lebens? Sie würde es ihm gönnen, obwohl dieser Umstand bedeuten würde, dass sie eventuell den besten Mitbewohner auf der ganzen Welt verlor, weil er nach Norwegen umsiedelte, und seine ständig irgendwelchen Unsinn anstellende Peanuts-Truppe dazu.

»Sven sagt, es dauert jetzt nicht mehr lange bis zum großen Feuerwerk. Also das hier ist noch schöner, als ich es mir vorgestellt habe. Von so einem tollen Beginn der Adventszeit können wir uns in Frankfurt mal eine Scheibe abschneiden. So ein schwimmender Weihnachtsbaum im Main, das hätte doch was!«

»Du kannst ja mal im Rathaus nachfragen, ob sie sich so etwas vorstellen können«, erwiderte Nina diplomatisch. »Wobei du ja bald nach Bud auswandern wirst. Und dann braucht dich der Beginn der Adventszeit in Frankfurt nicht mehr zu kümmern.«

»Auch wieder wahr«, erwiderte Alex und wandte sich Sven zu, denn dieser hatte gerade etwas zu ihm gesagt.

Gemeinsam ging es zurück zum Seeufer, und da viele Besucher noch damit beschäftigt waren, mit dem Kinderchor vor der Bühne Weihnachtslieder zu singen, ergatterten sie einen Platz ganz vorn.

Jetzt stieß tatsächlich auch noch Ingrids Bruder zu ihnen, was Nina bedauerte. Sie wusste von Uwe, dass er drei Jahre älter war als Ingrid. Er überragte seine Schwester ein ganzes Stück und trug einen teuer aussehenden grauen Wollmantel. Auf seinem Kopf lag ein Filzhut. Seine Hände steckten in Lederhandschuhen. Er begrüßte seine Schwester mit einer Umarmung. Ingrid stellte ihm Uwe vor.

Nina erkannte am Blick ihres Großvaters, dass ihm die Situation unangenehm war. Mit einem aufgesetzt erscheinenden Lächeln schüttelte er Haralds Hand und blickte danach zu Nina. Sie nickte ihm kurz ermunternd zu. Es gab keinen Grund zur Sorge. Ingrid hatte ihn als Peter aus Wiesbaden vorgestellt, der ihnen beim Aufbau der Lebkuchenstadt zur Hand ging. Trotzdem gelang es Uwe nicht, neben Ingrid stehen zu bleiben, er gesellte sich zu Nina und Magnus.

»Am Ende verplappere ich mich vor lauter Nervosität noch«, raunte er ihr zu und steckte seine Hände in die Jackentaschen. »Was bin ich bloß für ein Dummbatz, selbst nach so vielen Jahrzehnten macht mich dieser Mann noch nervös.«

»Er weiß doch gar nicht, wer du bist. Für ihn bist du einfach nur ein Peter aus Wiesbaden, der beim Aufbau der Lebkuchenstadt mithilft.«

»Ja, ich weiß. Aber er hasst Deutsche. Ich hab in seinem Blick seine Ablehnung erkannt.«

»Das hast du dir bestimmt nur eingebildet. Wir haben doch jetzt ganz andere Zeiten«, erwiderte Nina.

»Vielleicht andere Zeiten, aber wir sind noch immer dieselbe Generation. Ich kann schon verstehen, dass manche Dinge nicht vergessen werden.«

Nina ärgerte sich fast schon über ihren Großvater, der ihr mit seinen Zweifeln das hübsche Fest und ihr romantisches Zusammensein mit Magnus verunglimpfte.

Im Grunde machte dieser Harald auf sie einen recht friedlichen Eindruck. Nach Uwes Erzählungen war sie eher von einem nordischen Hünen ausgegangen, der Ähnlichkeit mit einem bärtigen Wikinger hatte. Aber Harald sah äußerst friedfertig aus, hatte schmale Schultern, und als Chefarzt in einem Krankenhaus prügelte er sich vermutlich nur selten. Allerdings bezweifelte Nina trotzdem nicht, dass es den gewaltsamen Übergriff damals gegeben hatte. Junge Männer wurden bekanntlich schnell mal hitzköpfig.

Wunderschönes Trompetenspiel setzte ein, und Magnus, der sich bis eben noch mit Sven unterhalten hatte, legte erneut von hinten seine Arme um sie, weshalb Nina Uwe eine weitere Antwort schuldig blieb.

»Jetzt gleich beginnt das Feuerwerk«, sagte Magnus ganz dicht an ihrem Ohr. »Das Spiel des Trompeters ist das Startsignal.«

Um sie herum wurden wieder Hunderte Handys in die Höhe gehalten, sämtliche Blicke waren auf den funkelnden Weihnachtsbaum in der Seemitte gerichtet. Das Trompetenspiel hatte noch nicht geendet, da begann bereits das Feuerwerk. An vier Stellen schossen funkelnde Lichtfontänen in die Höhe, es folgte ein atemberaubender Funkenzauber, der Nina staunen ließ.

Die Kulisse war einzigartig schön – der See, der Weihnachtsbaum und die weihnachtlich glitzernde Stadt drumherum. Dazu stand der volle Mond am sternenklaren Himmel über einem der Berggipfel. Erneut schafften es diese Stadt und ihre Bewohner, Nina zu begeistern und ihr Herz zu berühren. Und ein Einwohner berührte ihr Herz ganz besonders. Es war Magnus, der dicht hinter ihr stand. Sie fühlte seine körperliche Wärme, spürte seine Bartstoppeln an ihrer Wange, atmete den Duft seines Aftershaves ein und wünschte sich, sie könnte diesen Augenblick des funkelnden Glücks noch eine ganze Weile länger festhalten.

18

Uwe betrat den Aufenthaltsraum der Pension, ohne so recht zu wissen, was er dort eigentlich wollte. Er schaltete eine der Stehlampen an, ließ sich auf das Sofa fallen, dann schweifte sein Blick durch den Raum und zum Fenster hinaus. In der Nacht hatte der Himmel sich wieder zugezogen, vereinzelt schwirrten einige Schneeflocken durch den Lichtkegel der nahen Straßenlaterne. Es war vier Uhr morgens, was selbst für ihn eine frühe Aufstehzeit war. Normalerweise wurde er gegen halb sechs wach. Nina hatte sein frühes Herumgeistern in den Morgenstunden mal scherzhaft als senile Bettflucht bezeichnet. Vielleicht hatte sie damit nicht ganz unrecht. Auch seine Thea war stets früh aufgestanden und schon um sechs Uhr früh bester Laune gewesen. Die Melodien im Radio mitsummend, hatte sie ihnen das Frühstück gemacht, ab und an hatten sie sich den Luxus frischer Brötchen vom Bäcker an der Ecke gegönnt. Abends waren sie dafür manchmal schon um neun Uhr vor dem Fernseher eingeschlafen. Ein einfaches Leben ohne große Höhepunkte, andere hätten es vielleicht als langweilig bezeichnet, doch ihnen beiden war es genug gewesen.

Uwes Blick blieb an dem Regal mit den Schallplatten hängen. Relikte aus einer anderen Zeit. Die jungen Leute von heutzutage wussten vermutlich gar nicht mehr, wie man einen Plattenspieler bediente. Das vorderste Plattencover zeigte eine Band, die er nur zu gut kannte und die seine Thea geliebt hatte. Die *Bay City Rollers*. Er sah sie vor sich, wie sie singend zu dem Lied *Bye Bye Baby* durch die Küche tanzte. Jung und schön, in ihrer Jeans-Schlaghose, ihr offenes blondes Haar fiel bis auf ihre Hüften. Sie war ihm entgegengetanzt, mit Tomatensoße im Mundwinkel, hatte ihre Arme um seinen Hals gelegt und ihn dazu gebracht, mit ihr zu tanzen. Er war nie gut darin gewesen, hatte kein Taktgefühl und wackelte nur ungelenk mit den Hüften. Aber in ihrer Küche, in ihrer kleinen Welt, war das egal gewesen. Sie tanzten um den Küchentisch, und am Ende hatte sie ihm einen langen Kuss gegeben, der nach ihrer selbst gemachten Tomatensoße schmeckte, von der er sich immer viel zu viel über die Nudeln gekippt hatte, weil sie so gut schmeckte.

Das Plattencover im Blick, überrollte ihn in diesem Augenblick mal wieder der Schmerz über ihren Verlust. Es waren so viele kleine Dinge gewesen, die er an ihr geliebt hatte. Selbst ihre Marotten, über die er sich früher immer aufgeregt hatte, fehlten ihm jetzt. War seine Reise nach Norwegen nicht ein Verrat an seinem Leben mit Thea? Die Liebe, die sie gehabt hatten? Andererseits hatte sie ihn allein zurückgelassen, was so nicht vorgesehen gewesen war. All die Jahre hatte er angenommen, dass er als Erster gehen würde. Immerhin war er fünf Jahre älter als Thea, und er war ein Mann, hatte im Grunde also eine kürzere Lebenserwartung. Aber es war anders gekommen.

Vielleicht war ja seine Annahme auch ein Stück weit Feigheit gewesen. Der, der als Erster ging, blieb nicht mit dem Verlustschmerz zurück, musste sich nicht in einem neuen Leben allein einrichten und irgendwie zurechtkommen. Wobei Ingrid eigentlich nicht zu einem neuen Leben gehörte. Sie war ja eine Episode aus seiner Vergangenheit. Weitere Erinnerungen stiegen in ihm auf. An die düstere Rückfahrt damals aus Norwegen. Er hatte den hellen Sonnenschein an diesen Sommertagen nicht mehr wahrgenommen, sein Liebeskummer hatte sein Innerstes und damit auch die Welt außerhalb ihres VW Käfers verdunkelt. Tagelang war er bis spät in den Abend hinein durch die Straßen Frankfurts gelaufen, rastlos, nicht wissend, was er mit all den Gefühlen in seinem Körper anfangen sollte, mit dem Schmerz, der sich wie ein Felsbrocken auf seine Seele gelegt hatte. Theas Verlust hatte er anders empfunden. Ihr Tod hatte sich angeschlichen, er hatte gewusst, dass er sie verlieren würde. Trotzdem hatte es ihm den Boden unter den Füßen weggezogen.

Erneut wanderte sein Blick zu dem Plattencover. Einem Impuls folgend erhob er sich und nahm die LP aus dem Schrank, zog die Platte aus der Hülle und legte sie auf den Plattenspieler. Er legte den Tonarm darauf, und es war dieses vertraute Knarzen zu hören, das verheißungsvoll der Musik voranging. Dann begann der Song, und Uwe hörte seltsamerweise zum ersten Mal auf den Songtext dieses leichten Popsongs. Plötzlich wurde er sich bewusst, dass es ein Abschiedslied war, zu dem sie damals durch die Küche getanzt waren.

You're the one girl in town I'd marry
Girl, I'd marry you now if I were free
I wish it could be

Ein Lied über eine verpasste Chance. Das passierte jedem irgendwann im Leben einmal, man traf vielleicht eine falsche Entscheidung, die man für immer bereute. Uwe war so gemein gewesen und hatte damals nicht einmal Bye, bye gesagt. Obwohl Ingrid zumindest das verdient gehabt hätte. Diese fantastische Frau, die er auch heute noch den ganzen Tag lang einfach nur ansehen konnte. Ihm würde dabei niemals im Leben langweilig werden. Sie war und blieb eine Schönheit.

In diesem Moment fasste er einen Entschluss. Diesmal endgültig und unumstößlich. Er würde mit Ingrid sprechen und ihr sagen, wer er wirklich war. Er würde ihr alles erklären. Auch wenn das bedeuten könnte, dass es nach all den Jahren wieder zu einem Bye, bye kommen könnte. Er musste das Risiko eingehen. Ihm kam der Mann in den Sinn, den er neulich abends mit Ingrid durchs Fenster zusammen gesehen hatte. Bisher war der Fremde nicht mehr aufgetaucht. Vielleicht hatte er in die Szene auch zu viel hineininterpretiert.

Im nächsten Moment blieb der Tonarm an einer Stelle der Platte hängen, und es wiederholte sich immer wieder das *Bye Bye*.

19

»Gut, wir haben zwanzig Nachzügler-Häuser bekommen, die es bis zur Eröffnung in drei Tagen noch unterzubringen gilt«, sagte Ingrid, die vor der Aufbau-Truppe der Lebkuchenstadt in dem bereits hübsch weihnachtlich dekorierten Eingangsbereich stand. Nina mochte auch diesen Teil des Gebäudes gern. Wer die Lebkuchenstadt besuchte, fand hier zuerst den Souvenirladen vor, in dem es Backsets für Lebkuchenhäuser und weitere Andenken rund um die Lebkuchenstadt zu kaufen gab. Ein Aufsteller wies in den Innenhof des etwas verwinkelten Ausstellungsortes, der mit Lichterketten überspannt war. Dort fanden sich die Bühne, geschmückte Weihnachtsbäume und rechter Hand die kleine Backwerkstatt. An ausgesuchten Tagen konnten sich kleine und große Bäckermeister hier als Backkünstler von Lebkuchenhäusern versuchen. Das Gesamtkonzept rundete ein gemütliches Café neben dem Eingang ab, dort ließ es sich bei Kaffee und Kuchen gemütlich verweilen.

Der Ausstellungsbereich selbst befand sich in einem weitläufigen Raum, der im Moment noch immer von dem unfreundlich anmutenden Deckenlicht erhellt wurde. Inzwischen hatte es jedoch einige Beleuchtungsproben gegeben, schließlich musste am Eröffnungstag alles stimmig sein und funktionieren. Dann würde die gesamte Stadt im schummrigen Licht einer Winternacht liegen. Sie arbeiteten mit warmweißen Lichterketten, aber auch bläuliches Licht kam zum Einsatz, was einen hübschen Kontrast gab. An einigen Stellen fuhren Spielzeugeisenbahnen durch die Stadt, Modellbauer hatten liebevoll die Hügel und Täler errichtet. Eine weiße Winterlandschaft war entstanden, über einem besonders hübschen Lebkuchenschloss stand sogar der Vollmond am Himmel, durch den der Weihnachtsmann mit seinem Schlitten flog. Man könnte meinen, es wäre kitschig, aber das war es nicht, da man die Liebe des gesamten Teams aus der stilvollen Installation herausspürte. Nina freute sich schon jetzt darauf, diese Wunderstadt zu betrachten, wenn sie endgültig fertig war. Doch bis dahin gab es noch einiges zu erledigen.

»Erik wird sich zusammen mit Morten und Peter um die Beleuchtung und die Funktion der Eisenbahnen kümmern«, sagte Ingrid. »Der Rest verteilt die neuen Häuser so gut es geht in der Stadt. Zudem ist mir aufgefallen, dass wir in den Zugwaggons noch keine Zuckermännchen sitzen haben, sie fehlen auch noch auf den Fußballplätzen. Es wäre gut, wenn sich nachher jemand darum kümmern würde.«

»Das kann ich machen«, meldete sich eine Helferin zu Wort, deren Namen Nina ständig vergaß.

»Prima, danke dir«, sagte Ingrid.

»Es muss auch noch der Raum mit der Ausschussware dekoriert und aufgebaut werden. Bedauerlicherweise sind wir noch nicht dazu gekommen. Nina und Ida, könnt ihr beiden das übernehmen? Ich gehe euch dabei gern etwas zur Hand, das ist ja noch unsere größte Baustelle.«

Nina und Ida nickten. Ida, eine Polin, die seit vielen Jahren in Norwegen lebte, saß zum Glück neben Nina und fungierte als ihre Übersetzerin. Sie war Ende vierzig, blond und zierlich. Ihr Äußeres erinnerte etwas an das einer Elfe. Ihr Englisch war zwar etwas experimentell, aber Nina verstand zumindest, wovon die Rede war. Ihr Blick wanderte zu Uwe und wurde sorgenvoll. Irgendetwas stimmte nicht mit ihm. Heute Morgen war er beim Frühstück stiller als sonst gewesen und hatte nur einsilbige Antworten gegeben. Nina überlegte, ob am Vorabend bei dem Lichterfest etwas vorgefallen war, ihr fiel jedoch nichts ein. Uwe hatte sich nach dem ersten Aufeinandertreffen mit Harald wieder gefangen und gemeinsam mit Ingrid das Feuerwerk genossen, Harald hatte sogar eher losgemusst, weil es im Osloer Krankenhaus zu einem Notfall bei einem seiner Patienten gekommen war, den er schon seit mehreren Monaten betreute. Sie hatten nach dem Feuerwerk fröhlich gemeinsam Glühwein getrunken, Ingrid hatte Uwe zum Abschied sogar umarmt. Nina versuchte, sich nicht so viele Gedanken zu machen, vielleicht war er einfach nur müde.

Wenig später gingen Ida und Nina in den Ausstellungsraum für die sogenannte Ausschussware, die es aus verschiedenen Gründen nicht in die Lebkuchenstadt geschafft hatte. Auch hier gab es mehrere Ebenen, auf denen die fantasievollen Backkunstwerke perfekt in Szene gesetzt werden konnten. Meist waren es lustige Arbeiten von Kindern. Es gab Häuser mit fröhlichen Gesichtern, eine Meerjungfrau, ein Grinch-Haus, auch Batman und SpongeBob waren vertreten. Hinzu kamen einige Backunfälle, die aufgrund ihres baufälligen Aussehens nicht in die Stadt integriert werden konnten. Sogar ein Ufo fand sich unter den Lebkuchenteilen! Das kreative Durcheinander musste hübsch verteilt werden, was innerhalb der kurzen Zeit durchaus eine Herausforderung war.

Ninas Blick fiel auf die Meerjungfrau, die nicht dreidimensional, sondern eher ein übergroßer Lebkuchen war. Ein wunderschöner Lebkuchen, denn sie war äußerst professionell gebacken, gut fünfzig Zentimeter groß, mit einer hübschen Flosse, und passend zur Weihnachtszeit steckte auf ihrem lockigen Kopf eine Nikolausmütze. In den Händen hielt sie eine Art Lichterbogen.

»Was hältst du davon, wenn wir die Meerjungfrau an der Wand befestigen«, schlug Nina vor. »Ich finde, so könnte sie am besten zur Geltung kommen. Direkt unterhalb platzieren wir dann dieses Lebkuchentor.« Sie deutete auf eine Art Tor, das vermutlich mal zu einer Burganlage hätte gehören sollen. »Dann sieht es so aus, als wäre dort der Eingang zu einer magischen Welt.«

»Das ist eine ausgezeichnete Idee«, stimmte Ida zu.

Die beiden machten sich an die Arbeit. Die Meerjungfrau wurde mit der Hilfe von etwas Heißkleber an der Wand befestigt, es folgte das missglückte Burgtor, dann einige Geister und Lebkuchenmännchen. Ida dekorierte alles mit einer Lichterkette, davor wurde noch etwas künstlicher Schnee verstreut. Nachdem dieses Werk vollendet war, ging es munter weiter. Die lachenden Häuschen erhielten einen Platz im oberen Stock, SpongeBob und Batman wurden nebeneinander weiter unten platziert.

Genau in dem Moment, als Nina und Ida darüber nachdachten, wo sie den Grinch unterbringen sollten, erschien Ingrid. Sie fand sogleich lobende Worte für ihre bisherige Arbeit: »Wie großartig, das sieht ja toll aus! Besonders die Meerjungfrau an der Wand ist ein Hingucker. Ich persönlich hab diesen Teil der Ausstellung immer besonders gern. Kein Kunstwerk wird vergessen, auch wenn es nicht ganz für die Stadt gereicht hat. Eine so schöne Meerjungfrau aus Lebkuchen gibt es bestimmt auf der gesamten Welt nur bei uns zu sehen.«

Ninas Blick fiel auf das Ufo, das durchaus als gute Backkunst zu bezeichnen war. Die Untertasse hatte einen Durchmesser von ungefähr dreißig Zentimetern und sah tatsächlich so aus, als käme sie direkt vom Mars.

»Wir könnten es von der Decke hängen lassen«, schlug Ingrid vor. »Ich finde, ein Ufo sollte fliegen. Aber das könnte am besten einer der Jungs machen. Ich hole uns mal Erik zur Hilfe, der kann uns bestimmt weiterhelfen.«

Sie verschwand und tauchte nur wenige Augenblicke später mit ihrem Sohn im Schlepptau wieder auf.

»Hier soll also ein Ufo landen«, sagte er und grinste. Seltsamerweise kam es Nina so vor, als wäre ihr dieses Lächeln vertraut. Aber das war doch Unsinn, sie kannte Erik kaum, hatte ihn bisher nur wenige Male gesehen!

»Ja, so ist es geplant«, antwortete Ida.

»Wir hatten überlegt, es hier schweben zu lassen«, meinte sie und deutete auf eine Freifläche im unteren Bereich. »In der Nähe von SpongeBob und Batman ist so ein Ufo unserer Meinung nach bestens aufgehoben.«

»Ja, das ist ein guter Platz«, stimmte Erik zu, und sein Blick wanderte zur Decke. »Dann hole ich mir gleich noch einen unserer Kulissenbauer zu Hilfe, damit wir flott einen Haken in die Wand kriegen. Auch ein passender Bindfaden zur Befestigung lässt sich auftreiben. Ich wäre dafür, dass das Ufo knapp über dem Boden schwebt, dann wird es gut wahrgenommen.«

»Prima, so machen wir es«, erwiderte Ingrid erfreut. »Ein Ufo hatten wir noch nie in der Ausstellung, das wird bestimmt ein Hingucker werden.«

Erik verschwand wieder. Ida folgte ihm, um sich etwas zu essen zu holen. Zwischen Nina und Ingrid, die allein zurückblieben, entstand ein Moment der Stille, in dem eine nicht greifbare Form der Anspannung lag. Ingrid rückte eines der Häuser zurecht und schob sich eine Haarsträhne hinters Ohr. Sie räusperte sich und sagte nun etwas, womit Nina längst gerechnet hatte: »Er heißt nicht Peter, nicht wahr? Und er wohnt auch nicht in Wiesbaden, sondern in Frankfurt, oder? Ich hab ihn auf den ersten Blick erkannt.« Sie setzte sich auf einen am Fenster stehenden Stuhl, und Nina ließ sich auf den danebenstehenden fallen.

»Ja, er heißt Uwe Keller und kommt aus Frankfurt. Er hat dich im Fernsehen gesehen und dich wiedererkannt. Er hat mir von damals erzählt, von diesem wunderbaren Sommer, eurer Liebe.«

»Ja, das war ein herrlicher Sommer«, erwiderte Ingrid, ihre Stimme klang wehmütig. »Wir waren jung und glücklich, alles fühlte sich so leicht an. Endlose helle Nächte, warmer Sommerregen und ihn an meiner Seite. Wir fühlten uns unsterblich, ich dachte, es wäre für immer. Weißt du, wie sich so etwas anfühlt?«

Sie sah Nina an und traf damit, ohne es zu ahnen, ihren wundesten Punkt. Denn obwohl sie Magnus getroffen hatte, wusste sie noch immer nicht, wie sich solche Wochen des perfekten Glücks anfühlten. Sie schaffte es einfach nicht, vollständig aus ihrem Schneckenhaus zu krabbeln. Andererseits kam ihr nun wieder die Nacht mit Magnus auf der kleinen Insel im Fjord in den Sinn. Hatte es sich in diesen Stunden nicht auch unendlich angefühlt? Ihre Ängste und die Zweifel waren im Schein des Nordlichts weit fort gewesen. Doch bereits am nächsten Tag waren sie zurückgekehrt, und so würde es vermutlich immer sein: In Gegenwart des Mannes fühlte sie sich glücklich, doch sobald sie allein war, kamen die Zweifel zurück.

In diesem Augenblick legte sich das Gefühl der Beklemmung auf ihr Herz wie ein Stein. Sie sackte auf ihrem Stuhl ein Stück in sich zusammen. Sie würde wohl niemals sagen können, dass sie sich für einen Moment unsterblich gefühlt hatte.

Aber ging es denn jetzt überhaupt um ihre eigenen Gefühle? Es ging doch vielmehr um ihren Großvater, weshalb Nina Ingrid die Antwort auf ihre Frage wohl schuldig bleiben konnte. Stattdessen sagte sie: »Opa bereut bis heute, dass er damals ohne einen richtigen Abschied gegangen ist.«

»Ach, ich hab das schon verstanden. Besonders Harald hat unsere Liaison missfallen. Der Grund dafür lag in der Vergangenheit, der Krieg mit all seinen Verletzungen und seinem Erbe war einfach noch zu nah. Aber es würde zu weit gehen, das alles jetzt näher zu erklären. Harald kam am Tag nach seiner Abreise in mein Zimmer und hat mir gesagt, dass ich den Deutschen niemals wiedersehen würde, und er hat mich angewiesen, mich so zu verhalten, wie er es von mir verlangte. Seine rechte Hand war gerötet, die Knöchel geschwollen. Da wusste ich, dass er gewalttätig geworden war. Mein Vater war krank damals, Harald war längst das Familienoberhaupt. Es waren andere Zeiten, wir waren noch nicht so selbstständig wie die Frauen heute. Kurz habe ich darüber nachgedacht, davonzulaufen, Uwe nach Deutschland zu folgen. Aber meine beste Freundin hat es mir ausgeredet. Und sie hatte ja recht. Was sollte ein norwegisches Mädchen aus einem Fischerdorf in Deutschland, noch dazu in einer so großen Stadt wie Frankfurt? Das wäre nicht meine Welt gewesen. Eine Weile hab ich noch darüber nachgedacht, ihm zu schreiben, einige Briefe habe ich sogar begonnen, aber nie beendet, geschweige denn abgeschickt. So ist manchmal eben das Leben. Aber das Gefühl dieses einen magischen Sommers habe ich immer im Herzen bewahrt.«

»Wieso hast du ihm nicht gesagt, dass du weißt, wer er tatsächlich ist?«, fragte Nina.

»Warum hat er mich belogen?«, entgegnete Ingrid. »Er fliegt bis nach Bergen wegen mir und ist dann zu feige, mir zu sagen, wer er ist?« Sie blickte Nina direkt in die Augen.

»Das hab ich mich ehrlich gesagt auch schon gefragt«, sagte Nina und seufzte. »Ich hab ihm ins Gewissen geredet, aber er ist zu feige. Ich hab mich wirklich gefreut, als er mit der Idee ankam, einer alten Liebe wegen spontan bis nach Bergen zu fliegen. Er war endlich aus dieser schrecklichen Erstarrung erwacht, die seit dem Tod meiner Großmutter über ihm gelegen hatte. Krebs, als die Diagnose kam, war es bereits zu spät. Sie war sein Leben.«

»Verstehe«, antwortete Ingrid und nickte. »Das ist natürlich traurig, aber so ist es nun einmal. Ich bin ebenfalls verwitwet, allerdings würde ich rückblickend nicht sagen, dass mein Ehemann mein Leben gewesen wäre. Es ist schön, dass Uwe es anders erleben durfte, ich hab ihm so etwas gewünscht, obwohl mir der Gedanke daran, dass er eine andere in den Armen halten und lieben würde, das Herz brach.«

»Ich glaube, meine Oma und du, ihr hättet euch gut verstanden. Er ist seinem Beuteschema treu geblieben«, antwortete Nina und lächelte. »Ich vermisse sie jeden Tag. Sie hätte vermutlich ebenfalls nicht verstanden, weshalb er seine wahre Identität verschweigt. Er ist eben unsicher, gib ihm bitte noch etwas Zeit. Er wird bestimmt bald von allein mit dir reden. Da bin ich mir sicher.«

»Wenn du das sagst«, antwortete Ingrid. »Es wäre gut, denn da wäre noch etwas, was ich ihm erzählen muss. Nicht nur er hat Geheimnisse, weißt du.« Sie seufzte tief.

Nina konnte nicht noch einmal nachhaken, denn sie bekamen wieder Gesellschaft. Erik erschien in Begleitung eines anderen Aufbauhelfers, somit war ihr vertrauliches Gespräch beendet. Die beiden bauten sich vor dem Ufo auf, und Ingrid trat zu ihnen. Sie sprachen jetzt Norwegisch. Nina kam sich überflüssig vor und beschloss, sich einen Kaffee zu gönnen. Vielleicht fand sich dazu auch noch eine Zimtschnecke.

Sie steuerte das zur Ausstellung gehörende Café an, das im Moment als eine Art Helferkantine fungierte, und traf dort auf Uwe. Er saß allein an einem der hinteren Tische, vor ihm stand seltsamerweise kein Getränk.

Er wirkte verloren. In Nina breitete sich erneut das Gefühl von Sorge aus. Sie trat näher, und da sie nicht mit der Tür ins Haus fallen wollte, suchte sie zunächst einmal ihre Zuflucht in Belanglosigkeiten.

»Du bist also auch hier gestrandet«, sagte sie in heiterem Tonfall. »Eine kleine Pause kann nie schaden. Ich hol mir einen Kaffee, möchtest du auch einen?« Nach einem Blick in die Kuchentheke fügte sie hinzu: »Es wären auch noch zwei Zimtschnecken da. Die Chance sollten wir uns nicht entgehen lassen.«

»Hm«, gab er zur Antwort, er schaute Nina nicht einmal an. Sein Blick blieb starr auf die Tischplatte gerichtet. Sein seltsames Verhalten sorgte dafür, dass sich Ninas Besorgnis weiter steigerte. Sie setzte sich neben ihn und legte ihre Hand auf seinen Unterarm.

»Was ist los?«, fragte sie. »Du bist schon den ganzen Tag über so komisch. Stimmt etwas nicht? Ist etwas vorgefallen?«

»Nein, oder vielleicht doch«, antwortete er. »Ich hab mir so fest vorgenommen, mit Ingrid zu reden. Heute früh ergab sich auch die perfekte Gelegenheit dazu. Wir waren beide die Ersten hier und allein. Aber ich gottverdammter Feigling hab es wieder nicht hinbekommen. Gestern bei dem Feuerwerk war es so wunderbar, sie ist so perfekt. Ich weiß, ich bin ein alter Mann und das alles ist ewig her, aber ich glaube, ich liebe sie noch immer. Und ich hab solche Angst davor, dass die Wahrheit sie mir wieder wegnehmen wird.«

Er blickte Nina in die Augen, und ihr lag bereits auf

der Zunge, dass Ingrid längst Bescheid wusste. Doch sie sagte es nicht, so schwer es ihr in diesem Augenblick auch fiel. Sie wollte Ingrid nicht vorgreifen. Bestimmt würde sie bald von sich aus das Gespräch mit Uwe suchen, oder er sprang seinerseits endlich über seinen Schatten. Sie nahm die Hand ihres Großvaters und drückte sie.

»Nur weil man alt ist, verschwindet doch nicht die Liebe. Ich bin mir ganz sicher, dass sie sich freuen wird. Nur Mut, bestimmt wird alles gut werden.«

Opa Uwe kam nicht mehr dazu, ihr zu antworten, denn Magnus betrat den Eingangsbereich. Bereits sein Erscheinen sorgte dafür, dass ein Lächeln auf Ninas Lippen stieg. Er blickte in ihre Richtung, und auch seine Augen begannen zu strahlen.

»Weil wir gerade von der Liebe sprachen«, sagte Uwe und zwinkerte Nina zu. »Wegen mir ist der junge Mann bestimmt nicht gekommen. Ich geh dann mal besser wieder an die Arbeit, es gibt mit den Beleuchtungen noch eine Menge zu tun.« Er erhob sich, grüßte Magnus betont freundlich und ging in Richtung der Ausstellungsräume davon.

Magnus begrüßte Nina mit einer kurzen Umarmung und einem Kuss auf die Wange.

»Was machst du hier?«, fragte Nina. »Ich dachte, du wolltest heute zu deinem Buchhalter fahren.«

»Da war ich auch. Aber ich hatte Sehnsucht nach dir. Ich dachte, ich könnte dich von hier entführen und für dich ein wenig den Fremdenführer geben. Was meinst du? Etwas Sightseeing, und danach ein Besuch auf dem Weihnachtsmarkt? Wir könnten mit dem Riesenrad fahren.«

Er sah sie hoffnungsfroh an.

Nina konnte nicht anders, sie stimmte sofort zu. Morgen blieb ja auch noch ein Tag, um die Lebkuchenhäuser hübsch zu dekorieren und die restlichen Lichterketten aufzuhängen.

20

Magnus führte Nina zurück zum Hafen. Die Dunkelheit war hereingebrochen, und es schneite leicht. Es ging an weihnachtlich dekorierten Schaufenstern vorbei, meist waren es Nippesläden für die Touristen.

»Was wollen wir denn hier?«, fragte Nina. »Wolltest du nicht auf dem Weihnachtsmarkt mit mir Riesenrad fahren?«

»Ja, das machen wir noch«, antwortete Magnus. »Aber zuerst will ich dir eine alte Bekannte vorstellen. Sie ist eine richtige Künstlerin, und ihr Ladengeschäft ist einzigartig.«

Er zog sie mit sich in einen schmalen Durchgang zwischen zwei Häusern, und Ninas Augen weiteten sich vor Erstaunen. Sie befanden sich plötzlich in einer Welt aus Holzhäusern. Selbst der Boden bestand aus Dielenbrettern. Rechter und linker Hand gab es Unterstände, Treppenaufgänge führten in obere Geschosse, hölzerne Übergänge überspannten den schmalen Gang. Über ihnen hingen filigrane Lichterketten und glitzernde Deko-

Schneeflocken. Es war, als hätte sie eine Zeitreise in eine längst vergessene Epoche angetreten.

»Da ist ja zauberhaft«, sagte Nina und blickte staunend um sich.

»Du warst noch nie hier?«, fragte Magnus.

»Nein, bisher blieb uns keine Zeit für eine ausgiebige Stadtbesichtigung. Ich musste Lebkuchenhäuser backen und war auf so einer Insel im Fjord!«

»Stimmt, du hattest zu tun«, antwortete er lachend. »Das entschuldigt es natürlich.« Er zog sie kurz an sich und gab ihr einen Kuss. »Es ist schön, mit dir hier zu sein«, raunte er ihr ins Ohr.

»Danke, dass du es mir zeigst«, antwortete sie und küsste ihn zurück, dieses Mal zog er sie fester in seine Arme und ihr Kuss dauerte länger.

Es waren die sich nähernden Stimmen anderer Besucher, die sie wieder auseinanderfahren ließen. Eine Familie mit zwei Kindern schob sich in dem engen Gang an ihnen vorüber.

»Komm, lass uns weitergehen«, sagte Magnus und nahm sie bei der Hand.

Während Nina mit staunenden Augen ihre Umgebung betrachtete, begann Magnus den Reiseführer zu geben.

»Wir befinden uns quasi im Herz des Weltkulturerbes Bryggen. Die Geschichte dieses Viertels beginnt kurz nach der Wikingerzeit. In Bergen entstand ein wichtiger Handelsplatz des Nordens, es kamen viele Schiffe aus Island und vom Kontinent. Die Hanse eröffnete an dieser Stelle ein Kontor. Früher wurde hier viel mit Stockfisch gehandelt, und der Geruch überlagerte natürlich alles.«

Während Magnus redete, hatten sie sich wieder in Bewegung gesetzt. Nina blieb an einem kleinen Laden stehen und schaute durch die Fenster ins Innere des niedlichen Geschäfts, in dem norwegische Strickwaren angeboten wurden. Sie ahnte, dass die hübsch aussehenden Norwegerpullover nicht ihre Preisklasse waren.

»Also hätte ich es hier vermutlich keine fünf Minuten ausgehalten«, antwortete Nina lachend.

»Bis ins achtzehnte Jahrhundert hinein lebten hier übrigens vorwiegend deutsche Kaufleute«, erklärte Magnus. »Erst später übernahmen wieder die Norweger diesen Teil der Stadt. Meine Großmutter kann sich noch gut daran erinnern, wie das Viertel in den Fünfzigerjahren ausgesehen hat. Nach vielen Bränden standen die alten Kaufmannshäuser und Speicher damals verlassen und verfallen da. Es wurde sogar überlegt, das alles hier endgültig abzubrennen. Aber zum Glück ist es nicht dazu gekommen.«

»Ja, das wäre schrecklich traurig gewesen«, stimmte Nina ihm zu. »Es ist magisch hier, ich muss das alles unbedingt Opa zeigen, er liebt historische Bauten.«

Der schmale Gang öffnete sich, und sie erreichten einen kleinen Platz. An dessen Stirnseite stand ein unfassbar niedliches Holzhäuschen mit Butzenscheiben, das aussah, als wäre es direkt aus einem Märchen der Gebrüder Grimm gefallen. Es war mit Lichterketten dekoriert, vor dem Eingang stand ein eingeschneiter

Weihnachtsbaum, und in den Fenstern hingen rot-weiß karierte Vorhänge.

»Das ist ja süß«, entfuhr es Nina.

»Ja, es ist einmalig schön. Eines der Hauptfotomotive in Bryggen. Aber gerade zur Weihnachtszeit finde ich es immer besonders hübsch. Komm, du musst die Inhaberin des Ladens kennenlernen. Sie ist die Künstlerin, von der ich vorhin gesprochen habe. Wir sind seit vielen Jahren eng befreundet.« Er öffnete die Eingangstür, und die beiden betraten das Geschäft.

Nina fiel gleich ins Auge, dass es sich hier nicht um einen der typischen Souvenirläden handelte. Es gab T-Shirts mit hübschen Kunstdrucken von Bergen darauf. Aus Ton gefertigte Lebkuchenhäuser mit Beleuchtung, die nicht aussahen, als wären sie Massenware aus Fernost. Eine Vielzahl von Grußkarten konnten hier erworben werden, die allesamt künstlerische Entwürfe zeigten, wobei manches Motiv etwas verstörend war. Wer kaufte eine Karte, auf der ein Lebkuchenmann mit einem Messer im Körper abgebildet war?

Hinter dem Verkaufstresen saß eine Frau mittleren Alters mit langen schwarzen Haaren an einem Arbeitstisch. Sie beschäftigte sich gerade damit, ein Armband aus bunten Steinen zu fertigen. Fertige Modelle waren überall im Laden zwischen den anderen Souvenirs zu finden.

Sie hob erst den Blick, als Magnus sie grüßte. Sofort breitete sich ein freudiges Lächeln auf ihrem blassen Gesicht aus, und sie legte ihre Arbeit zur Seite und kam hinter dem Tresen hervor, um Magnus in die Arme zu schließen. »Das ist ja schön, dass du mich mal wieder besuchen kommst. Lange nicht gesehen, mein Freund.«

Ihr Blick blieb an Nina hängen, und Magnus stellte die beiden einander vor. Somit erfuhr Nina, dass sie es mit Brinja Olsen zu tun hatte, die bereits mehrere Preise für ihre Werke erhalten hatte. Hoffentlich nicht für den ermordeten Lebkuchenmann, dachte Nina. Sie schob den Gedanken beiseite und sagte, dass der Laden ganz entzückend wäre.

Brinja wollte ihr gerade antworten, als Magnus' Handy zu läuten begann. Er entschuldigte sich für die Störung, fischte das Telefon aus seiner Jackentasche und nahm das Gespräch an. Er sprach Norwegisch, an seiner rasch ernst werdenden Miene erkannte Nina, dass es keine guten Neuigkeiten waren, die der Anrufer überbrachte.

»Das war Sverre, ein Freund von mir«, sagte Magnus, nachdem das Gespräch beendet war. »Er und seine Frau Kari betreiben auf dem Weihnachtsmarkt einen Waffelstand. Wegen einer starken Erkältung ist Kari heute nicht einsatzfähig, und seine Aushilfskraft kann nicht kommen, weil ihr Kind ebenfalls krank ist. Jetzt ist er hinter dem Stand gestürzt und hat üble Schmerzen in der Hüfte. Auch das noch! Er kann kaum noch stehen und hat mich gefragt, ob ich für ihn einspringen könnte. Mir blieb nichts anderes übrig, als zuzusagen, er hat mir schon so oft aus der Klemme geholfen. Es tut mir schrecklich leid, aber ich muss unsere kleine Sightseeing-Tour schon wieder beenden.«

»Oje«, antwortete Nina. »Das klingt ja gruselig. Natürlich musst du helfen, das ist doch selbstverständlich. Wenn du magst, helfe ich gern mit. Mit Waffeln kenne ich mich aus, die haben wir früher bei den Schulfesten regelmäßig gebacken und verkauft.«

»Das klingt nach einer Fachkraft«, erwiderte Magnus lachend. »Natürlich kannst du mithelfen. Dann lass uns gehen.« Die beiden verabschiedeten sich von Brinja und ließen Bryggen nur wenige Minuten später hinter sich.

Der Waffelstand von Magnus' Freunden lag direkt neben dem Eingang zu dem Weihnachtsmarkt, der erst am Vorabend auf dem Festplassen feierlich eröffnet worden war. Der Bergen Julemadked, wie er genannt wurde, wich in seinem Erscheinungsbild etwas von deutschen Weihnachtsmärkten ab. Es gab keine einzelnen Holzbuden, sondern der Markt glich einer großen Zeltstadt mit kegelförmigen in den unterschiedlichsten Farben beleuchteten Dächern. Die dazwischenliegenden Gänge waren von Lichterketten überspannt. Vor dem Eingang gab es eine rustikale Feuerstelle mit Strohballen als Sitzgelegenheit, die allesamt besetzt waren. Es gab ein Karussell für die Kinder und natürlich das große Riesenrad. Eines hatte dieser Markt jedoch mit den deutschen Märkten gemeinsam – die herrliche Geruchsmischung aus süßen und deftigen Köstlichkeiten, die einem sofort ein wohliges Gefühl vermittelte.

»Es ist so großartig, dass ihr beiden mir helft«, bedankte sich Sverre bei ihnen. »Sonst hätten wir heute dichtmachen müssen.« Er überragte Magnus ein ganzes Stück, hatte einen ungepflegt aussehenden Bart und trug einen dunkelblauen Norwegerpullover.

»Das ist doch Ehrensache«, antwortete Magnus, der sich bereits eine der roten Schürzen mit dem Firmenaufdruck umlegte. »Kümmert ihr euch jetzt erst einmal darum, wieder fit zu werden, und richte Kari liebe Grüße von mir aus.«

»Das mache ich«, antwortete Sverre und erklärte ihnen noch schnell die notwendigsten Dinge. »Sollte noch etwas sein, kannst du mich jederzeit anrufen. Wenn ich Glück hab, ist es nur eine Prellung und es geht morgen wieder.«

Eine hungrige Kundin trat näher und erkundigte sich, ob sie etwas bestellen könnte. Somit war das Einführungsgespräch beendet, und Sverre humpelte von dannen. Nina entledigte sich ihrer dicken Daunenjacke, in der Bude gab es einen Heizlüfter, und die Waffeleisen wärmten die Luft zusätzlich, weshalb sie die Jacke, trotz der eisigen Frostluft, nicht benötigte. Auch sie band sich die Firmenschütze um und erkundigte sich mit einem Lächeln bei der Kundin nach ihrem Wunsch.

Die nächsten Stunden hatten die beiden reichlich zu tun und wurden ein gutes Team. Eine Zeit lang hatte Nina das Gefühl, die Schlange vor ihrem Stand würde niemals weniger werden. Sie waren dazu übergegangen, sich die Arbeit aufzuteilen. Während Nina für frische Waffeln sorgte, belegte Magnus sie mit den bereits vorbereiteten Zutaten und kassierte ab. Die Zeit flog dahin, und ehe sich's die beiden versahen, war die Schließzeit des Marktes gekommen und der letzte Kunde versorgt.

»Das hat riesengroßen Spaß gemacht«, sagte Nina und naschte noch etwas Haselnusskrokant. »Wegen mir könnten wir das morgen wieder machen. Ich hab ganz vergessen, wie lustig so ein Waffelverkauf sein kann. Obwohl unser kleiner Schulstand natürlich nicht mit diesem hier vergleichbar war. Es herrscht hier etwas mehr Betrieb.«

»Ja, das war lustig«, antwortete Magnus. »Aber ich hoffe doch, dass es eine einmalige Sache gewesen und Sverre morgen wieder fit ist oder eine andere Lösung gefunden hat. Der Markt öffnet täglich um zwölf Uhr mittags, da kann so ein Tag schon lang werden. Außerdem hab ich morgen Nachmittag einen Termin mit meinem Steuerberater, den würde ich nur ungern absagen. Aber lass uns jetzt besser nicht über solch profane Dinge reden. Der Abend ist noch jung, und ich hab dir eine Fahrt mit dem Riesenrad versprochen. Vielleicht findet die ja doch noch statt!« Er schenkte ihr ein charmantes Lächeln und knotete seine Schürze auf.

Nur wenig später schlenderten die beiden den noch immer beleuchteten und jetzt leeren Gang zwischen den geschlossenen Ständen entlang Richtung Riesenrad. Als sie dort ankamen, verließ der Inhaber gerade sein Kassenhäuschen. Wie nicht anders zu erwarten gewesen war, kannte Magnus auch den älteren Mann mit der grauen Strickmütze näher, und er konnte ihn überreden, dass dieser extra für sie das Riesenrad noch einmal in Betrieb setzte.

Nina nahm in einer der Gondeln Platz, Magnus setzte sich neben sie, und die Fahrt begann. Zärtlich legte er den Arm um sie, und sie schmiegte sich an ihn. Sie beide umgab noch immer der süße Duft der Waffeln, der sich nun mit dem Geruch seines herben Aftershaves vermischte, von dem Nina nicht genug bekommen konnte.

Es war eine sternenklare Nacht, der Vollmond beschien die umliegenden Berge und ließ den Schnee silbern schimmern. Unter ihnen funkelte der Weihnachtsbaum im Lungegårdsvannet. Eine Weile lang bewegte sich das Riesenrad munter im Kreis, dann blieben sie irgendwann an der obersten Stelle stehen. Nina ließ ihren Blick, von einem noch nie gekannten Glücksgefühl erfüllt, über die Stadt schweifen.

»Es ist so einmalig schön«, sagte sie. »Fast schon magisch. Fehlen nur noch die Nordlichter.«

»Ach, die werden von den Touristen überbewertet. Gerade jetzt ist es sowieso besser, wenn sie sich nicht zeigen, denn du weißt ja, dass sie einen auch zu sich nach oben ziehen können.«

»Dann lassen wir sie besser woanders leuchten«, antwortete Nina, und ihre Lippen näherten sich denen von Magnus und berührten sie sanft. »Ich finde, jetzt wird es Zeit für einen ausgiebigen Kuss. Wie siehst du das?«

»Unbedingt«, erwiderte er noch, dann drang ihre Zunge in seinen Mund, und er zog sie fester in seine Arme. Nina schloss die Augen und genoss seine Wärme und Nähe. Es war dieses Mal kein leidenschaftlicher Kuss, der mehr einforderte, sondern er war eher zärtlich und liebevoll. So wie er an einem romantischen Ort wie diesem sein sollte. Zu Ninas Bedauern setzte sich das Fahrgeschäft nur wenige Augenblicke später wieder in Bewegung, und als sie dieses Mal unten ankamen, wurden sie von dem alten Inhaber bereits erwartet.

»Wie schade«, antwortete Nina, als sie am Ausstieg anhielten und er die Tür der Gondel öffnete. »Wegen mir hätten wir die ganze Nacht oben bleiben können. Es war so herrlich. Vielen Dank, dass Sie extra für uns Überstunden gemacht haben«, bedankte sie sich bei dem alten Herrn.

»Für meinen Freund Magnus jederzeit gern«, antwortete er. »Aber jetzt wird es Zeit, ins Warme zu kommen. Auf mich wartet noch eine feine Fischsuppe.« Er rieb sich die behandschuhten Hände und schloss hinter Magnus und Nina die Gondeltür.

Als Nina und Magnus wenige Augenblicke später Arm in Arm und bester Laune an dem geschlossenen Waffelverkaufsstand vorüberliefen, stieg in Nina Wehmut auf. »Ich hätte nichts dagegen, morgen erneut mit dir Waffeln zu verkaufen«, sagte sie. »Das hat großen Spaß gemacht.«

»Ja, das hat es tatsächlich«, stimmte Magnus ihr zu. »Wir waren ein gutes Team. Vielleicht kann ich ja meinen Termin morgen verschieben, und wir fragen Sverre, ob er uns noch einmal gebrauchen kann. Ich kann mir nicht vorstellen, dass er unser Angebot ablehnen wird.«

»Ich auch nicht«, erwiderte Nina, erfreut darüber, dass Magnus ihre Idee mochte.

Sie erreichten den mit warmweißen Lichtern dekorierten Musikpavillon, und Nina blieb stehen. »Dieser Pavillon ist so entzückend«, sagte sie. »Er erinnert mich an einen Film, den ich mal gesehen habe. Er ist aus den Neunzigern. *Und täglich grüßt das Murmeltier* ist der Titel. In dem Film tanzen die beiden Hauptdarsteller in einem ganz ähnlichen Pavillon. Damals hab ich mir gewünscht, einmal in meinem Leben würde jemand mit mir an einem so romantischen Ort tanzen.«

»Den Film kenne ich«, antwortete Magnus und schenkte ihr ein Lächeln. »Ein Klassiker, mit dem großartigen Bill Murray. Ich bin mir zwar nicht sicher, ob ich so ein guter Tänzer wie er bin, aber wenn du möchtest, können wir es gern versuchen.«

Wenig später standen sie in dem Pavillon, umgeben von den funkelnden Lichtern, Magnus sorgte mit seinem Handy für passende Musik. Bereits als die ersten Töne des Liedes erklangen, tat Ninas Herz einen Satz. Es war Ed Sheeran mit *Perfect*. Magnus trat ihr gegenüber, deutete eine kurze Verbeugung an und hielt ihr seine Hand hin. »Darf ich bitten«, sagte er.

Nina ergriff seine Hand, und sie begannen, sich langsam zur Musik im Kreis zu drehen. Nina war von diesem Moment so berauscht, es fühlte sich an, als wäre sie in einem lange ersehnten Märchen des Glücks gelandet. Irgendwann fanden sich ihre Lippen, und während ihr Kuss leidenschaftlicher wurde, hörten sie auf zu tanzen.

21

Shopping?«, fragte Nina und sah Alex verdutzt an.

»Wieso nicht?«, entgegnete er und nippte an seinem Orangensaft. »Ich finde, du solltest dich etwas entspannen und nicht andauernd in dieser Lebkuchenstadt arbeiten. Das ist doch sowieso eher Uwes Ding. Es gibt gleich um die Ecke des Festplassen ein Wahnsinns-Shoppingcenter. Da kann unser Main-Taunus-Zentrum einpacken, das sag ich dir. Und dann müssen wir beide unbedingt noch durch die kleinen Läden und Geschäfte in Bryggen stromern und ein bisschen stöbern. Da gibt es ein Geschäft mit sagenhaften Norwegerpullovern, ich würde mir gern einen kaufen. Schließlich muss ich mich ja passend ausstatten, jetzt, wo ich Wahlnorweger werde. Ich bin mir allerdings unsicher, welche Farbe mir steht, und du bist in Sachen Farbberatung unschlagbar. Komm schon, Kleines. Das wird bestimmt lustig, und dein Magnus hat doch heute sowieso keine Zeit.« Alex sah Nina flehend an.

Die beiden saßen allein an einem der Fenstertische im Frühstücksraum der Pension, Uwe war vor einer halben

Stunde in die Lebkuchenstadt aufgebrochen. Draußen herrschte, obwohl es bereits halb zehn war, noch dämmriges Licht. Es schneite leicht. Alex verbrachte seine Nächte inzwischen bei Sven, doch zum Frühstücken tauchte er gern noch in der Pension auf, um ein wenig mit Nina zu plaudern. Schließlich waren sie zusammen in den Urlaub gefahren.

Nina hatte nach ihrem romantischen Tanz im Pavillon die Nacht bei Magnus verbracht – erst in den frühen Morgenstunden waren sie Arm in Arm eingeschlafen. Nina war traurigerweise allein in seinem Bett erwacht, denn auch nach einer leidenschaftlichen Liebesnacht musste es für die Pensionsgäste ab halb acht Frühstück geben. Seine Termine für den heutigen Tag ließen sich leider nicht verschieben, weshalb er Nina vorhin mit einem Kuss und dem Hinweis in der Pension zurückgelassen hatte, dass sich in der Küche noch frisch aufgebrühter Kaffee befand. Er rechnete mit seiner Rückkehr erst am späten Nachmittag. Nina dachte an Uwe, er würde enttäuscht sein, wenn sie heute nicht in die Lebkuchenstadt käme. Andererseits könnte sie beides machen – mit Alex am Vormittag bummeln gehen und nachmittags in der Lebkuchenstadt mithelfen. Ein langer Tag stand ihr also bevor.

»Also gut, ich gehe mit dir shoppen«, sagte sie zu Alex.

»Wie wunderbar«, freute er sich. »Das wird großartig werden. Ich lade dich nachher im Shoppingcenter auch auf einen Kanelboller ein. Da gibt es so einen echt krassen Laden, solches Zimtgebäck hast du noch nicht gesehen. Jede deutsche Zimtschnecke erblasst vor Neid, wenn sie neben einer echt norwegischen Kanelboller zu liegen kommt.«

»Gern«, erwiderte Nina lachend und trank noch einmal von ihrem Kaffee. Zimtschnecken, die vor Neid erblassen konnten, waren ihr neu. Für solche Aussagen liebte sie Alex. Er war der lustigste und beste Mitbewohner, den man sich wünschen konnte. Gut, manchmal waren er und die Peanuts etwas anstrengend und er hatte einen leichten Putzfimmel, aber nirgendwo lief alles reibungslos. Nur leider würden er und die Katzenbande nicht mehr lange mit ihr unter einem Dach wohnen, falls mit seinem Sven tatsächlich alles klappen würde. Dieser Gedanke dämpfte Ninas Stimmung wieder etwas, auch wenn sie noch immer bezweifelte, dass Alex tatsächlich in ein norwegisches Fischerdorf auswandern würde, von einer Karriere als Fischer ganz zu schweigen. Magnus kam ihr in den Sinn und in ihrem Inneren breitete sich wieder das wohlige Gefühl aus, von dem sie im Moment gar nicht genug bekommen konnte. Am Ende kam alles ganz anders als gedacht, und sie wäre diejenige, die nach Norwegen auswanderte.

Alex schob sich den letzten Rest seines Marmeladenbrötchens in den Mund und stand auf. »Dann wollen wir mal los. Nicht, dass mir jemand noch meinen absoluten Traum-Norwegerpullover vor der Nase wegschnappt.«

Am Nachmittag desselben Tages flohen Nina und der mit allerlei Einkaufstüten bepackte Alex vor einem Schneesturm in das Innere der Lebkuchenstadt. Im

Eingangsbereich klopften sich beide den Schnee von den Jacken, und Nina nahm ihre Mütze ab.

»Das ist ja ein regelrechter Blizzard«, meinte Alex. »Da steht man nichtsahnend in der Schlange der besten Imbissbude von ganz Bergen und will sich endlich mal eine dieser berühmten Rentierwürste gönnen, und dann meint Frau Holle, es maßlos übertreiben zu müssen. Die spinnt ja wohl!«

Alex' Entrüstung brachte Nina zum Schmunzeln.

»Bergen macht seinem Status als niederschlagsreichste Stadt Europas mal wieder alle Ehre. Wir können froh sein, dass es Schnee gewesen ist, bei Regen würden wir jetzt wie getaufte Mäuse aussehen.«

Uwe kam gerade aus dem Ausstellungsraum. An seiner finsteren Miene war zu erkennen, dass ihm irgendetwas missfiel.

»Nina, da bist du ja endlich«, sagte er und teilte ihr sogleich mit, weshalb er so finster dreinschaute. »Da hat doch eine von den neuen Hilfskräften vorhin etwas umstellen wollen und dabei ausgerechnet unseren Römer runtergeschmissen! Wie dämlich kann man eigentlich sein? Jetzt ist er kaputt, in der Mitte entzweigebrochen, den kriegen wir nicht mehr gerettet.«

»Oh nein«, entfuhr es Nina. »Das ist ja wirklich blöd. Aber vielleicht bekommen wir ihn doch wieder hin. Komm, lass mich mal sehen.«

Die beiden gingen in den Ausstellungsraum, während Alex etwas von einem warmen Tee murmelte und das Café ansteuerte.

Nur wenige Augenblicke später inspizierte Nina den beschädigten Römer. Er war tatsächlich auseinandergebrochen, und einige der Zinnen waren arg in Mitleidenschaft gezogen.

»Ja, das sieht übel aus«, sagte sie. »Aber wir könnten ihn vielleicht mit etwas Sekundenkleber noch retten.«

»Daran dachte ich auch schon«, antwortete Uwe. »Aber ich trau mich gar nicht, ihn anzufassen, weil ich Sorge habe, er fällt dann noch weiter auseinander.«

»Ja, das wäre möglich«, pflichtete ihm Nina bei. »Andererseits ist der Lebkuchen inzwischen recht hart geworden. Und einen Versuch wäre es auf jeden Fall wert.«

»Wenn du meinst«, antwortete Uwe, seine Miene blieb skeptisch.

In diesem Moment kam Alex aufgeregt auf sie zugelaufen und blieb nach Luft japsend vor ihnen stehen. »Leute, stellt euch vor, was ich gerade mitbekommen habe«, sagte er. »In unserer Pension brennt es. Wir müssen sofort da hin!«

Alarmiert schauten Nina und Uwe ihn an. Ninas Herzschlag beschleunigte sich, und aus Uwes Gesicht wich alle Farbe.

Beide eilten gemeinsam mit Alex aus dem Raum.

Als Nina, Uwe und Alex an der Pension eintrafen, packte die Feuerwehr schon wieder zusammen, der starke Schneefall hatte zum Glück wieder nachgelassen. Vor dem Haus hatten sich einige Schaulustige und Nachbarn versammelt, ausgebrannt sah die Pension zum Glück nicht aus, was Ninas aufgewühltes Innerstes etwas beruhigte. Beißender Qualm lag noch immer in der Luft. Mit klopfendem Herzen hielt Nina nach Magnus Ausschau, doch sie konnte ihn in der Menge nirgendwo entdecken. Hoffentlich war ihm nichts geschehen. Es war eine vertraute Form der Panik, die sich in ihr ausbreitete und die sie nur schwer zurückdrängen konnte. In ihren Ohren rauschte es, sie spürte ihren Pulsschlag im Hals. Ihre Augen begannen von dem Rauch zu tränen. Es durfte nicht sein. Magnus durfte nichts passiert sein. Am Ende waren ihre Zweifel berechtigt gewesen, und sie brachte allen Menschen, die sie liebten, Unglück.

Uwe fragte einen der Feuerwehrmänner, was geschehen war.

»Ein Schwelbrand im Keller, vermutlich ausgelöst von der alten Elektrik«, antwortete der Mann. »Zum Glück hat ein Nachbar sofort reagiert und uns verständigt, deshalb ist nicht viel passiert. Aber bewohnbar ist das Haus jetzt eine Weile nicht mehr. Ist ja alles total verqualmt gewesen, und wie das mit der Elektrik aussieht, müssen die Fachleute beurteilen. Kennen Sie den Besitzer? Der ist anscheinend noch immer nicht aufgetaucht. Im Haus war zum Glück niemand. Ich mach dann mal weiter.« Der Feuerwehrmann tippte an seinen Helm.

Nina hatte mitgehört und fischte sofort ihr Handy aus der Jackentasche. Mit zittrigen Fingern suchte sie nach Magnus' Nummer in ihren Kontakten. Doch es meldete sich bedauerlicherweise nur die Mailbox, auf der Nina ein paar hektische Sätze hinterließ.

»Und was jetzt?«, fragte Alex. »Darf man ins Haus? Das ist ja eine Katastrophe, der arme Magnus. Er hängt doch so an der alten Hütte. Hoffentlich ist er versichert!« Seine Miene zeigte aufrichtige Besorgnis.

Im nächsten Moment näherte sich Magnus mit seinem alten Ford Transit. Er hielt direkt neben dem Feuerwehrauto und sprang vom Fahrersitz. Fassungslos starrte er die Pension an. Einer der Feuerwehrmänner ging zu ihm und redete auf ihn ein. Magnus nickte mehrfach, ohne den Blick von dem Haus abzuwenden.

Aus der Tür kamen zwei weitere Feuerwehrmänner, ein Schlauch wurde eingerollt. Der Feuerwehrmann ging zurück zu seinem Wagen, Magnus blieb neben dem Transit stehen, er schien wie gelähmt zu sein. Nina konnte seinen Schmerz fühlen. Er legte sich auch um ihren Magen wie ein eisernes Band. Sie wusste, was ihm die Pension bedeutete – das Erbe seiner Großmutter. Trotz all der Macken hielt er an dem Haus fest. Er war darin aufgewachsen, damit verwachsen. Was würde nun werden? War er versichert?

»Also, ich glaube nicht, dass wir heute Nacht hier schlafen können«, sagte Uwe. »In der verqualmten Bude kriegen wir am Ende noch eine Rauchvergiftung. Wir werden uns nach einer anderen Bleibe umsehen müssen.«

»Sieht danach aus«, sagte Alex. »Wir sollten gleich mal reingehen und unsere Sachen rausholen. Wahrscheinlich lässt sich das meiste noch retten, wenn wir es ordentlich auslüften.«

»Also, ich denke, wir sollten noch warten, bis wir die

Pension betreten. Da muss erst mal kräftig durchgelüftet werden«, merkte Uwe an. »Sonst kriegen wir noch Erstickungsanfälle.«

Nina hörte das Gespräch der beiden wie von fern. Ihr Blick blieb auf Magnus gerichtet. Er stand noch immer an der geöffneten Autotür, einige Nachbarn waren nähergetreten und sprachen mit betroffenen Mienen auf ihn ein. Einer von ihnen, ein älterer Herr, deutete zur Seite des Gebäudes. Vielleicht war er der Nachbar gewesen, der das Schlimmste verhindert und die Feuerwehr informiert hatte.

Nina atmete tief durch, um sich zu beruhigen. Magnus ging es gut. Er war weder verletzt noch ... So weit wollte sie gar nicht erst denken. Ihre Anwesenheit und der Schwelbrand hatten nichts miteinander zu tun, es war die alte Elektrik des Hauses, die den Schaden verursacht hatte. Sie musste damit aufhören, zu glauben, dass sie das Unglück magisch anzog und es ihr Schicksal war, alle Menschen zu verlieren, die sie liebte. Das hier war einfach nur ein Zufall gewesen, sonst nicht. Sie atmetet tief durch, straffte die Schultern und setzte sich in Bewegung, um zu Magnus zu gehen. Uwe und Alex folgten ihr wortlos.

Er hatte inzwischen die Autotür geschlossen. Als sie bei ihm ankamen, sah er sie mit ernster Miene an. »Ihr Lieben, es tut mir so leid ...«, brachte er noch heraus, dann verstummte er, denn Nina drückte ihn fest an sich.

»Dir geht es gut«, flüsterte sie. »Zum Glück ist dir nichts geschehen.«

Er war derjenige, der sie sanft von sich schob. Seine Augen tränten von dem noch immer in der Luft hängenden Qualm.

»Ja, mir geht es gut«, sagte er. »Aber das Haus. Es ist eine Katastrophe.«

»Mag sein«, antwortete Uwe. »Aber trotzdem hattest du noch Glück im Unglück. Wohl dem, der aufmerksame Nachbarn hat. Das hätte noch viel schlimmer kommen können.«

»Ja, ich weiß«, antwortete Magnus. »Allerdings ist es auch so eine Tragödie. Ich trau mich gar nicht reinzugehen.«

»Bist du denn versichert?«, stellte Alex eine praktische Frage.

»Da muss ich nachsehen«, antwortete Magnus. »Die Policen liefen alle auf meine Großmutter. Daran, diese zu erneuern oder auf mich umschreiben zu lassen, habe ich nach ihrem Tod nicht gedacht. Wenn keine Versicherung den Schaden übernimmt, weiß ich ehrlich gesagt nicht, wie es weitergehen soll. Das hab ich jetzt von meiner Unachtsamkeit.« Er schüttelte den Kopf.

»Ja, der unselige Papierkram«, meinte Alex. »Jetzt lass den Kopf nicht hängen. Das wird schon irgendwie werden. Hauptsache, das Haus steht noch. Dein Nachbar ist ein wahrer Schutzengel, dem solltest du beizeiten ein Bier ausgeben.«

Nina hätte Alex umarmen können, weil er in diesem Moment so tröstliche Worte fand.

Der Hauptmann der Feuerwehr kam heran und

meinte, sie könnten das Haus jetzt wieder betreten. »Aber sicherheitshalber mit einem Tuch vor Mund und Nase, und am besten lüften sie gleich gründlich durch. Viel Glück.« Er tippte an seinen Helm und ging zurück zum Feuerwehrauto. Keine Minute später fuhren die beiden Einsatzfahrzeuge fort, und auch die noch verbliebenen Nachbarn und Schaulustigen zerstreuten sich.

»Dann werde ich mal reingehen«, sagte Magnus und zog seinen Schal über Mund und Nase. »Es ist vielleicht besser, ihr wartet noch draußen.«

»Das wäre ja noch schöner«, widersprach Uwe mit Nachdruck. »Wir kommen natürlich alle mit. Zu viert lassen sich die Fenster schneller öffnen und die Schäden begutachten.« Er zog ebenfalls seinen Schal über Mund und Nase. Alex und Nina stimmten ihm zu und bedeckten ihre Gesichter auf dieselbe Weise. Magnus ergab sich in sein Schicksal, und sie gingen hinüber zum Haus.

Im Treppenhaus hing noch immer der Qualm, Ninas Augen begannen wieder zu tränen. Zu ihrem Erstaunen sah es im Inneren nicht sonderlich verbrannt aus. Es hatte sich jedoch eine dünne Rußschicht auf Wände und Möbel gelegt. Zum Glück waren sowohl die Tür zur Küche als auch die zum Aufenthaltsraum geschlossen gewesen, weshalb die Räumlichkeiten vom Ruß verschont geblieben waren.

Magnus öffnete in der Küche und in den Aufenthaltsräumen die Fenster, die kalte Winterluft flutete die Zimmer, und wenig später atmeten sie erleichtert auf.

»Ich habe mir das hier drin schlimmer vorgestellt«,

sagte Uwe. »Trotzdem wird es vermutlich ein ganzes Weilchen dauern, bis du den Brandgeruch aus allem draußen hast. Ich hab vor Jahren in der Mikrowelle mal ein Kirschkernkissen abgefackelt, da hat die Wohnung noch Monate danach gestunken.«

»Ja, es ist weniger schlimm als gedacht«, sagte Magnus. Ihm war die Erleichterung anzumerken. »Mal sehen, wie es oben ausschaut. Ich werde mich selbstverständlich so schnell wie möglich um eine Ersatzunterbringung kümmern. Im Keller ist es bestimmt krass. Ich trau mich gar nicht, runterzugehen.«

»Der Keller läuft dir nicht weg«, meinte Alex. »Ich an deiner Stelle würde da heute auch noch gar nicht runtergehen. Bestimmt ist die Luft da noch giftig, außerdem habe ich von draußen gesehen, dass die Kellerfenster eh schon offen sind.«

»Du hast vermutlich recht«, pflichtete Magnus ihm bei. »Das Desaster kann ich mir morgen immer noch ansehen.«

»Wir wollen dir jetzt auf keinen Fall zur Last fallen«, sagte Uwe. »Ich kann gern selbst nach einer anderen Unterbringung gucken. Nina, du hilfst mir doch dabei, oder?«

»Du musst dich nicht kümmern«, erwiderte Magnus. »Ich krieg euch schon untergebracht. Gib mir nur einige Minuten Zeit.«

»Wenn du meinst«, antwortete Uwe. »Aber es wäre kein Problem, heutzutage dauert so etwas ja nur wenige Klicks, wie die in der Werbung immer sagen.«

»Lasst uns vielleicht mal raufgehen und die Lage checken«, meldete sich Alex zu Wort. »Wenn wir Glück haben, ist es oben besser als hier unten. Die Zimmertüren waren ja geschlossen.«

Er ging in den Flur, und die anderen folgten ihm durch das vom Ruß geschwärzte Treppenhaus. Im oberen Flur waren die Wände ebenfalls von einer dunklen Schicht überzogen. Doch da die Türen zu den Zimmern allesamt geschlossen gewesen waren, waren sie kaum von der Verrußung betroffen. Allerdings lag auch hier über allem der beißende Rauchgeruch. Bewohnbar würden diese Räume für längere Zeit nicht mehr sein.

Nina ging in ihr kleines Zimmer und öffnete das Fenster. Die kalte Winterluft flutete den Raum, und der eisige Wind wirbelte einige Schneeflocken herein. Magnus betrat hinter ihr das Zimmer, er glaubte erneut, sich entschuldigen zu müssen. »Es tut mir so leid, Nina. Wenn ich geahnt hätte, dass es so schlimm um die alte Elektrik steht, hätte ich auf keinen Fall mehr vermietet. Zum Glück war niemand hier, als das Feuer ausbrach. Ich hätte es mir …«

Weiter kam er nicht, denn Nina legte ihre Arme um seinen Hals und unterbrach ihn mit einem sanften: »Schhh …« Als sie ihm einen kurzen Kuss gab, fühlten seine Lippen sich rau an, und seine Bartstoppeln kratzten an ihrer Wange.

»Daran darfst du nicht denken. Dieses Mal hat unser Schutzengel gute Arbeit geleistet. Materielle Dinge lassen sich reparieren.« Sie sprach den letzten Satz, der ihr auf der Zunge lag, nicht laut aus. *Ein Leben hingegen nicht.* Sie sah ihre Großmutter vor Augen, als sie an jenem nebelverhangenen Nachmittag mit versteinerter Miene gemeinsam mit zwei Polizisten die Küche betrat. Das Gefühl von damals schlich sich an. Dieses innere Zittern, das Rauschen in den Ohren, die nackte Angst, vor dem, was gleich von einem dieser beiden Männer in Uniform gesagt werden würde. Sie schob das Bild aus der Vergangenheit zur Seite und öffnete ihre Augen wieder. Heute war es gut ausgegangen, niemand war zu Schaden gekommen. Magnus war bei ihr, sie konnte ihn festhalten, ihn trösten, ihm beistehen und Mut machen. Er war ihr vom Schicksal nicht genommen worden.

»Danke dir«, antwortete er und strich ihr eine Haarsträhne aus dem Gesicht. »Es ist bloß gut, dass meine Oma dieses Unglück nicht mehr erleben muss. Die Pension so zu sehen, hätte ihr das Herz gebrochen.«

»Hallo, ihr zwei Turteltäubchen«, unterbrach Alex ihr Gespräch. Er stand, umringt von seinem Gepäck im Flur, was Nina erstaunte. Wie hatte Alex seine vielen Klamotten so rasch gepackt bekommen?

»Ich wollte bloß Bescheid sagen, dass Sven mich gleich abholen kommt. Ich wohne ja praktisch schon bei ihm. Also musst du dir wegen meiner Unterbringung keine weiteren Gedanken machen, Magnus. Solltest du noch Hilfe benötigen, stehe ich jederzeit zur Verfügung, und Sven könnte vielleicht auch helfen.« Er umarmte Nina zum Abschied, dann steuerte er auf die Treppe zu.

»Na, da scheint ja einer sein großes Glück gefunden zu haben«, sagte Uwe und blickte ihm kopfschüttelnd nach. »Wollen wir hoffen, dass dieser Sven es auch wirklich gut meint mit unserem Alex. Nichts für ungut, aber so ein Fischer von der Küste ist doch etwas einfacher gestrickt als unser divenhafter Freund.«

»Mal sehen«, antwortete Nina und konnte sich ein besorgtes Kopfschütteln nicht verkneifen. »Sagt man nicht, Gegensätze ziehen sich an?«

»Sagt man«, antwortete Uwe. »Aber aus meiner Erfahrung würde ich sagen, dass es meist die Gemeinsamkeiten sind, die für lebenslange Ehen sorgen. In unserer aktuellen Lage sollten wir aber nicht länger plauschen. Hier drin ist es kalt, und es stinkt. Gibt es schon Neuigkeiten wegen der neuen Unterbringung, Magnus? Ich hoffe nur, es wird keine Klappcouch. Das macht meine alte Bandscheibe nicht mehr mit.«

»Bestimmt nicht«, antwortete Magnus und zückte sein Handy.

Keine fünf Minuten später hatten sie einen Platz in einem nicht weit entfernten Gästehaus, und Magnus half ihnen, ihre Koffer nach unten zu bringen.

Im Erdgeschoss der neuen Unterkunft gab es einen Waschraum, wo Nina noch am selben Abend Uwes und ihre Wäsche in den Trockner verfrachtete. Das nur wenige Straßen von Magnus' Pension entfernte Anwesen wurde von einer reizenden älteren Dame namens Hallveig geführt, die allerdings etwas schwerhörig war, weshalb man sie regelrecht anbrüllen musste. Von Hörgeräten schien die rundliche Frau mit den blauen Kulleraugen nichts zu halten. Sie war früher mit Magnus' Großmutter eng befreundet gewesen, die beiden hatten dieselbe Klasse in der Schule besucht. Das Haus war ein typisches norwegisches Holzhaus und lag am Ende einer schmalen Gasse. Im Sommer ließ es sich auf den hübschen Holzbänken im Garten gewiss nett verweilen, gerade lag jedoch alles unter einer dicken Schneeschicht verborgen. An einem Rankgitter neben dem Eingang funkelte eine helle Lichterkette.

Das Haus selbst war in einem bedeutend besseren Zustand als das von Magnus. Es gab sechs geräumige Gästezimmer, ausgestattet mit allem Komfort. Die Wände waren in freundlichen Farben gestrichen, jedes Zimmer verfügte über ein Boxspring-Doppelbett und einen großen Kleiderschrank. Hinzu kamen ein modernes Radio und ein Fernseher mit einer Auswahl an internationalen Programmen, auch eine Anzahl deutscher Sender war verfügbar. Stabiles WLAN gab es ebenfalls. Nina hatte sich auf den ersten Blick in den weißen Schreibtisch im Landhausstil verliebt, der in ihrem Zimmer am Fenster stand.

Frühstück gab es ab sieben Uhr. Dafür hatte Hallveig jedoch eine Aushilfe angestellt. In ihrem Alter war ihr diese Arbeit zu anstrengend geworden, wie sie ihnen redselig in einem recht passablen Englisch mitteilte.

Nina hatte sich vom ersten Augenblick an bei Hallveig wohlgefühlt, aber trotz all des Komforts vermisste sie das kleine und altmodisch eingerichtete Zimmer aus Magnus' Pension.

Sie schloss den Wäschetrockner und stellte ihn an. Diese Reise ist schon verrückt, kam ihr in den Sinn, während das Gerät begann, seine Arbeit zu tun. Wo soll das alles nur enden?

Einen Moment lang beobachtete sie die sich in der Trommel drehende Wäsche. Sie wusste nicht, weshalb sie so empfand, aber in diesem Moment ergriff sie eine drängende Sehnsucht nach Magnus' Nähe, sie wünschte sich, sie könnte in seinem Arm liegen und seinen Geruch einatmen, seine Wärme spüren, wobei es vermutlich nicht dabei bleiben würde, dass sie einfach in seinem Arm lag, und allein der Gedanke an Sex mit ihm sorgte dafür, dass sich in ihrem Inneren wieder alles zusammenzog. Sie griff zu ihrem Handy und öffnete seinen Kontakt.

»Du fehlst mir«, tippte sie.

Doch zögerte sie, anstatt die Nachricht abzusenden. Magnus hatte im Moment bestimmt andere Dinge im Kopf als eine heiße Liebesnacht mit ihr. Er war bei Olav und Solveig untergekommen. Die drei wollten am Abend gemeinsam die Versicherungsunterlagen durchgehen, Olav kannte sich mit solchen Dingen anscheinend gut aus. Es galt darauf zu hoffen, dass sich eine gültige Brandschutzversicherung finden und sich dadurch alles zum Guten wenden würde. Nina blickte auf die drei Worte auf ihrem Display und beschloss, sie wieder zu löschen. Genau in diesem Moment kam eine Nachricht von Magnus.

Es waren dieselben Worte.

Nina lächelte, und ihr Herz tat einen Satz. Was hatte ihr Großvater vorhin noch gesagt? Es waren meist die Gemeinsamkeiten, die ein Paar zusammenhielten. Vielleicht gehörten dazu auch gleiche Empfindungen im selben Augenblick. Ihre Großeltern hatten früher oft im selben Moment dasselbe gesagt. Zwei Dumme, ein Gedanke, hatte ihre Oma das genannt.

»Ich vermisse dich auch«, antwortete Nina.

Es dauerte keine Sekunde, da erhielt sie seine Antwort.

»Dann mach die Tür auf. Es ist kalt hier draußen.«

Nina lachte laut auf, lief in den Flur und öffnete die Haustür.

Magnus stand vor ihr, ohne Mütze, seine Daunenjacke war offen, sein Schal lag locker um seinen Hals. Seine Wangen waren von der Kälte gerötet. Er lächelte, und seine blauen Augen strahlten. Sein Gesichtsausdruck ließ Nina erahnen, dass etwas Gutes passiert sein musste.

Er ließ sie nicht zu Wort kommen, sondern zog sie übermütig in seine Arme und küsste sie stürmisch.

Nina fühlte sich vollkommen überrumpelt. Er roch nach der kalten Winterluft und seinem herben Aftershave. Sein Atem schmeckte nach Alkohol. Wieso hatte er getrunken? Mit Nina im Arm wanderte er in den Flur und schloss während des Küssens schwungvoll mit der rechten Hand die Tür.

»Was ist denn passiert?«, fragte sie, nachdem sie sich von seinen Lippen gelöst hatte. »Es gibt gute Neuigkeiten, oder?«

»Sogar sehr gute«, antwortete er und wanderte mit den Händen unter ihren Pullover.

Nina zuckte mit einem hellen Aufschrei zurück. »Du bist eiskalt!«, rief sie und gab ihm einen Klaps auf die Schulter.

»Und der glücklichste Mann der Welt«, antwortete er. »Wir haben nämlich in den Unterlagen nicht nur eine Brandschutzversicherung gefunden, sondern auch eine gültige Lebensversicherung, von der ich bisher nichts wusste. Die Pension ist nicht nur gerettet, jetzt kann ich sie sogar anständig renovieren. Ist das nicht wunderbar?« Er hob Nina hoch und begann, sich mit ihr in dem engen Flur im Kreis zu drehen. Sie stießen dabei gegen eine Kommode, die Blumenvase darauf kam bedrohlich ins Schwanken. Nina quietschte vor Vergnügen.

Uwes Stimme war aus dem Obergeschoss zu hören. »Was poltert ihr beiden denn da unten so rum?«, rief er. »Ich schaue gerade den *Tatort* und verstehe kein Wort!«

Kichernd liefen die beiden in Ninas Zimmer. Noch ehe die Tür ins Schloss gefallen war, hatte Magnus ihr den Pullover ausgezogen, und keine Sekunde später landete seine Winterjacke auf dem Dielenboden. Er schob Nina aufs Bett und begann, ihren Hals mit unzähligen Küssen zu überziehen.

22

Es war Uwe, der Nina am nächsten Morgen weckte. Er klopfte an ihre Tür und fragte: »Nina, bist du schon wach? Frühstücken wir zusammen?«

Nina gab ein Seufzen von sich und drehte sich auf die Seite. Ihre Hand wanderte nach rechts, wo sie Magnus vermutete. Doch sie griff ins Leere und öffnete ihre Augen. Er war fort, was ihr einen Stich ins Herz versetzte. Wieso war er einfach so gegangen? Hatte sie die letzte Nacht vielleicht nur geträumt? Das konnte nicht sein, denn sein Körpergeruch war ihr geblieben, er hing in ihrer Bettdecke und lag auf ihrer Haut.

Es klopfte erneut an der Tür. Ihr Großvater zeichnete sich durch seine übliche Hartnäckigkeit aus. »Nina, geht es dir gut? Du kommst doch heute wieder mit in die Lebkuchenstadt, oder? Wir brauchen jede helfende Hand!«

»Guten Morgen, Opa«, antwortete Nina. »Ich bin wach. Gib mir fünf Minuten.«

Sie setzte sich auf und rieb sich den Schlaf aus den Augen. Ihr Blick fiel durch das Fenster nach draußen.

Sie hatten die Vorhänge gestern Abend nicht zugezogen. Am gegenüberliegenden Haus blinkte eine Lichterkette, es war noch immer stockdunkel. Sie schaltete ihre Nachttischlampe an und nahm ihr Handy zur Hand. Es war sieben Uhr morgens. Wie sagte ihr Opa immer so schön: Der frühe Vogel fängt den Wurm. Ob der Piepmatz das allerdings in ihrem unausgeschlafenen Zustand tun würde, war fraglich.

Zu ihrer Freude hatte Magnus ihr eine Nachricht geschickt. Er entschuldigte sich für sein frühes Verschwinden, es gebe wegen der Pension viel zu tun. Er hoffe, sie später zu sehen, und wünschte ihr einen tollen Tag. Es folgten zahlreiche Herzchen und Kuss-Smileys.

Nina lächelte. Mit einer so wunderbaren Nachricht ließ es sich auch motiviert aufstehen, wenn man noch ein wenig müde war. Sie schlug die Decke zurück, schwang die Beine aus dem Bett und begann ihre Kleidung vom Fußboden aufzusammeln.

Bald darauf saß sie halbwegs zurechtgemacht ihrem Großvater am Frühstückstisch gegenüber. Eine Tasse dampfender Kaffee sowie die Tatsache, dass die nette Frühstückskraft der Pension lautstark nebenan in der Küche ein Lied im Radio mitsang, sorgten dafür, dass Nina sich tatsächlich halbwegs wach fühlte.

Ihr Großvater schmierte sich ein Marmeladenbrot und verzog das Gesicht. »Also, singen kann unsere Küchenfee nicht«, merkte er an. »Sie trifft keinen einzigen Ton. Aber sie ist anscheinend mit dem Herzen bei der Sache.«

»Ja, scheint so«, erwiderte Nina lachend und begann, das Stück Schwarzbrot auf ihrem Teller mit Frischkäse zu bestreichen.

»Ich hab heute früh Magnus im Flur getroffen«, sagte Uwe. »Das mit euch beiden scheint tatsächlich ernsthafter zu werden. Er war wirklich guter Dinge und hat mir von den großartigen Neuigkeiten bezüglich der Versicherungen erzählt.«

»Ja, das ist wunderbar«, antwortete Nina, wobei sie die Anspielung auf die Ernsthaftigkeit ihrer Beziehung zu Magnus zunächst ignorierte. »Jetzt kann er die Pension endlich anständig renovieren. Es hätte ihm vermutlich das Herz gebrochen, das Erbe seiner Großmutter aufgeben zu müssen.«

»Ja, es ist eine schöne Sache, wenn solche Dinge in Familienbesitz bleiben«, erwiderte Uwe. »Ich hoffe jedoch, er bewahrt trotz der Renovierung den Charme des alten Hauses. Gerade das ist es, was diese Pension für mich so zauberhaft macht. Hier ist es zwar auch gemütlich, aber bei Magnus hat es mir besser gefallen, es war heimeliger.«

»Geht mir genauso«, erwiderte Nina.

Eine Weile sagte keiner von beiden etwas. Im Radio nebenan liefen die Nachrichten, weshalb ihre Küchenfee gerade nicht sang.

»Was wirst du jetzt in der Sache mit Magnus machen?«, fragte Uwe schließlich. Nina seufzte innerlich. Sie hatte ihren Opa lieb, aber ihr Beziehungsleben besprach sie dann doch lieber mit jemanden in ihrer

Altersklasse. Einer Freundin – oder mit Alex. Wobei sie zugeben musste, dass ihr Opa jahrzehntelang verheiratet gewesen war und sich mit der Materie insofern gut auskannte.

»Wenn ich das wüsste«, erwiderte Nina und zuckte die Schultern. »Ich hab ihn schon gern, aber er ist hier in Bergen zu Hause, und ich wohne in Deutschland und habe dort Verpflichtungen.«

»Was sich ändern lässt«, erwiderte Uwe. »So richtig glücklich bist du in Frankfurt doch eigentlich gar nicht. Und aktuell hast du dort nicht einmal eine feste Anstellung. Auch mir ist die Stadt inzwischen fremd geworden. Vielleicht ist diese Reise ja eine Art Weckruf zur Veränderung. Für uns beide!«

Nina hätte nicht sagen können, warum sie so empfand, aber diese Aussage ihres Großvaters sorgte dafür, dass sich Unmut in ihr ausbreitete. »Wie soll denn so eine Veränderung aussehen.« Sie lehnte sich zurück und verschränkte die Arme vor dem Körper. »Du bist hierhergeflogen und hast dein Schneckenhaus verlassen, das stimmt schon. Aber du hast Ingrid noch immer nicht gesagt, wer du wirklich bist. Solltest du das nicht langsam mal machen? Du wolltest dich bei ihr wegen damals entschuldigen, deshalb sind wir hergekommen. Ich finde, es ist an der Zeit, dass du endlich ein bisschen mutiger wirst.«

Wieder überlegte sie, ob sie ihm sagen sollte, dass Ingrid längst Bescheid wusste. Aber sie entschied sich dagegen. Ingrid hatte im Vertrauen mit ihr gesprochen, außerdem musste ihr Großvater von sich aus über seinen Schatten springen.

»Ich hab eben Angst, dass ich damit alles kaputtmache«, antwortete er. »Was ist, wenn sie dann sauer auf mich ist? Das könnte ich nicht ertragen.«

»Das Risiko wirst du eingehen müssen«, entgegnete Nina in einem versöhnlichen Tonfall. »Sauer war sie doch damals schon auf dich. Ich erinnere an dein spontanes Verschwinden ohne Gruß. Tu dir den Gefallen und lade sie heute Abend zum Essen in ein hübsches Lokal ein, und dann sprecht ihr euch aus. Danach wird es dir bestimmt besser gehen, und wer weiß, vielleicht funktioniert es dann ja auch mit der Veränderung. Ich glaube nämlich, dass sie dich gern hat. Ihre Augen beginnen jedes Mal zu strahlen, wenn sie dich sieht.«

»Meinst du?«, fragte er überrascht.

»Das ist dir tatsächlich noch nie aufgefallen?«

»Ich bin aus der Übung«, meinte Uwe und blickte beschämt auf seine Kaffeetasse.

»Nachvollziehbar«, antwortete Nina. »Frag sie doch einfach, ob sie mit dir essen geht. Ich sage dir: Sie wird bestimmt nicht Nein sagen.«

Und dann kann sie dir endlich persönlich mitteilen, dass sie längst weiß, wer du bist, fügte Nina in Gedanken hinzu. Sie dachte noch einmal über das von Uwe eben Gesagte nach, und sie musste zugeben, dass er tatsächlich recht hatte. Sie hatte aktuell keine Verpflichtungen in Frankfurt. Selbst Alex würde, so wie es im Moment aussah, schon bald seine Zelte in der Stadt abbrechen. Andererseits waren sie erst seit wenigen Tagen hier in Bergen. Ging das mit den Veränderungen nicht doch ein bisschen zu schnell?

Da waren sie wieder, ihre üblichen Zweifel. Nina wurde sie auch bis zum Ende des Frühstücks nicht mehr los.

Einige Stunden später betrat Nina die unweit der Lebkuchenstadt gelegene Starbucks-Filiale und hielt nach Alex Ausschau, mit dem sie sich spontan hier verabredet hatte. Niemals zuvor hatte sie einen so hübschen Starbucks gesehen wie diesen hier. Der Ableger der amerikanischen Kaffeehauskette war in einem prachtvollen Backsteingebäude mit einem hübschen Treppengiebel untergebracht, das im neunzehnten Jahrhundert errichtet worden war und ehemals den Fleischmarkt beherbergt hatte. Der industrielle Charakter einer Markthalle war erhalten geblieben, was die Atmosphäre des Kaffeehauses einzigartig machte. Im Haus befand sich auch ein gehobenes Restaurant, Nina warf einen kurzen Blick auf die Speisekarte, deren Preise jedoch schwindelerregend waren.

Alex konnte sie an keinem der Tische entdecken, sie war allerdings auch einige Minuten zu früh dran. Sie entschied sich an der Theke nach kurzer Überlegung für das verführerische Angebot einer Lebkuchen-Latte mit Sahne. Draußen war es auch heute wieder eisig kalt und grau, es schneite leicht. Da wärmte ein so herrlich kalorienreiches Getränk die Seele. Sie setzte sich auf einen Barhocker am Fenster und ließ ihren Blick über die winterliche Stadtkulisse schweifen. Es war bereits elf Uhr morgens, jedoch so düster, man konnte meinen, es wäre bereits früher Abend. Sie verabscheute schon in Frankfurt die kurzen Tage des Winters, würde sie mit den Lichtverhältnissen in dieser Stadt zurechtkommen? Zudem war Bergen die regenreichste Stadt Europas, weshalb es vermutlich auch im Sommer häufig recht düster war und der Himmel wolkenverhangen. Andererseits empfand sie die heiße Jahreszeit in Frankfurt immer häufiger als Belastung. Vierzig Grad in der Stadt waren im letzten Sommer mehrfach aufgetreten und hatten den Alltag geradezu unerträglich gemacht.

Eine sich dem Café nähernde Gestalt zog Ninas Aufmerksamkeit auf sich. Es war Harald, Ingrids Bruder. Sogleich beschleunigte sich ihr Herzschlag. Auf ein Zusammentreffen mit ihm hatte sie jetzt wahrlich keine Lust. Sie drehte sich vom Eingang weg und hoffte, dass er sie nicht wahrnehmen würde. Aus dem Augenwinkel beobachtete sie, wie er zum Tresen ging und einen Kaffee bestellte. Bedauerlicherweise schien er diesen hier trinken zu wollen, wie wenig später ersichtlich wurde, denn er erhielt keinen Pappbecher, sondern eine Porzellantasse an der Getränkeausgabe. Zu Ninas Pech setzte er sich unweit von ihr an einen der Tische und holte einen Laptop aus seiner Tasche. Er schien hier also länger verweilen zu wollen. Am Abend des Lichterfests war Ingrids Bruder eigentlich ganz nett gewesen und hatte sich ihr gegenüber freundlich verhalten – aber die Tatsache, dass er damals der Verursacher für das Unglück ihres Großvaters gewesen war, konnte Nina nicht ignorieren. Andererseits, dachte sie, veränderten sich Menschen im Laufe ihres Lebens. Vielleicht bereute er heute seine Taten von damals?

Alex trat in das Café und riss sie aus ihren Gedanken. Sie hob die Hand, um auf sich aufmerksam zu machen. Er kam zu ihr an den Tisch und legte seinen Mantel ab, und an seiner Sauertopfmiene erkannte sie sogleich, dass etwas vorgefallen war. Sein Mund war verkniffen, und zwischen seinen Augenbrauen lag eine tiefe Falte. Nina ahnte, woher der Wind wehte.

»Ich brauch dringend Zucker. Irgendeine Latte mit viel Sirup, die Kalorien sind egal«, sagte er in einem theatralischen Tonfall.

Nina empfahl ihm die Lebkuchen-Latte.

Nur wenige Minuten später setzte er sich neben sie und nippte an seinem Heißgetränk, auf seiner Oberlippe blieb ein Sahnebart zurück, und sein Gesichtsausdruck entspannte sich etwas.

»Ich nehme an, du wanderst nicht mehr nach Bud aus?«, fragte Nina.

»Du kennst mich zu gut«, erwiderte er und seufzte. »Und ich hab tatsächlich gedacht, dieses Mal ist es der Richtige. Alles klang so perfekt. Und dann beichtet mir Sven gestern Abend tatsächlich, dass sein Ex-Mann in Bud lebt und Teilhaber an seinem Fischereibetrieb ist. Sie wären aber nur noch beste Freunde, und ich müsste mir deshalb keine Gedanken machen! Beste Freunde –

das ist doch ein Witz.« Er lachte bitter auf und kippte, zu Ninas Erstaunen, noch zwei Päckchen Zucker in die süße Lebkuchen-Latte.

»Und was will so ein Städter wie ich schon in einem norwegischen Fischernest am Ende der Welt, wo es gefühlt ein halbes Jahr stockdunkel ist. Dazu die Aussicht auf die tage- oder gar wochenlange Kotzerei auf einem Fischerboot! Und Norwegisch kann ich auch nicht. Da bleib ich lieber in Frankfurt, da ist zwar auch nicht alles Gold was glänzt, aber ich kenne mich wenigstens aus in der Stadt, und im Sommer wird es anständig warm.«

Nina schluckte den Kommentar hinunter, der ihr auf der Zunge lag. Sätze wie: Das habe ich dir doch gleich gesagt, waren jetzt unangebracht. Alex benötigte ihr Mitgefühl, schließlich war wieder einmal sein Traum von der großen Liebe geplatzt. Er war und blieb ein hoffnungsloser Romantiker.

»Das tut mir leid für dich«, sagte sie. »Er war wirklich ein netter Kerl.«

»Hilfst du mir nachher, mein Gepäck aus seiner Wohnung zu holen?«, fragte Alex.

Nina wusste, was diese Frage zu bedeuten hatte. Wie gewohnt drückte sich Alex davor, den Schlussstrich in einem persönlichen Gespräch zu ziehen. Vermutlich würde Sven im Laufe des Tages eine Nachricht von ihm auf seinem Handy finden.

»Ich nehme an, er weiß noch nicht, dass es vorbei ist«, hakte sie nach.

»Kennst mich doch«, erwiderte Alex. »Ich fang dann

immer an zu heulen, und diese Rührseligkeit ist ja nicht auszuhalten. Am Ende kommt wieder dieser dämliche Satz mit dem Freunde bleiben. Da hält sich doch sowieso keiner dran. Ich ertrage das nicht. Außerdem hab ich meinen Flieger umgebucht – ich hoffe, ihr seid mir nicht böse. Mein Flieger geht heute um kurz nach vier, und es wird das Beste sein, wenn ich nachher gleich zum Flughafen aufbreche. Ich kann die Wartezeit ja noch ein bisschen im Duty-free-Shop vertrödeln. Die Peanuts freuen sich bestimmt auch, wenn ich wieder da bin. Sie vermissen sicher schon ihr Zuhause.«

»Wie schade«, antwortete Nina. »Dann bist du bei der Eröffnung der Lebkuchenstadt ja gar nicht mehr dabei. Verabschiedest du dich denn wenigstens noch von Uwe und von Magnus?«

»Das wäre mir ein bisschen unangenehm«, nuschelte Alex mit vollem Mund. Er hatte gerade von seinem Brownie abgebissen.

»Kannst nicht lieber du ihnen erzählen, was mit Sven passiert ist? Dann werden sie es schon verstehen. Überhaupt, wie steht es denn mit deinem Großvater und seiner Ingrid? Beim Lichterfest neulich sahen die beiden ja recht vergnügt miteinander aus. Hat Uwe ihr inzwischen gesagt, mit wem sie es zu tun hat?«

Alex redete ganz schön laut, Ninas Blick wanderte Richtung Harald. Doch dieser war mit seinem Laptop beschäftigt und schien sie gar nicht zu beachten. Außerdem verstand er sie vermutlich sowieso nicht, schließlich redeten sie Deutsch.

»Nein, hat er nicht«, antwortete Nina. »Aber Ingrid hat ihn längst wiedererkannt, sie hat es mir gesagt. Ich glaube, sie wollte mir noch etwas anderes erzählen, aber dann sind wir unterbrochen worden.«

»Es ist also kompliziert«, traf Alex den Nagel auf den Kopf. »Aber das ist es bei der Liebe ja immer. Frag Jane Austen, die kennt sich damit aus.«

Ninas Lippen umspielte ein Lächeln. Alex war und blieb ein Original. Niemals zuvor war ihr ein Mann begegnet, der etwas mit Jane Austen oder Mr. Darcy anfangen konnte.

Alex musste zur Toilette und erhob sich. Nina blickte ihm nach, wie er am Verkaufstresen vorbeilief und durch eine Glastür verschwand. Es galt zu hoffen, dass er eines Tages doch noch die große Liebe finden würde. Ein so herzlicher und großmütiger Mensch wie Alex hatte einen Partner an seiner Seite verdient, der mit ihm durch dick und dünn ging.

Plötzlich hörte Nina neben sich ein Räuspern und wandte den Kopf. Zu ihrem Erstaunen stand Harald vor ihr und sprach sie auf Deutsch an.

»Guten Tag«, grüßte er. »Wir kennen uns doch, oder? Vom Lichterfest. Ich bin Ingrids Bruder Harald.«

Nina nickte. Ihr Hals fühlte sich plötzlich wie zugeschnürt an, es kam ihr nur mit Mühe eine Antwort über die Lippen. »Ja, vom Fest. Ich bin Nina.«

»Ich habe zufällig Ihr Gespräch mitangehört, es lag wirklich nicht in meiner Absicht, Sie zu belauschen. Aber kann es sein, dass Sie von meiner Schwester und

Ihrem Großvater gesprochen haben? Mir wurde er als Peter vorgestellt. Allerdings hatte ich das eigentümliche Gefühl, ihn zu kennen. Als ich jung war, hielt sich bei uns im Dorf längere Zeit ein Uwe aus Frankfurt auf.«

Nina seufzte innerlich. Selbst bei Harald hatte Uwes dumme Scharade nicht funktioniert. Es war wirklich an der Zeit, dieser Lügerei ein Ende zu setzen.

»Sie liegen richtig. Er heißt nicht Peter, sondern Uwe. Und er hat vor vielen Jahren Ihre Schwester geliebt und tut es auch heute noch.«

In diesem Moment kehrte Alex von der Toilette zurück und sah Harald überrascht an. Ein kurzer Blickwechsel mit Nina genügte ihm, um zu begreifen. Das Gespräch war wichtig, deshalb würde er die beiden nun allein lassen. Was allerdings bedeutete, dass er mit seinem vielen Gepäck nun allein würde zurechtkommen müssen.

»Guten Tag«, grüßte er Harald auf Englisch und schenkte ihm ein verbindliches Lächeln. »Ich muss leider schon gehen. Geben Sie uns eine Minute zum Abschied?«

»Keine Ursache«, antwortete Harald auf Deutsch, und Alex begriff, was geschehen war. Kurz warf er Nina einen reumütigen Blick zu – ihm schien bewusst zu sein, dass er unachtsam zu laut geredet hatte.

Alex pflückte seinen Mantel von der Lehne seines Stuhls und schlüpfte hinein. Nina erhob sich, und es folgte eine lange Umarmung.

»Es tut mir leid«, raunte er ihr ins Ohr. »Woher kann der plötzlich Deutsch?«

Er versprach, sich sofort nach seiner Landung bei Nina zu melden, dann verließ er mit eiligen Schritten das Café.

Nina sank unbehaglich zurück auf ihren Platz. Die nächsten Worte von Harald sorgten jedoch dafür, dass sich ihre Anspannung löste.

»Sie müssen mir glauben, dass ich die Geschehnisse von damals schon seit langer Zeit bereue – ich wünschte, ich könnte das alles ungeschehen machen. Ich hab meiner Schwester nur Unglück gebracht. Und Ihrem Großvater auch. Glauben Sie, Uwe wird mir das jemals verzeihen?« Er sah Nina fragend an.

»Ich weiß es nicht«, antwortete Nina. »Aber vermutlich wird er es tun. Mein Großvater ist kein nachtragender Mensch. Sprechen Sie mit ihm. Sie sollten alle drei miteinander reden. Das wäre für sämtliche Beteiligten vermutlich das Beste.«

Er nickte und lehnte sich auf seinem Stuhl zurück. »Sie haben recht. Das wäre auch im Sinne von Erik nur angemessen. Der Junge hat es verdient, endlich seinen richtigen Vater kennenzulernen.«

Nina riss erschrocken die Augen auf. Sie glaubte, sich verhört zu haben. »Erik ist der Sohn meines Großvaters?«

»Sie wussten das nicht? Ingrid hat es Ihnen nicht erzählt?«

»Dazu ist sie bisher nicht gekommen«, antwortete Nina fassungslos. Ihr Großvater hatte ein zweites Kind, einen Sohn. Sie hatte einen Onkel, von dem sie noch nie gehört hatte. Plötzlich verspürte Nina das dringende Bedürfnis, mit Ingrid zu reden.

»Ich muss jetzt gehen«, sagte sie, erhob sich und griff nach ihrer Jacke.

Harald stand ebenfalls auf, sein Blick wirkte hilflos. Ninas abrupter Abschied schien ihn zu überfordern.

»Ich möchte nicht unhöflich sein«, sagte sie. »Aber ich muss jetzt sofort mit Ihrer Schwester sprechen.«

Jahrzehnte waren vergangen, so viele unausgesprochene Worte, so viel Schweigen und Lügen, so viel Schuld. Sie ließ Harald stehen und verließ beinahe fluchtartig das Lokal.

22

Nina zog es nach dem Verlassen des Starbucks vorerst nicht in die Lebkuchenstadt zurück. Stattdessen lief sie eine ganze Weile ziellos durch die Straßen der Stadt. Sie folgte den verwinkelten Gassen, wo selbst am Tag an den pittoresken Häusern die Lichterketten funkelten. Es ging Stufen nach oben, Serpentinen nach unten, einmal wäre sie auf dem eisigen Untergrund beinahe ausgerutscht. In einem der Häuser übte jemand das Lied *Oh du Fröhliche* auf der Trompete, wobei er nicht jeden Ton traf, trotzdem passte die Melodie zu der weihnachtlichen Kulisse.

Irgendwann erreichte Nina einen kleinen Park, der zur Bergener Festungsanlage gehörte. Sie hatte historischen Gemäuern schon immer etwas abgewinnen können und fragte sich jedes Mal aufs Neue in solchen Anlagen, was für Geschichten die alten Anwesen zu erzählen und welche Lebensschicksale sie über die Jahrhunderte hinweg mitangesehen hatten. Nina stieg auf die Festungsmauer und hatte von dort einen guten Blick auf den Teil des Hafens, den die Kreuzfahrtschiffe ansteuerten. Gerade lag dort eines der berühmten Hurtigruten-Schiffe vor Anker. Selbst Nina hatte nach einem Werbespot im Fernsehen schon darüber nachgedacht, eines Tages mit einem dieser Schiffe bis zum Nordkap zu reisen. Damals war dieses Reisevorhaben etwas weit Entferntes gewesen, so wie Norwegen insgesamt, obwohl das Land weniger als zwei Flugstunden entfernt war, wie sie nun wusste. Was wäre gewesen, wenn Ingrid ihrem Großvater von der Schwangerschaft erzählt hätte? Wenn Uwe nicht feige gewesen und davongelaufen wäre? Er hätte zu ihr und dem Kind gestanden, dessen war sich Nina sicher. Dann wäre er vielleicht für immer in Bergen geblieben und hätte sich mit Ingrid ein gemeinsames Leben aufgebaut, er hätte Erik aufwachsen sehen. Seinen Sohn, der noch am Leben war, der nicht … Nina brachte es nicht fertig, den Gedanken zu Ende zu denken.

Da war er wieder. Der düstere Schatten in ihrem Inneren. Sie wollte ihm keinen Raum geben, wollte nicht, dass aus seinem finsteren Nebel die Erinnerungen an diese fürchterlichen Minuten, Stunden und Tage hervortraten. In ihnen wohnte das Geräusch der tickenden Standuhr ihrer Großeltern, das sie noch heute in manchen Nächten bis in den Schlaf verfolgte. Damals hatte es die schmerzhafte Stille in der Wohnung durchbrochen. Zwei Särge, ein bewölkter Tag, Blätter, die der Wind aufwirbelte. Die gottverdammte Zeit hatte nicht stillgestanden.

Nina atmete tief durch. Es war vorbei, Jahre her. Ihre Eltern hätten nicht gewollt, dass sie traurig war. Sie hätten sich ein glückliches Leben für sie gewünscht. Ihre Großmutter hatte einmal zu ihr gesagt, dass ihre Eltern als Schutzengel stets über sie wachten. Eine hübsche Vorstellung, vielleicht waren ja sie es gewesen, die sie hierhergeleitet hatten. Die Vorstellung gefiel Nina, und ihr wurde leichter ums Herz.

Das Hurtigruten-Schiff setzte sich in Bewegung. Es startete vermutlich seine Reise Richtung Nordkap. Vielleicht würde sie eines Tages doch mal mitfahren. Sie ging zurück zu der Treppe, die sie auf die Festungsmauer hinaufgeführt hatte, und fasste einen Entschluss. Sie würde jetzt sofort mit Ingrid das Gespräch suchen. Sie und Uwe mussten sich endlich aussprechen. Es musste endgültig Schluss sein mit den alten Geheimnissen.

Als Nina wenig später in der Lebkuchenstadt eintraf, wurde ihr von Ida mitgeteilt, dass Ingrid wegen eines Arzttermins nicht da sei. Ob sie heute noch einmal wiederkäme, wusste sie nicht.

Ninas Blick wanderte zu ihrem Großvater. Er und Erik beschäftigten sich gerade damit, eine der Straßenbeleuchtungen zu installieren. Einen Moment lang sah sie ihnen wehmütig dabei zu. Vater und Sohn, sie verstanden sich prächtig. Es galt darauf zu hoffen, dass es, auch nachdem sie die Wahrheit erfahren hatten, so bleiben würde.

Ida fragte Nina, ob sie ihr bei der Reparatur eines

Hauses behilflich sein könnte. Das hübsche Türmchen war leider bei einer kleineren Umbauarbeit umgekippt und das Dach abgefallen. Im Gegensatz zu dem erheblichen Schaden an ihrem Frankfurter Römer war dieser Unfall keine große Sache. Die beiden machten sich an die Arbeit.

Das dämmrige Licht des späten Nachmittags lag bereits über der Stadt, als Nina die Lebkuchenstadt nach einigen arbeitsreichen Stunden wieder verließ. Ihr Weg führte sie allerdings nicht zu ihrer neuen Unterkunft, sondern sie lief zu Magnus' Pension und blieb davor stehen. Mit einem seltsam bedrückenden Gefühl in ihrem Inneren betrachtete sie das kleine Haus. Die an dem Rankgitter neben der Tür befestigte Lichterkette war nicht mehr in Betrieb, und es hing noch immer ein leichter Rauchgeruch in der Luft. Im Aufenthaltsraum brannte Licht. Magnus beschäftigte sich gerade damit, die schweren Vorhänge von den Fenstern abzunehmen. Er war so in seine Arbeit vertieft, dass er Nina nicht bemerkte.

Ein Auto näherte sich langsam der Pension, und Nina erkannte den Mann am Steuer und seine Beifahrerin sofort. Es waren Janne und Ragnar Solberg, die den kleinen Landhandel auf der Insel Tysnes betrieben. Ihr Wagen hielt direkt vor dem Eingang. Janne stieg aus und winkte ihr sogleich zu.

»Nina, Liebes«, sagte sie. »Was stehst du hier draußen in der Kälte? Ist alles gut?«

»Ja, es ist alles bestens«, antwortete sie. »Ich bin auch

gerade erst gekommen. Ich wollte mal sehen, wie es so steht, vielleicht kann ich helfen.«

»Das kannst du mit Sicherheit«, antwortete Janne freudig. »Die ganze Pension muss ja komplett saniert werden. Den Rauchgeruch kriegt Magnus nicht mehr aus den alten Tapeten, weshalb sie runtermüssen, das wird nicht leicht werden. Auch die alten Möbel müssen raus, es soll eine komplett neue Einrichtung geben. Ist das mit der Versicherung nicht ein Segen? Endlich kann Magnus alles renovieren, und wir werden ihm mit Rat und Tat zur Seite stehen. Zu dieser Jahreszeit ist bei uns auf der Insel sowieso nicht so viel los.«

Gemeinsam liefen sie zum Eingang, und Janne öffnete die Eingangstür. Im Inneren empfing sie dämmriges Licht, es war nicht viel wärmer als draußen und roch noch strenger nach Rauch. Die Tür zum Aufenthaltsraum war nur angelehnt, es war Popmusik zu hören. Hinter Janne und Nina betrat Ragnar den Flur.

»Na, das stinkt hier drin ja noch recht ordentlich«, sagte er. »Das wird eine ganze Weile dauern, bis die Luft hier wieder klar ist.«

Nina sah sich mit großen Augen um. Der Raum war schon jetzt kaum wiederzuerkennen. Die altbackenen Vorhänge waren verschwunden, sämtliche Möbel waren von den Wänden abgerückt, auf den Tischen und in Umzugskisten stapelten sich Geschirr, Platten, Bücher, Bilder und weiterer Nippes aus dem Raum. Auf dem Fußboden lag ein Berg aus Wolldecken und Kissen neben eingerollten Teppichen. Licht kam von zwei Baustrahlern, die an ein klobiges Stromaggregat angeschlossen waren. Ein elektrischer Radiator sorgte für ein wenig Wärme. Magnus beschäftigte sich gerade damit, die Tapete von den Wänden zu reißen. Obwohl es nicht sonderlich warm war, trug er lediglich ein T-Shirt zur Jeans. Nina fiel auf, wie durchtrainiert seine Oberarme waren. Bisher hatte sie das noch gar nicht wahrgenommen.

Ragnar begrüßte Magnus mit Handschlag, und sie wechselten kurz einige Sätze auf Norwegisch. Janne wurde von Magnus mit einer Umarmung begrüßt. Liebevoll strich sie ihm eine Haarsträhne aus der Stirn. Er erwiderte etwas und deutete zur Wand. Janne nickte und öffnete ihre Jacke.

Nina wurde von Magnus mit einer Umarmung und einem Kuss begrüßt, was Janne und Ragnar einige Bemerkungen entlockte. Nina errötete und senkte den Blick.

»Ist ja gut, Leute«, sagte Magnus auf Englisch. »Ihr wisst das mit mir und Nina doch längst.«

»Trotzdem ist es schön, euch beide so zu sehen«, antwortete Janne. »Ich hatte diese Vorstellung längst aufgegeben, aber vielleicht werde ich jetzt doch irgendwann mal Großtante.« Sie grinste schelmisch und erhielt für diesen Satz von Ragnar sogleich eine Rüge.

»Übertreib es doch nicht immer sofort, Janne. Lass die jungen Leute mal machen. Und jetzt wird gearbeitet. Wir sind schließlich nicht zum Plaudern, sondern zum Anpacken gekommen.« Er öffnete demonstrativ den beachtlich großen Werkzeugkasten, den er mitgebracht hatte.

Die vier machten sich ans Werk und entfernten die Tapete von den Wänden, was kein leichtes Unterfangen darstellte, denn das Papier schien mit dem Untergrund regelrecht verwachsen zu sein.

Nach und nach trafen weitere Helfer ein. Freunde von Magnus, die Nina nicht kannte, Nachbarn, auch Olav tauchte irgendwann auf. Er hatte einen großen Lieferwagen mitgebracht, in den die alten Möbel geladen wurden, weshalb sich alle Helfer damit beschäftigten, diese nach draußen zu bringen. Sie würden allesamt auf der Deponie landen, was Nina bedauerte. Als Magnus damit beginnen wollte, die Kaffeehausstühle einzuladen, hielt sie ihn zurück. »Willst du die tollen Stühle wirklich wegwerfen?«, fragte sie. »Daraus lässt sich doch noch was machen. Modernisieren bedeutet doch nicht, dass die alten Sachen nichts mehr wert sind. Genauso wie der alte Schrank hier.« Sie deutete auf ein altbackenes Küchenbüfett, das von zwei Männern bereits neben dem Transporter abgestellt worden war und den Charme der Sechzigerjahre versprühte. »Mit ein bisschen Kreativität und Farbe lässt sich vieles wieder verschönern.«

Magnus ließ von dem Stuhl ab und schaute erst auf den alten Schrank, dann zu Nina. »Meinst du wirklich? Ich weiß nicht recht. Bei dem Schrank klemmt ständig eine der Schubladen, und mir gefällt seine dunkle Farbe schon lange nicht mehr.«

»Das ist doch alles halb so wild«, sagte Nina. »Schubladen lassen sich reparieren und Schrankfarben sich ändern. Stell dir vor, was deine Großmutter sagen würde, wenn sie sehen könnte, was du alles wegwirfst. Sie wäre bestimmt traurig.«

Magnus seufzte. »Du hast ja recht«, lenkte er ein und verdrehte lachend die Augen. »Oma hätte dich für diese Worte geliebt. Ich bin tatsächlich ein Narr. Ich hab mich von dem vielen Geld blenden lassen, das kommen wird. Weißt du was? Wir lagern die alten Möbel ein, und wenn im Haus alles so weit renoviert ist, dann sehen wir, was wir noch weiterverwenden möchten. Was meinst du?« Er sah sie fragend an.

Nina fiel auf, welche Formulierung Magnus da gerade gewählt hatte. Nicht von sich allein hatte er gesprochen, sondern von einem Wir. Ging er etwa bereits davon aus, dass sie bei ihm bleiben würde? Dass aus ihrem Flirt, ihrer Romanze, wie man es auch immer nennen wollte, tatsächlich mehr werden würde? Aber dachte sie nicht auch bereits in diese Richtung? Tat sie das nicht ständig? Oder interpretierte sie in seine Worte zu viel hinein? Am Ende hatte er mit dem »Wir« einfach seine Freunde gemeint und nicht sie beide.

»Das ist eine ausgezeichnete Idee«, antwortete sie und tat ihre unsinnige Grübelei ab.

»Fein«, erwiderte er und informierte Ragnar, der eben mit einem weiteren Stuhl nach draußen gekommen war, über ihre Planänderung.

Eine ganze Weile werkelte die Gruppe, die inzwischen aus neun Personen bestand, noch weiter. Am Abend bestellten sie Pizza, jemand organisierte Getränke beim nächsten Supermarkt. Sie picknickten auf dem Fußboden des ehemaligen Frühstücksraums. Janne und Nina hatten eine Wolldecke ausgebreitet, die Kissen rochen zwar nach Rauch, aber was sollte es. Im Radio lief das hübsche Weihnachtslied von Coldplay, Nina konnte sich den Titel nie merken, aber sie mochte es gern, denn es war herrlich melancholisch.

Draußen hatte es wieder kräftiger zu schneien begonnen. Zum Glück hatten Ragnar und Janne eine Übernachtungsmöglichkeit in Bergen. Bei diesem unwirtlichen Wetter war es besser, wenn sie nicht mehr auf die Insel im Fjord zurückkehrten.

Aus Rücksicht auf Nina unterhielten sich alle zumeist auf Englisch, und wurde doch Norwegisch gesprochen, übersetzte Magnus für sie. Es wurde viel erzählt und gelacht. Nina konnte nicht sagen, wann sie sich zum letzten Mal in ihrem Leben so wohl und geborgen gefühlt hatte. Für sämtliche Anwesende schien sie keine Fremde mehr zu sein, es war, als wäre sie schon immer hier gewesen.

Magnus legte den Arm um sie und raunte ihr leise zu: »Ich finde, wir sind ein großartiges Team. Danke für deine tolle Beratung und Mithilfe. Ich könnte mich nachher noch dafür erkenntlich zeigen. Was meinst du?«

»Ich hätte nichts dagegen«, antwortete Nina, und während die anderen über irgendeinen Scherz laut lachten, fanden sich ihre Lippen.

23

Nicht weit von Nina und Magnus entfernt saß Uwe in einem Restaurant im historischen Bryggen an einem Fenstertisch und wartete mit klopfendem Herzen auf Ingrid. Zu seinem Bedauern verspätete sie sich. Bereits zum dritten Mal hatte er die nette Bedienung vertrösten müssen, die sich mit einer bemerkenswerten Ausdauer und einem freundlichen Lächeln immer wieder erkundigte, ob er etwas benötigte. Zum wiederholten Mal schaute er auf seine Armbanduhr, dann wanderte sein Blick nach draußen. Vor einem unweit des Restaurants aufgestellten Weihnachtsbaum machten ein paar junge Leute fröhlich Fotos, dann fuhr ein Bus vorüber, gefolgt von einem Uber-Taxi. Wieso es diese neumodischen Dinger plötzlich überall gab, erschloss sich Uwe nicht. Was war mit den normalen Taxis denn nicht in Ordnung? Um das zu begreifen, war er inzwischen wohl zu alt, so wie für viele Dinge. Er hatte das Gefühl, dass sich die Welt mit jedem neuen Lebensjahr schneller veränderte und es immer schwieriger wurde, Schritt zu halten.

Die Eingangstür öffnete sich, doch es war ein junges Pärchen, das eintrat. Uwes Schultern sackten enttäuscht nach unten. Wieso kam sie denn nicht? Am Telefon hatte sie ihm das Treffen zugesagt, sie hatte sogar das Restaurant vorgeschlagen und den Tisch reserviert. Nun verspätete sie sich bereits über eine halbe Stunde. Langsam stieg Besorgnis in ihm auf. Am Ende war ihr etwas zugestoßen und sie konnte deshalb nicht kommen? Andererseits wollte er nicht gleich den Teufel an die Wand malen. Es gab sicher einen banalen Grund für ihre Verspätung. Und was war, wenn sie nicht kam? Das war doch zum Haareraufen! Jetzt hatte er sich endlich dazu durchgerungen, ihr zu sagen, wer er tatsächlich war, und dann tauchte sie nicht auf.

Ingrid war heute nicht in der Lebkuchenstadt gewesen, deshalb hatte er den Entschluss gefasst, sie anzurufen. Zum Glück war Erik so freundlich gewesen und hatte ihm sein Telefon geliehen. Bei seinem war der Akku leer gewesen. Da er aber das fremde Telefon benutzt hatte, besaß Uwe nun ihre Nummer nicht und konnte ihr keine Nachricht zukommen lassen. So blieb ihm nur das Warten, das ihn langsam zermürbte.

Erneut öffnete sich die Eingangstür. Doch dieses Mal waren es drei Männer mittleren Alters, die einen der Ober mit Handschlag begrüßten. Anscheinend Stammkundschaft. Enttäuschung breitete sich in Uwe aus, langsam verlor er den Glauben daran, dass sie noch kommen würde.

Die Bedienung trat erneut an seinen Tisch und erkundigte sich, ob er ein Getränk bestellen wolle. Er antwortete erneut, dass er auf jemanden warte, wohl wissend, was die junge Frau dachte. In ihrem sanften Blick lag Mitleid. Nachdem sie gegangen war, wanderte sein Blick ein weiteres Mal aus dem Fenster. Der Schneefall hatte sich verstärkt, trotzdem wurde vor dem Weihnachtsbaum noch fotografiert. Er sah auf seine Uhr. Jetzt war es bald eine Dreiviertelstunde.

»Ich glaub, sie kommt nicht mehr«, sagte er leise zu sich selbst.

Weitere Gäste traten ein, ein Ehepaar, das sich suchend nach einem Tisch umsah. Sämtliche anderen Plätze im Restaurant waren jetzt belegt. Es war unhöflich, noch länger ohne eine Bestellung sitzen zu bleiben.

Er seufzte, stand auf, nahm seinen Mantel und seinen Hut von einem Garderobenständer und verließ das Lokal.

Nachdem Uwe eine ganze Weile in die Richtung ihrer neuen Unterkunft gelaufen war, blieb er plötzlich stehen. Der Gedanke, dass Ingrid etwas zugestoßen sein könnte und sie deshalb nicht erschienen war, ließ ihn nicht mehr los. Also beschloss er, zu ihr nach Hause zu gehen und nachzusehen. Wo sie wohnte, wusste er ja bereits.

Er machte kehrt und lief alsbald an dem Veranstaltungsort der Lebkuchenstadt vorüber. Hier ging es nach links, gleich die nächste rechts – oder war es die übernächste Abzweigung gewesen? Ratlos blickte er hinter sich. Die verschneite Straße war leer, Schneeflocken wirbelten durch den Schein einer Straßenlaterne. Hätte er nicht noch weiter geradeaus laufen müssen und erst dann links? Oder war er hier doch richtig? Er beschloss, der Straße noch ein Stück zu folgen und erkannte dann zu seiner Erleichterung die Treppe zur nächsten höhergelegenen Straße wieder, die Ingrid damals genommen hatte. Also war er doch richtig! Er erklomm die Stufen und folgte der leicht bergauf führenden Straße.

Als er Ingrids Haus erreichte, blieb er abrupt an einer gegenüberliegenden Hausecke stehen, denn er sah plötzlich Ingrid und ihren Bruder Harald. Sie schienen sich heftig über etwas zu streiten. Unfreiwillig hörte Uwe ihr Gespräch mit an, allerdings verstand er nicht viel von dem, was gesagt wurde, denn die beiden redeten selbstverständlich Norwegisch miteinander. Es fiel ihm jedoch auf, dass mehrfach sein eigener Name, Uwe, und auch der von Erik fiel. Sie redeten über ihn. Also kannte Ingrid bereits seine wahre Identität! Deshalb war sie vermutlich nicht ins Restaurant gekommen. Vielleicht war es aber auch Harald gewesen, der ihn erkannt hatte und ihn erneut schlechtreden wollte. Wie hatte Uwe nur so dumm sein und glauben können, dass seine Lüge funktionieren und er unerkannt bleiben würde? Er hätte von Beginn an bei der Wahrheit bleiben sollen. Und wenn sie ihn dann weggeschickt hätte, dann wäre es eben so gewesen.

Harald und Ingrid verschwanden im Haus, in einem

der Zimmer ging das Licht an. Uwe verlor all seinen Mut und fühlte sich plötzlich wie erschlagen.

»Wir hätten niemals herkommen sollen«, murmelte er und wandte sich um.

Langsam ging er den Weg wieder zurück, den er eben gekommen war. Gleich morgen früh würde er Nina sagen, dass er nach Hause wollte.

24

Nina hatte sich gerade ihre Haare zu einem Pferdeschwanz hochgebunden, als Magnus die Küche betrat. Er brachte den frostigen Geruch des Wintermorgens in den Raum, seine Wangen waren von der Kälte gerötet.

»Guten Morgen, Liebes«, sagte er fröhlich und hielt eine Bäckertüte in die Höhe. In der anderen Hand hielt er zwei Kaffeebecher in einem Becherhalter. »Ich hab uns Frühstück besorgt. Wir müssen ja fit in den Tag starten. Bevor nachher der Architekt kommt, würde ich dir gern meine Umbaupläne für die Pension zeigen. Ich hatte sie bereits vor Jahren angefertigt, habe mich aber nie getraut, mit meiner Großmutter darüber zu sprechen. Dann ist sie krank geworden, und es gab andere Sorgen. Aber jetzt kann ich meine Vorstellungen vielleicht doch in die Tat umsetzen. Ich bin gespannt, was du zu meinen Ideen sagst.«

Er stellte das mitgebrachte Frühstück auf die Arbeitsplatte, schälte sich aus seiner Winterjacke und gab Nina einen kurzen Kuss.

Am Vorabend war es spät geworden und sie waren so müde gewesen, dass sie beschlossen hatten, die Nacht, trotz des nicht vorhandenen Stroms und der fehlenden Heizung in einem der Gästezimmer in der Pension zu verbringen. Eng aneinandergekuschelt, hatten sie unter mehreren Decken eine kurze Nacht gehabt, selbst die Kälte hatte sie nicht davon abgehalten, sich zu lieben.

Zum Glück gab es im Erdgeschoss einen Stromgenerator. Somit hatten sie es wenigstens hier unten einigermaßen warm.

Nina öffnete die Bäckertüte und atmete den verführerischen Duft ein. Sogleich fischte sie eine der Zimtschnecken heraus und biss selig lächelnd hinein.

Magnus war in den Aufenthaltsraum gegangen, und sie folgte ihm. Er breitete einen großen Bogen Papier auf dem Fußboden aus. Nina ging neben ihm in die Hocke und betrachtete es neugierig.

»Im vorderen Bereich wird die Außenwand teilweise eingerissen, und ich plane einen Wintergarten, der als Aufenthaltsbereich für die Gäste dienen soll«, erklärte Magnus und deutete auf die jeweiligen Stellen im Plan. »Die jetzt sehr kleine Küche wird in diesen Raum verlegt. Es soll hier eine neue Wand eingezogen werden, somit entsteht ein Empfangsraum direkt neben dem Eingang, der auch als Büro dient. Der kleine Empfangstisch hier drin hat mir schon immer missfallen.«

»Das klingt sinnvoll«, meinte Nina. »Aber wenn du hier einen Wintergarten anbaust, ist der Balkon im ersten Stock weg.« Sie deutete auf die Stelle in der Skizze.

»Ja, der wird weichen müssen. Aber er wird sowieso nie von den Gästen genutzt, also ist es nicht schlimm, wenn er wegkommt«, antwortete er und deutete auf das erste Obergeschoss. »Die Gästezimmer werden alle komplett erneuert, die beiden größeren Räume erhalten jeweils eigene, kleine Badezimmer, die anderen Räume neue Waschplätze im Zimmer, und das Gemeinschaftsbad wird komplett saniert. Auch der private Bereich im dritten Stock soll umgebaut werden, hier wird eine Wand rausgerissen, dann ist es wie eine Art Studio. Ein offener Raum mit einer Küche und mit Sofa, und im hinteren Bereich könnte eine Dachterrasse gebaut werden, große Fenster brächten viel Licht ins Innere. Und ich würde gern den Dachboden bewohnbar machen, dort oben könnte unser Schlafzimmer sein. Was meinst du?«

Nina sah ihn verdutzt an. Unser Schlafzimmer, hatte er gesagt. Es klang, als wäre er tatsächlich bereits davon überzeugt, dass sie bei ihm einziehen würde. Aber darüber hatten sie noch gar nicht gesprochen. Sie hatte ihn gern, und niemals zuvor hatte sie sich von einem Mann auf diese Weise angezogen gefühlt, aber nun fühlte sie sich unter Druck gesetzt, es schnürte ihr den Hals zu. Sie schluckte, doch das beklemmende Gefühl ließ sich dadurch nicht vertreiben.

»Ja, das ist eine ganz gute Idee«, antwortete sie mit belegter Stimme. »Es ist nett, dass du mir das alles zeigst, aber findest du nicht, dass du gerade etwas über das Ziel hinausschießt? Wir kennen uns doch noch kaum.

Ich werde wieder nach Deutschland gehen. Das ist dein Schlafzimmer und nicht unseres. Es ist deine Pension«, sagte sie unvermittelt und hasste sich sogleich für ihre lieblosen Worte. Aber jetzt waren sie raus und ließen sich nicht mehr zurücknehmen.

Irritiert sah Magnus sie an, und seine Miene verfinsterte sich. »Du meinst es also nicht ernst mit mir? Das alles hier ist am Ende nur ein Spiel für dich. Eine Reise nach Norwegen, ein kleiner Flirt?«, fragte er herausfordernd.

»Nein, so war das nicht gemeint«, erwiderte Nina und hob beschwichtigend die Hände. »Es geht mir einfach nur zu schnell. Das ist schon alles. Wir sollten es nicht überstürzen und uns mehr Kennenlernzeit geben. Ich spiele nicht mit dir. Wirklich nicht. Aber ich wohne noch in Deutschland, du hier in Bergen, und ich weiß noch gar nicht, ob ich mir einen Umzug in ein fremdes Land vorstellen kann. Ja, es ist großartig und wunderschön hier, und du bist das Beste, was mir seit langer Zeit passiert ist. Aber ich brauch einfach noch mehr Zeit.«

»Du musst dich mir gegenüber nicht rechtfertigen«, entgegnete Magnus und rückte ein Stück von ihr ab. »Ich dachte eben, du fühlst wie ich. Manchmal weiß man es einfach, oder? Selbst nach wenigen Tagen. Ich für meinen Teil weiß es jedenfalls. Ich hab mich auf den ersten Blick in dich verliebt, und es kam für mich so rüber, als ob du dir ein Leben mit mir in der Pension vorstellen könntest. Ich hab das falsch interpretiert. Es tut mir leid.« Seine Stimme klang plötzlich kalt und abweisend, und er begann, den Plan wieder zusammenzurollen. »Natürlich ist das meine Pension, und du wirst wieder zurück nach Deutschland fliegen. Wie konnte ich Idiot jemals etwas anderes in Betracht ziehen.«

Ninas Magen krampfte sich zusammen, und sie wünschte sich, sie hätte ihre Klappe gehalten. Vermutlich hätten sich die Dinge dann irgendwie von selbst ergeben. Andererseits war es doch nachvollziehbar, dass sie zumindest vorerst zurück nach Deutschland musste. Schließlich wohnte sie dort noch. Sollte sie sich tatsächlich dazu entschließen, zu ihm nach Bergen zu ziehen, musste noch einiges organisiert werden. Sie wusste nicht, was sie ihm antworten sollte. Die plötzliche Anspannung im Raum schmerzte.

Ein lautes Klopfen an die Haustür durchbrach die Stille.

»Das wird der Architekt sein«, sagte Magnus. »Du musst bei dem Termin nicht dabei sein. Eigentlich geht es dich ja nichts an.«

Er ging in den Flur.

Seine abfällig gesprochenen Worte trafen Nina bis ins Mark. Doch dann regte sich plötzlich ihr Trotz. Sie hatte doch nur um etwas mehr Zeit gebeten. Was war denn falsch daran? Er reagierte vollkommen über!

Eine vertraute Stimme ließ sie aufhorchen. Es war nicht der Architekt, der an die Tür geklopft hatte, sondern ihr Großvater. Er fragte Magnus, ob sie da sei.

Sogleich befiel Nina ein schlechtes Gewissen. Sie hätte

ihm gestern Abend Bescheid geben sollen, dass sie bei Magnus übernachtete. Auch heute früh hatte sie noch nicht auf ihr Handy geschaut. Es befand sich in ihrer Handtasche, die sie achtlos im Aufenthaltsraum abgestellt hatte.

Mit reumütigem Blick ging Nina in den Hausflur und registrierte überrascht, dass Uwe seinen Koffer dabeihatte. An seiner ernsten Miene erkannte Nina, dass etwas passiert sein musste. Hatte er sich etwa mit Ingrid gestritten? Hatte sie ihm die Wahrheit über Erik gesagt?

»Dachte ich mir, dass ich dich hier finde, Kleines«, sagte er. »Ich will heute noch abreisen. Du kommst doch mit heim, oder? Diese ganze Reise war der totale Unsinn. Es tut mir so leid, dass ich dich mit reingezogen habe. Ich will den Rückflug umbuchen, aber ich krieg das auf dem kleinen Handybildschirm nicht hin. Du hilfst mir doch, oder?«

O je, dachte Nina. Da musste etwas arg schiefgelaufen sein, wenn er gleich nach Hause wollte. Sie blickte kurz zu Magnus. Dessen Gesichtsausdruck blieb verschlossen, er hatte die Arme vor der Brust verschränkt.

Und im nächsten Moment stand ein kleiner, rundlicher Mann mit einer Hornbrille auf der Nase in der Tür und grüßte auf Norwegisch. Der Architekt. Magnus geleitete ihn sogleich in den Aufenthaltsraum. Uwe und Nina würdigte er keines Blickes. Nina stieß einen Seufzer aus, und Uwes Gesichtsausdruck wurde sogleich reumütig. »Ich wollte euch nicht stören«, sagte er. »Es tut mir leid.«

»Ist schon gut«, beschwichtigte Nina. »Du hast nichts falsch gemacht. Magnus hat jetzt den Termin mit dem Architekten, da wollte ich sowieso nicht stören. Ich geh rasch meine Sachen holen. Wir treffen uns am besten draußen.«

Kurz darauf liefen die beiden schweigend an der unterhalb der Pension gelegenen Talstation der Fløyenbahn vorüber. Das Wetter passte nicht zu ihrer gedrückten Stimmung. Der Himmel war wolkenlos, und der Schnee glitzerte um sie herum im Licht der Morgensonne. Es schien etwas milder geworden zu sein, die Luft fühlte sich nicht mehr so eisig wie in den vergangenen Tagen an, Nina fiel auf, dass es leicht zu tauen begonnen hatte – der Schnee auf dem Gehweg war matschig geworden.

Sie erreichten das Starbucks-Café, und Nina fragte ihren Großvater, ob sie einkehren wollten. »Dort drinnen können wir in Ruhe reden. Was meinst du?«

Er stimmte zu, und die beiden stiegen die Treppe zum Eingang hinauf. An der Theke orderten sie zwei Kaffee mit Milch. Nach irgendwelchem Schnickschnack wie Lebkuchensirup war Nina gerade nicht zumute. Sie setzten sich in eine ruhige Ecke des Lokals, viel Betrieb herrschte zu dieser Zeit noch nicht.

»Zwischen dir und Ingrid ist etwas vorgefallen, oder?«, fragte Nina. »Habt ihr euch gestritten?«

»Nein, das haben wir nicht«, antwortete Uwe und berichtete, was geschehen war. »Sie weiß also, wer ich bin, und ist bestimmt deshalb nicht zu der Verabredung gekommen. Sie hat mit ihrem Bruder eindeutig über mich geredet. Er hat ihr vermutlich davon abgeraten, mehr Zeit mit mir zu verbringen. Es ist alles wieder wie damals. Und ich Hornochse hab gedacht, es könnte …« Er schüttelte den Kopf. »Ach, was ich auch immer gedacht habe, es war Unsinn. Die Sentimentalität eines traurigen Witwers, der sich in etwas verrannt hatte. Es tut mir leid, dass ich dich da mit hineingezogen habe.«

»Du hast also nur das Gespräch zwischen Harald und Ingrid mitangehört? Und weil dein Name gefallen ist, denkst du, sie will nichts mehr von dir wissen?«, hakte Nina nach.

»Warum sollte sie mich sonst in dem Lokal versetzt haben?«, fragte Uwe.

Nina seufzte. Es half alles nichts. Sie musste ihrem Großvater reinen Wein einschenken. Ingrid war anscheinend ebenfalls zu feige, um die Wahrheit zu sagen.

»Vielleicht hat sie einfach Angst davor, dir ihr größtes Geheimnis zu beichten«, sagte sie. »Harald hat neulich das Gespräch mit mir gesucht, hier im Starbucks. Heute bereut er, was er damals getan hat. Und er hat mir mitgeteilt, dass du der Vater von Erik bist. Ingrid hat dir das all die Jahre verheimlicht. Vielleicht ist sie deshalb nicht zu der Verabredung gekommen. Weil sie sich davor scheut, dir zu sagen, dass sie dir all die Jahre deinen Sohn vorenthalten hat.«

Mit großen Augen schaute Uwe Nina an.

»Erik ist mein Sohn«, wiederholte er ungläubig ihre Worte.

»Ja, das ist er«, antwortete Nina. »Vermutlich hat sie die Schwangerschaft erst bemerkt, als du weg warst.«

»Du liebe Zeit«, sagte Uwe. »Das erklärt natürlich vieles.« Wie vom Donner gerührt saß er da. »Aber warum hat sie mir nicht geschrieben? Weshalb hat sie nicht nach mir gesucht? Wir hätten das doch gemeinsam schaffen können. Wenn nicht in Norwegen, dann in Deutschland. Sie muss sich fürchterlich allein gefühlt haben!« Die Neuigkeit wühlte ihn so auf, dass seine Hände zitterten. »Erik, mein Sohn. Ich hab einen Sohn. Er ist ein guter Junge.«

Beruhigend legte Nina ihre Hand auf Uwes Unterarm.

»Du solltest zu ihr gehen. Ich denke, es ist an der Zeit, dass ihr beide euch endlich aussprecht. Sie ist bestimmt in der Lebkuchenstadt. Da findet doch heute Nachmittag die große Eröffnungsfeier statt. Wollen wir gemeinsam hingehen?«

»Ja, das machen wir«, antwortete er. »Es muss genug sein mit den Geheimnissen. Erik ist mein Sohn! Ich kann es noch immer kaum glauben. Und Harald hat tatsächlich gesagt, dass er mir nicht mehr böse ist?«

»Ja, das hat er«, antwortete Nina, und auf ihren Lippen lag plötzlich ein Lächeln. Wenigstens für ihren Großvater schien diese Reise doch noch ein Happy End zu finden. Und vielleicht fand auch sie einen Weg, um sich wieder mit Magnus zu versöhnen.

Die beiden schlüpften in ihre Jacken und verließen das Lokal. Die Kaffeebecher standen noch immer unberührt auf dem Tisch.

Als sie am Ausstellungsgebäude der Lebkuchenstadt ankamen, herrschte dort bereits reger Betrieb. Eine Kuchentheke war im Innenhof aufgebaut worden und auf der Bühne probte ein Kinderchor. Im Ausstellungsraum brannten noch die Deckenlampen, und die Helfer waren mit den letzten Feinarbeiten beschäftigt. Nina hielt nach Erik und Ingrid Ausschau, konnte die beiden aber nirgendwo entdecken.

»Sie müssen hier irgendwo stecken«, sagte sie. »Vielleicht sind sie bei der Ausschuss-Ausstellung.«

Sie gingen ins Nebenzimmer und trafen dort auf Ida, die sich damit beschäftigte, eine weitere Lichterkette zwischen die fröhlich lachenden Häuser zu hängen.

»Ihr seid ja doch noch gekommen«, freute sie sich.

Nina fielen ihr hübsches dunkelgrünes Strickkleid und ihre aufwendige Flechtfrisur auf. Extra für die Eröffnung schien sie sich hübsch gemacht zu haben. Sie selbst kam sich in ihrem Hoodie und ihrer Jeans unpassend gekleidet vor.

»Uwe, deine Anwesenheit ist ein Segen«, sagte Ida. »Du musst dir unbedingt die Beleuchtung an der Seilbahn ansehen. Du hast sie doch gemeinsam mit Erik installiert. Ingrid meinte vorhin, er könnte heute nicht kommen, irgendein geschäftlicher Termin.«

»Ingrid ist also hier?«, fragte Nina.

»Selbstverständlich. Es ist doch Eröffnungstag, da fehlt sie nie. Sie schwirrt hier ständig irgendwo herum. Zuletzt hab ich sie im Andenkenladen mit einem Mann von der Presse gesehen. Bestimmt wird es wieder einen großen Artikel in der Zeitung geben. Letztes Jahr war sogar ein Kamerateam aus Deutschland hier. Da herrschte eine Aufregung, das kann ich euch sagen!«

»Ja, das kann ich mir vorstellen«, antwortete Nina und wechselte einen kurzen Blick mit Uwe. Es war ganz offensichtlich nicht der richtige Moment, um mit Ingrid ein privates Gespräch zu führen.

»Hilfst du mir, hier vorn noch eine weitere Lichterkette zu befestigen?«, fragte Ida und deutete auf eine Stelle unterhalb der letzten Häuserreihe. »Ich weiß, es ist kurz vor knapp, aber ich finde, mit der zusätzlichen Beleuchtung sieht es hübscher aus.«

»Aber natürlich«, antwortete Nina und ging in die Hocke.

Uwe erklärte, dass er bei der Seilbahn nach dem Rechten sehen wolle, und verschwand.

So wurden die beiden für die nächsten zwei Stunden erneut Teil des Helferteams und erledigten allerlei letzte Aufgaben. Nina bekam Ingrid nur einmal kurz zu Gesicht, dann war sie erneut irgendwohin verschwunden. Auch sie hatte sich für den großen Tag hübsch zurechtgemacht. Sie trug eine schimmernde hellblaue Bluse und einen wadenlangen grauen Wollrock, der ihre schmale Figur betonte. Für ihr Alter war sie wirklich eine gut aussehende Frau.

Zu der feierlichen Eröffnung war sogar der Bürgermeister von Bergen erschienen, um eine Rede zu halten. Er überreichte Ingrid einen Blumenstrauß und bedankte sich für ihr langjähriges Engagement für die Lebkuchenstadt. Der weihnachtlich dekorierte Innenhof war gut gefüllt, zum Glück blieb das Wetter trocken. Am Ende der Eröffnungszeremonie sang ein Kinderchor ein fröhliches Weihnachtslied. Die Kleinen waren mit solcher Freude bei der Sache, dass sich viele Anwesende mitreißen ließen und ebenfalls zu singen begannen.

Als die letzte Strophe endete, wurde freudig Beifall gespendet und Ingrid trat zu den Kindern auf die Bühne. Ihr wurde ein Mikrofon gereicht, doch plötzlich schien etwas mit ihr nicht zu stimmen. Sie kam ins Straucheln, hielt sich an einem der Kinder fest. Deren Lehrerin trat rasch näher, um sie zu stützen. Dann sackte Ingrid bewusstlos in sich zusammen.

25

Wie betäubt saßen Nina und Uwe an einem der Tische im Café der Ausstellungsräume. Ida und einige weitere Helfer leisteten ihnen Gesellschaft. Es herrschte eine bedrückte Stimmung, die Lebkuchenstadt war für den heutigen Tag geschlossen worden. Eben war der Krankenwagen fortgefahren, Erik, den einer der Helfer sogleich informiert hatte, war als ihr Sohn mitgenommen worden. Ingrid hatte sogar wiederbelebt werden müssen. Bange Minuten des Hoffens, zum Glück hatten die Sanitäter irgendwann wieder einen Puls gefühlt.

Die junge Bedienung des Cafés verteilte Kaffee umsonst und stellte auch ihnen ein paar Becher hin. Nina bedankte sich. Ihr Blick wanderte zu Uwe – seine Gesichtszüge waren wie erstarrt, er war leichenblass, sein Blick starr auf den Fußboden gerichtet, seitdem sie hier saßen. In diesem Zustand hatte Nina ihn zuletzt nach der Beerdigung ihrer Großmutter erlebt, damals, nachdem alle Gäste des kleinen Leichenschmauses gegangen waren, zu dem sie in ein nicht weit vom Friedhof entferntes Café geladen hatten. Er hatte an einem Fenstertisch gesessen, vor sich eine unberührte Kaffeetasse, und genauso wie jetzt vor sich hingestarrt. Als hätte ihn der Schmerz eingefroren. Nina hatte der Anblick beinahe das Herz gebrochen. Damals war sie zu ihm gegangen, hatte ihm aufgeholfen und ihn nach Hause gebracht. Heute konnte sie das nicht tun. Hier gab es für ihn kein vertrautes Zuhause, in das er sich zurückziehen konnte. Nina wollte gar nicht daran denken, wie es sein würde, wenn Ingrid jetzt tatsächlich starb. All die gemeinsamen Jahre hatte ihnen das Schicksal geraubt und jetzt, da sie endlich wieder einen Weg zueinander finden konnten, verlor der eine den anderen vielleicht für immer. So grausam durfte das Schicksal nicht sein, schließlich hatte es doch noch etwas gutzumachen. Uwe hatte so viel verloren, seine Tochter, seine Ehefrau – es sollten ihm wenigstens mit Ingrid noch einige glückliche Jahre beschieden sein.

Vielleicht wäre es am Ende für das Seelenheil ihres Großvaters besser gewesen, wenn er niemals diesen Bericht im Fernsehen gesehen hätte, den Auslöser für diese Reise, kam es Nina in den Sinn. Dann hätte er niemals erfahren, dass seine erste Liebe in Bergen lebte, dass er einen Sohn hatte. Sie wären nicht hierhergekommen und auch ihren dummen Streit mit Magnus hätte es nie gegeben. Er wäre ihr nie begegnet, und sie hätte ihr Leben in Frankfurt weiterleben können. Aber es half nichts, im Nachhinein im Konjunktiv zu denken. Das alles war geschehen, sie konnte es nicht rückgängig machen. Ein

Teil von ihr wünschte sich, Magnus würde jetzt neben ihr sitzen und ihre Hand halten. Allein seine Anwesenheit würde ihr Kraft schenken.

»Sie hatte schon länger Herzprobleme«, sagte Ida. »In der letzten Zeit ist es wieder schlimmer geworden, und ich hatte ihr geraten, kürzer zu treten und bei ihrem Arzt vorstellig zu werden. Sie engagiert sich in so vielen Wohltätigkeitsvereinen und gönnt sich kaum eine Pause. Ab einem bestimmten Alter ist das nicht gut.«

Uwe hob schließlich den Blick und sah Nina an. »Denkst du, wir können als Nichtangehörige ins Krankenhaus fahren?«, fragte er. »Die Ärzte werden uns vermutlich keine Auskunft geben. Aber vielleicht treffen wir dort auf Harald und Erik, und sie können uns sagen, wie es ihr geht.«

»Das ist eine gute Idee«, antwortete Nina, erleichtert darüber, dass ihr Großvater etwas gefasster klang. »Vielleicht geht es ihr ja doch schon besser. Komm, lass uns gehen. Ich schau gleich nach, wie wir am besten zur Klinik kommen.« Die beiden erhoben sich und verabschiedeten sich von Ida und den anderen.

Als sie nach draußen traten, regnete es in Strömen.

»Das ist kein gutes Zeichen«, kommentierte Uwe die Wetterveränderung. »Selbst der Himmel weint.«

Der Bus spuckte sie keine zwanzig Minuten später an einer nur wenige Meter vom Haupteingang des Krankenhauses entfernten Bushaltestelle aus. Zum Glück, wie Nina befand, denn zu dem starken Regen hatte sich ein böiger Wind gesellt – wirklich kein Wetter für einen längeren Spaziergang.

Im Inneren des Krankenhauses empfing sie eine moderne Eingangshalle mit viel Glas, einigen Geschäften und einem großen Café. Etwas überfordert blickten sich Uwe und Nina um.

»Dort vorn ist der Empfang«, sagte Nina schließlich. »Da können wir uns bestimmt nach Ingrid erkundigen.«

Sie setzte sich in Bewegung, Uwe folgte ihr. Aktuell waren zwei Mitarbeiter anwesend, die beide telefonierten, vor ihnen warteten noch weitere Personen. Nina und Uwe reihten sich in die Schlange ein, die bedauerlicherweise im Schneckentempo kürzer wurde. Uwe begann mit dem Fuß aufzutippen und reckte den Hals.

»Denkst du wirklich, dass die uns hier über Ingrid Auskunft geben?«, fragte er irgendwann. »Am Ende stehen wir vollkommen umsonst in der Schlange.«

»Hast du eine bessere Idee?«, fragte Nina mit gereizter Stimme und mahnte sich im selben Moment zur Geduld. Ihr Großvater hatte noch nie gern gewartet.

»Nina, Uwe?«, wurden sie plötzlich von der Seite angesprochen.

Die beiden wandten sich erstaunt um. Vor ihnen stand Erik mit zwei Coffee-to-go-Bechern in den Händen.

Eriks Anblick erleichterte Nina. Jetzt mussten sie nicht mehr auf eine Auskunft am Empfang hoffen.

»Wie gut, dich hier zu treffen«, sagte Uwe und erkundigte sich sogleich nach Ingrids Befinden.

»Sie wird gerade operiert«, antwortete Erik. »Wenn

ihr möchtet, könnt ihr Harald und mir oben im Warteraum Gesellschaft leisten. Er wird sich über eure Anteilnahme mit Sicherheit freuen.«

»Operiert?«, hakte Uwe besorgt nach.

»Am Herzen«, antwortete Erik mit sorgenvoller Miene. »Sie hat mir nie gesagt, dass sie damit Probleme hat. Harald hat es gewusst, aber auch er hatte keine Ahnung davon, dass es so schlimm ist. Mama war gut darin, aller Welt vorzugaukeln, dass es ihr gut geht. Ich kann mich nicht erinnern, sie jemals krank erlebt zu haben.«

Nina glaubte, in seinen Augen Tränen zu sehen. Ihr wurde das Herz schwer, und ihre eigene Großmutter kam ihr in den Sinn. Auch sie war nie krank gewesen, jede Grippe- und Erkältungswelle war stets spurlos an ihr vorübergegangen. Bis zu dem Tag, als sie die Krebsdiagnose erhalten hatte.

»Kommt, wir gehen nach oben«, forderte Erik sie auf. »Bisher sind wir allein im Warteraum der Kardiologie, es ist eigentlich ganz angenehm dort.«

Zu dritt gingen sie zu einem der gläsernen Aufzüge, der sie in den vierten Stock beförderte.

In dem modern eingerichteten Warteraum der Kardiologie erhob sich Harald, als sie eintraten. Er sah sie überrascht an. Erik erklärte die Situation.

»Ist schon gut, Erik«, antwortete Harald und nahm seinen Kaffee entgegen. »Die beiden haben jedes Recht, hier zu sein. Besonders Uwe.« Es gab einen Blickwechsel zwischen den beiden Männern, der einem

Friedensschluss ohne große Worte gleichkam. »Es ist schön, dass ihr gekommen seid«, sagte Harald. »Setzt euch doch.« Er deutete auf die Stühle.

Verwundert sah Erik Harald an.

»Uwe?«, wiederholte er den Namen, den er bis dahin noch nicht gehört hatte.

Ninas Blick wanderte zu Harald. Dieser seufzte tief und antwortete: »Ja, er heißt Uwe. Es ist eine längere Geschichte.« Er sah kurz zu Uwe, dann fügte er hinzu: »Er ist dein Vater.«

»Er ist – was?«, fragte Erik. Vor Verblüffung stand ihm der Mund offen.

»Er ist dein Vater«, wiederholte Harald. »Und ich bin schuld, dass du ihn erst jetzt kennenlernst. Das war der größte Fehler meines Lebens. Es tut mir leid.«

Eriks Blick wanderte zu Uwe, und Nina empfand in diesem Moment Mitleid für ihren Großvater. Das Ganze ging jetzt doch etwas flott vonstatten. Der Hut in Uwes Händen zitterte leicht, und er kam ihr etwas blass vor.

»Wieso hast du nicht gleich gesagt, dass du mein Vater bist und Uwe heißt?«, fragte Erik, nachdem er seine Sprache wiedergefunden hatte.

In Uwes Blick erkannte Nina jetzt Hilflosigkeit und einen Anflug von Panik. Nicht, dass ihr Großvater jetzt auch noch einen Herzinfarkt bekam!

»Ich finde, wir sollten uns jetzt alle erst einmal setzen«, schlug sie vor.

»Das ist eine gute Idee«, sagte Harald und nahm auf einem der gepolsterten Stühle Platz. Erik setzte sich neben ihn. Ihnen gegenüber nahmen Uwe und Nina Platz. Einen Moment schien niemand so recht zu wissen, was er sagen sollte. Die Anspannung im Raum war spürbar.

»Das mit meinem Peter-Schwindel tut mir leid«, war es Uwe, der sich als Erster irgendwann wieder zu Wort meldete. »Das war eine dumme Idee. Ich hätte Ingrid gleich sagen sollen, wer ich bin. Gebracht hat es ja ohnehin nichts, sie hat mich eh erkannt.«

»Obwohl du dich tatsächlich sehr verändert hast«, erwiderte Harald. »Es sind vermutlich die Augen. Sie verraten die Menschen meistens. Ich muss mich in aller Form für das, was damals passiert ist, entschuldigen. Mein Verhalten war einfach nur dumm und kindisch.«

»Ja, das war es«, antwortete Uwe. »Aber es waren andere Zeiten. Ihr wart nicht die Einzigen auf unserer Reise, die uns Deutschen Misstrauen entgegengebracht haben. Der Krieg und all der Schmerz waren noch zu nah.«

»Ja, das war wohl so«, stimmte Harald ihm zu. »Aber schrecklichen Schmerz und Kummer hat ein anderer in Ingrids Leben gebracht und nicht du. Der Mann, den sie nach deinem Weggang in ihrer Not viel zu schnell geheiratet hat. Erik hat bis jetzt gedacht, dieses Monster sei sein Vater gewesen. Die ersten Monate war die Ehe noch harmonisch, doch dann zeigte er nach und nach sein wahres Gesicht. Er hat zu viel getrunken, hat Ingrid grün und blau geschlagen. Wegen ihm hat sie sogar ein Kind verloren und wäre nach der Fehlgeburt fast gestorben. Das war der Zeitpunkt, als sie ihn endgültig verlassen hat. Sie hat nie wieder von ihm gehört. Hätten wir dich und deinen Freund damals nicht verprügelt und verjagt, dann wäre für Ingrid bestimmt alles anders gekommen, und sie hätte diesen Albtraum nicht erleben müssen.«

»Das ist ja furchtbar«, sagte Uwe bestürzt. »Aber wie das Leben weitergeht, konntest du nicht wissen. Es hätte für Ingrid ja auch alles gut werden können. Das ist alles gerade ein bisschen viel auf einmal. Aber eins weiß ich jetzt, und ich kann es noch immer kaum glauben.« Er richtete seinen Blick nun auf Erik, in seinen Augen schimmerten jetzt Tränen. »Ich hab einen Sohn. Und er ist, soweit ich das nach so kurzer Zeit sagen kann, ein ganz wunderbarer Mensch. Es ist mir eine Freude, dich kennengelernt zu haben, mein Junge. Ich denke, wir haben eine Menge nachzuholen.«

»Ja, das haben wir vermutlich«, erwiderte Erik, der noch immer ein bisschen blass war.

Die beiden Männer standen auf und umarmten sich. Es war ein so rührender Moment, dass Nina die Tränen kamen.

Es war einer der Ärzte, der durch sein Eintreten die Familienzusammenfindung störte. Uwe und Erik lösten sich voneinander, und alle vier sahen den Mann in dem weißen Kittel erwartungsvoll an. Seine ernste Miene deutete auf schlechte Nachrichten hin.

Harald und der Arzt kannten sich, weshalb sie auf Norwegisch miteinander sprachen. Nina nahm instinktiv Uwes Hand, ihr Herz klopfte ihr bis zum Hals.

Nachdem der Arzt gegangen war, erklärte Harald auf Deutsch den Stand der Dinge.

»Sie hat die Operation so weit überstanden«, sagte er. »Es lag eine Arteriosklerose vor, eine Verstopfung ihrer Herzkranzgefäße, das dachte ich mir bereits. Die nächsten achtundvierzig Stunden sind kritisch. Mein Kollege meinte, Erik und ich dürften wenige Minuten zu ihr. Ihr seid leider keine näheren Angehörigen.«

Uwe nickte und sank wieder auf einen der Stühle. Er wirkte wie erschlagen, und Nina wusste nicht, was sie sagen sollte. Hilflos schaute sie ihren Großvater an.

»Sie muss wieder aufwachen«, murmelte er plötzlich. »Ich muss doch mit ihr reden und mich bei ihr entschuldigen. Sie muss es doch wissen. Wissen, dass ich sie all die Jahre nie vergessen habe. Dass mir das alles so schrecklich leidtut.«

»Du wirst es ihr bestimmt sagen können«, sagte Harald. »Ingrid ist eine Kämpferin. Ich bin fest davon überzeugt, dass sie wieder zu sich kommen wird.«

»Ich stimme Harald zu«, meinte Erik. »Mama hat sich nie unterkriegen lassen. Sie wird auch das hier überstehen. Harald und ich werden noch etwas bei ihr bleiben, aber vielleicht könntet ihr ja in die Lebkuchenstadt gehen und dort allen den aktuellen Stand der Dinge mitteilen. Mama hat viele Freunde und Weggefährten, ich habe unzählige Nachfragen auf dem Handy erhalten. Und vielleicht wäre es euch auch möglich, morgen in unserer Abwesenheit dort die Stellung zu halten. Die Lebkuchenstadt ist Mama so wichtig, und es benötigt auch während der Öffnungszeiten immer Helfer, die auf alles achtgeben. Sollte es Neuigkeiten zu ihrem Zustand geben, lassen wir es euch natürlich sofort wissen.«

»Das machen wir gern«, antwortete Nina. Eriks Bitte erleichterte sie sogar etwas, denn dann hatten sie wenigstens etwas zu tun und ein bisschen Ablenkung.

»Aber gebt uns sofort Bescheid, wenn es Neuigkeiten gibt«, bat Uwe noch einmal.

»Selbstverständlich«, erwiderte Harald. »Du kannst dich darauf verlassen.«

»Gut, dann gehen wir jetzt«, meinte Nina und griff nach ihrer Jacke. Uwe hatte seinen Wollmantel nicht abgelegt.

Kurze Zeit später saß Nina am Fenster eines Stadtbusses. Ihr Blick wanderte zum vierten Stock des Krankenhauses hinauf. Dort oben kämpfte Ingrid um ihr Leben. Sie hatte verdient, es zu überstehen. Und vielleicht, wenn alles gut ausging, würden ihr Opa und sie noch einige Jahre miteinander glücklich sein. Verlorenes ließ sich nicht wieder aufholen, aber das Jetzt miteinander zu gestalten, war doch auch ein großes Glück.

26

Am späten Abend desselben Tages saß Nina neben ihrem Opa in seinem Zimmer im Gästehaus und lauschte seinem gleichmäßigen Schnarchen. Seit sie denken konnte, schnarchte ihr Großvater auf diese Weise. Es hörte sich nicht so an, als würde er lautstark einen ganzen Wald umsägen. Er schnorchelte, wie es ihre Oma einmal so schön gesagt hatte. Manchmal schmatzte er auch oder gab Blubb-Geräusche von sich. Das hatte Nina als Kind immer lustig gefunden. Uwe hatte die Hände über der Brust verschränkt, seine Brille war auf seiner Nase ein Stück nach unten gerutscht. Er sah so friedlich aus, wie er da auf dem Bett lag. Voll angekleidet, sein linker Socken hatte ein Loch am großen Zeh. Oma hätte es gestopft, sie verstand sich noch auf solche Handarbeiten. Nina kaufte sich einfach neue Socken, wie vermutlich jeder in ihrer Altersklasse. Es gab Dinge, die sich im Laufe der Zeit veränderten, die in Vergessenheit gerieten, Socken stopfen gehörte wohl dazu. Eines aber blieb. Über alle Generationen hinweg.

Die Liebe mit all ihren Facetten. Mit all ihrer Freude und ihrem Kummer, dem tiefen Schmerz, dem so viele Liebende nicht entrinnen konnten. Doch das berauschende Glücksgefühl wiegte ihn auf, denn nach ihm konnte man süchtig werden. Für dieses Glücksgefühl flog ein alter Mann sogar bis nach Norwegen. Das war doch verrückt.

Ninas Handy auf dem kleinen Tisch am Fenster vibrierte, und sie nahm es zur Hand. Es war nur eine nichtssagende Werbemail. Keine Nachrichten aus dem Krankenhaus, leider auch keine von Magnus. Die Sorge um Ingrid hatte ihre Meinungsverschiedenheit vom Morgen in den Hintergrund treten lassen. Nina öffnete seinen Kontakt auf dem Handy, sein Profilbild war die Pension. Was auch sonst? Ihr wurde warm ums Herz, ein wehmütiges Lächeln trat auf ihre Lippen. Wenn sie tatsächlich eine gemeinsame Zukunft mit Magnus in Erwägung zog, dann würde sie ihre Zelte in Deutschland abbrechen müssen. Frankfurt den Rücken kehren. Vielleicht war das gar nicht so schlecht. Ein neues Leben in Norwegen könnte die Schatten in ihrem Inneren vielleicht zurückdrängen und die Standuhr ihrer Großeltern in ihrem Kopf endlich verstummen lassen. Der Schmerz über den Verlust ihrer Eltern würde niemals weichen, aber vielleicht könnte ein Neubeginn in einer vollkommen anderen Umgebung ihr dabei helfen, besser damit umzugehen und trotz allem glücklich zu werden. Ihre Mama hätte es ihr bestimmt gewünscht. Dessen war sich Nina sicher. Sie nahm all ihren Mut zusammen und tippte eine Nachricht an Magnus: »Zeit zum Reden?«

Ein kurzes Zögern, dann schickte sie die Frage ab. Es dauerte nur wenige Sekunden, bis sie eine Antwort erhielt.

»Bin auf dem Weg zu dir.«

Ihr Herz machte vor Freude einen Sprung. Sie erhob sich aus dem gepolsterten Lehnstuhl, schaltete den Fernseher aus und zog die Vorhänge zu. Behutsam nahm sie ihrem Großvater seine Brille von der Nase, deckte ihn fürsorglich zu und löschte das Licht in seinem Zimmer.

In ihre Winterjacke gehüllt trat sie aus dem Gästehaus. Magnus kam gerade den Weg hinunter, und Nina ging ihm ein Stück entgegen. Sie blieben in der schmalen Gasse voreinander stehen. Dicke Schneeflocken wirbelten auf sie herab, über ihnen funkelte eine zauberhafte Lichterkette. Die perfekte Kitschkulisse für eine Versöhnung, kam es Nina in den Sinn.

»Es tut mir leid wegen heute Morgen«, sagte sie und wollte noch etwas hinzufügen, doch er ließ sie nicht weiterreden.

»Nein, mir tut es leid«, sagte er sanft. »Ich hab dich unter Druck gesetzt, und das war nicht richtig. Es wäre ja verrückt, nach so wenigen Tagen seine Heimat zu verlassen und in ein fremdes Land auszuwandern. Ich weiß auch nicht, was in mich gefahren ist. Vielleicht war es deshalb, weil es sich so perfekt anfühlt.« Er trat einen Schritt auf Nina zu und nahm ihre Hand. »Ich bin sonst nicht so forsch, weißt du. Das letzte Mädchen, von dem ich glaubte, es wäre meine Traumfrau, kannte ich gefühlt mein ganzes Leben lang.«

»Janne hat mir davon erzählt«, antwortete Nina. »Ich an deiner Stelle hätte nach der Nummer vermutlich für immer den Glauben an die Liebe verloren.«

»Janne kennt nicht die ganze Wahrheit«, erwiderte er. »Diese Beziehung damals war wie ein Korsett, das uns die Luft zum Atmen raubte, weil es von all den vielen Erwartungen unserer Freunde und Verwandten immer enger geschnürt wurde. Wir waren kein Liebespaar, wir waren einfach nur enge Freunde aus Kinderzeiten. Eldrid und ich haben uns vor einiger Zeit ausgesprochen. Wir hätten uns beide viel früher gegen die Ehe entscheiden müssen. Unser Zögern hat unsere Freundschaft zerstört. Aber das ist Vergangenheit. Sie ist nicht mehr wichtig. Jetzt gibt es dich.«

Er drückte ihre Hand und sah sie mit seinen leuchtend blauen Augen voller Zärtlichkeit an. Nina schmolz innerlich dahin, trotzdem widerstand sie dem Impuls, sich in seine Arme zu werfen.

»Ich bin allerdings kompliziert«, sagte sie, und es bildete sich ein Kloß in ihrem Hals. Noch nie zuvor hatte sie einem Mann von ihrer Angst und von den Schatten erzählt. Doch sie spürte, dass sie Magnus vertrauen konnte, es war an der Zeit, ehrlich zu sein und nicht mehr davonzulaufen.

»Mir fällt es schwer, mich auf jemanden einzulassen, weil ich so fürchterliche Angst davor habe, noch einmal einen geliebten Menschen zu verlieren«, sagte sie. »Wie meine Eltern, sie starben bei einem Verkehrsunfall. Ich fürchte mich so sehr davor, dass es mit uns nicht gut ausgehen könnte.«

Tränen liefen über ihre Wangen. Zum ersten Mal hatte sie ihren Kummer laut ausgesprochen. Da spürte sie plötzlich Magnus' Arme. Sie umschlossen sie fest, und er drückte sie an sich. Sie weinte nun richtig, ihr Körper bebte. Es war, als würde in diesem Moment all der Schmerz endlich den Raum bekommen, den sie ihm all die Jahre verwehrt hatte. Hier in dieser Gasse, im Lichterzauber unter den tanzenden Schneeflocken.

Magnus wiegte sie sanft. »Schhh«, machte er beruhigend. »Es wird alles gut werden. Du musst keine Angst mehr haben. Ich bin jetzt bei dir. Und ich geh auch nicht mehr weg. Fest versprochen! Dieses Mal wird es gut ausgehen. Davon bin ich überzeugt.«

Es dauerte noch einige Minuten, bis sich Nina wieder beruhigt hatte und sich die Tränen von den Wangen wischte.

»Wollen wir zu mir gehen?«, fragte Magnus. »Ich hab jetzt auch in einem der oberen Schlafzimmer einen Radiator stehen. Wir müssen also nicht mehr frieren.«

»Das klingt gut«, antwortete Nina. Am liebsten hätte sie ihm sofort zugesagt, aber die Sorge um ihren Opa hielt sie zurück. Sie erklärte, was geschehen war.

»Das ist ja furchtbar«, antwortete Magnus betroffen. »Die arme Ingrid. Hoffentlich übersteht sie es. Sie ist so ein großartiger und engagierter Mensch.«

»Ja, sie ist wirklich toll«, erwiderte Nina. »Und mein Opa liebt sie bis heute. Es wäre für ihn eine Tragödie, wenn sie stirbt. Es kann jederzeit Neuigkeiten aus dem Krankenhaus geben, die ihn aufregen könnten. Da bin ich lieber hier bei ihm. Gerade ist er eingeschlafen.«

»Und wenn ich bei dir bleibe?«, fragte Magnus. »Ich finde, du solltest jetzt nicht allein sein. Und ich hätte auch etwas davon. In deinem Zimmer funktioniert die Heizung nämlich einwandfrei, es gibt Strom und es riecht nicht nach Rauch.«

»Einige Vorteile«, entgegnete Nina. Magnus hatte es geschafft, ihr ein Schmunzeln zu entlocken. »Und es gibt sogar noch einen weiteren«, sagte sie. »Eine ungeöffnete Packung Schokoladenkekse, die ich mit dir teilen würde.«

»Also, dazu kann ich auf gar keinen Fall Nein sagen«, erwiderte er mit einem Grinsen, und die beiden gingen Arm in Arm zurück zu dem kleinen Gästehaus.

Am nächsten Morgen war es Uwe, der Nina weckte, indem er wieder einmal äußerst hartnäckig an ihre Zimmertür klopfte.

»Nina, bist du wach?«, fragte er. »Hast du was von Harald oder Erik gehört? Mein Handy-Akku ist leer, und ich kann dieses dumme Ladegerät nicht finden.«

Nina öffnete die Augen und stöhnte kurz.

»Nina, frühstücken wir zusammen? Bist du überhaupt da drin?«

»Ich bin wach«, antwortete sie. »Natürlich frühstücken wir zusammen. Gib mir fünf Minuten. Ich bring dir auch ein Ladegerät für dein Handy mit.«

Magnus hatte die Nacht bei ihr verbracht und setzte sich jetzt auf. Sein dunkles Haar war verwuschelt, sein Oberkörper war nackt. Selbst in verschlafenem Zustand war er unsagbar sexy, und Nina wünschte sich, sie hätten noch mehr Zeit füreinander.

»Es tut mir leid«, raunte sie ihm ins Ohr und küsste ihn kurz auf den Mund. »Ich hab Verpflichtungen.«

»Bedauerlich«, murmelte er, erwiderte ihren Kuss und legte seine Arme um sie. Schwungvoll drehte er sie auf den Rücken und war jetzt mit dem Gesicht über ihr. »Gönn dir zehn Minuten«, sagte er und begann, ihren Hals mit sanften Küssen zu überziehen.

Es war das Vibrieren von Ninas Handy auf dem Nachttisch, das die beiden unterbrach.

»Sorry«, entschuldigte sie sich bei Magnus. »Das könnten Neuigkeiten aus dem Krankenhaus sein.« Sie blickte auf das Display. »Erik schreibt«, sagte sie und öffnete die Nachricht. »Ingrid hat die Nacht gut überstanden. Sie ist noch nicht zu sich gekommen, aber alles sieht so weit positiv aus. Er fragt, ob wir nachher in die Lebkuchenstadt kommen wollen, dort erklärt er uns dann Näheres. Zu Ingrid werden weiterhin nur engste Angehörige gelassen. Ich muss die Neuigkeiten gleich Opa mitteilen. Das wird ihn bestimmt erleichtern.« Sie setzte sich auf und schwang die Beine aus dem Bett. »Es tut mir schrecklich leid. Aber wir müssen ein anderes Mal weitermachen. Heute Abend wieder hier?«

»Oder bei mir. Ich weiß, der Rauchgeruch, aber wir wären ungestört von Großvätern. Es gäbe ein warmes Schlafzimmer, und ich sorge für angenehme Beleuchtung. Ich biete auch ausgiebiges morgendliches Kuscheln und Frühstück im Bett.«

»Das hört sich nach einem unschlagbaren Angebot an«, erwiderte Nina, die gerade ihre Jeans anzog. Ihr Blick glitt über den Fußboden. Irgendwo musste ihr BH liegen. Er fand sich auf dem Lehnstuhl neben ihrem Strickpullover. Magnus beobachtete sie seelenruhig dabei, wie sie sich fertig ankleidete und ihre Haare zu einem Pferdeschwanz hochband. Bevor sie das Zimmer verließ, gab sie ihm noch einen kurzen Kuss und hauchte: »Bis später. Ich freu mich.«

Uwe und Nina erreichten die Lebkuchenstadt. Beide waren froh darüber, dem nasskalten Wetter zu entfliehen. Der Himmel über Bergen war wolkenverhangen, es herrschte graues Dämmerlicht. Nina bezweifelte, dass es den Tag über noch heller werden würde. Hinzu kam ein unangenehmer Schneeregen. Viel war von dem romantischen Winterwetter des Vorabends nicht mehr übrig geblieben. Ihre gute Laune trübte dieser Umstand jedoch nicht. Sie hatte noch immer Magnus' Geruch in der Nase und glaubte, vor Glück zu zerspringen. Wenn jetzt Ingrid wieder zu sich kommen würde, wäre alles perfekt. Darauf galt es zu hoffen.

Sie trafen auf Erik am Empfangstresen. Er unterhielt sich gerade mit den beiden Studenten, die sich um den

Verkauf der Eintrittskarten kümmerten. Als Erik ihrer ansichtig wurde, beendete er rasch das Gespräch und begrüßte sie mit kurzen Umarmungen. Der vertraute Umgang rührte Nina.

»Hast du noch etwas von Harald gehört?«, fragte Uwe und knöpfte seinen Mantel auf.

»Bedauerlicherweise noch nicht«, antwortete Erik. »Aber er meldet sich, wenn es wichtige Neuigkeiten gibt. Das hat er mir fest versprochen. Mama würde bestimmt nicht wollen, dass wir alle tatenlos an ihrem Bett sitzen. Sie würde uns hierherscheuchen, damit alles seinen gewohnten Gang geht. Selbst wenn die Lebkuchenstadt eröffnet ist, gibt es immer noch viel zu tun. Nicht jeder Besucher ist achtsam, da kann es zu dem einen oder anderen Missgeschick kommen. Meist entgleist nur eine der Eisenbahnen, aber gerade unsere jungen Besucher sind nicht immer achtsam, und wir wollen die Ausstellungsplattformen nur ungern mit Abgrenzungen versehen. Das würde dem Gesamtbild schaden.«

»Nachvollziehbar«, antwortete Uwe.

»Aber ich hab euch nicht unbedingt als Hilfskräfte hierhergebeten«, meinte Erik. »Sondern weil ich euch was zeigen möchte, das ich heute früh entdeckt habe. Ich bin mir sicher, dass es euch gefallen wird.« Er bedeutete ihnen, ihm zu folgen.

Es ging durch den bereits verdunkelten Ausstellungsraum, die Lebkuchenstadt funkelte weihnachtlich, alles war perfekt. An einem der Tische blieb Erik stehen und deutete auf eines der Gebäude. »Seht mal, was hier steht. Ingrid muss das gewesen sein.«

»Das ist ja unser Römer«, sagte Uwe freudig. »Er ist repariert worden, man sieht gar nicht mehr, dass er kaputt war.«

»Deshalb muss es Ingrid gewesen sein, die ihn repariert hat. Wenn jemand in unserer Lebkuchenstadt etwas so perfekt macht, dann sie.«

»Und der Weihnachtsmarkt steht davor«, sagte Nina und deutete auf ihre kleinen Büdchen. »Und er ist sogar beleuchtet. Mit Baum und Karussell.«

»Und der Baum ist etwas schief, so wie es sich gehört«, merkte Uwe an.

»Ich bin mir sicher, dass sie den Römer repariert hat, um dir eine Freude zu machen«, sagte Erik. »Ganz ehrlich: Ich weiß gar nicht so genau, wie ich dich jetzt ansprechen soll. Ich meine, du bist mein Vater. Mir kommt das alles immer noch wie ein Wunder vor. Ich hab einen Vater, der mir schon nach dieser kurzen Zeit näher ist, als es mein anderer Vater jemals geschafft hat.«

»Du kannst gern weiter Uwe sagen«, antwortete Uwe, sichtlich gerührt von Eriks Worten. Nina glaubte, in seinen Augen Tränen schimmern zu sehen. »Und ich freue mich darauf, dich noch viel besser kennenzulernen, mein Sohn.«

»Darauf freue ich mich auch. Und am nächsten Wochenende wirst du dann auch deine Schwiegertochter kennenlernen. Sie ist Biologin und arbeitet aktuell an einem Projekt am Institut für Meeresforschung in

Tromsø. Alle zwei Wochen kommt sie nach Bergen. Du hast auch drei Enkelkinder und sogar schon einen Urenkel. Der kleine Oscar ist im Juli zur Welt gekommen und ein äußerst lebhafter kleiner Junge.«

»Du liebe Güte«, entgegnete Uwe. »Eine so große Familie! Hast du das gehört, Nina. Jetzt sind wir endlich nicht mehr nur zu zweit. Ich bin sogar Urgroßvater!«

»Und ich Großtante«, stellte Nina fest. »Oscar, was für ein hübscher Name.«

»Und er ist wirklich ganz bezaubernd«, versicherte Erik. »Wenn auch etwas laut manchmal. Aber so ist das mit Babys in diesem Alter. Das gibt sich mit der Zeit.«

Er holte sein Handy hervor, öffnete seine Galerie, und die nächsten Minuten verbrachten sie damit, Bilder von Verwandten anzusehen, die Uwe und Nina vielleicht schon bald persönlich kennenlernen würden. Eriks Frau hatte rotes welliges Haar und grüne Augen. Sie strahlte auf den Bildern eine ungezwungene Natürlichkeit aus. Seine beiden Töchter ähnelten ihrer Mutter, der Sohn war nach dem Vater gekommen. Der kleine Oscar war einfach nur entzückend.

»Weihnachten feiern wir alle gemeinsam in unserem Haus direkt am Wasser, etwas außerhalb von Bergen. Wenn ihr möchtet, könnt ihr die Feiertage gern bei uns verbringen. Das wäre dann auch die perfekte Gelegenheit, um die ganze Rasselbande kennenzulernen.«

Nina freute sich über sein Angebot, doch weder sie noch Uwe kamen dazu, ihm eine Antwort zu geben, denn Eriks Handy begann zu klingen. Haralds Name erschien auf dem Display.

Erik nahm das Telefonat sofort an.

Mit gebannten Mienen verfolgten Nina und Uwe das auf Norwegisch geführte Gespräch, das zum Glück nicht lange dauerte.

»Mama ist wieder zu sich gekommen«, überbrachte Erik die frohe Kunde. »Und Harald sagt, sie ist fitter als gedacht. Wenn es weiterhin aufwärts geht, kann sie heute Nachmittag bereits auf die Normalstation verlegt werden. Harald meinte, wenn ihr Zustand sich weiter bessert, könntet ihr sie morgen besuchen. Ist das nicht großartig?«

»Zum Glück ist sie aufgewacht«, sagte Uwe und strahlte über das ganze Gesicht. »Was für ein Segen. Jetzt wird bestimmt alles gut werden.«

»Ja, das glaube ich auch«, erwiderte Nina, und sie nahm seine Hand und drückte sie fest.

27

Hier ist es«, sagte Uwe und deutete auf einen Hofeingang, der von einer Kletterrose überrankt wurde, an der eine Lichterkette blinkte. An dem geöffneten Eingangstor hingen allerlei geflochtene Kränze aus Tannengrün, Efeu und Buchsbaum, dezent mit Hagebutten, Zimtstangen und schlichten Holzsternen dekoriert, was Nina auf Anhieb gefiel. Der Eingangsbereich zu dem kleinen Blumengeschäft sah jetzt schon entzückend aus, im Sommer, wenn alles blühte, war er bestimmt noch schöner.

»Perfekter könnte ein Blumenladen in diesen Gassen nicht sein«, meinte Uwe. »Hier werden wir bestimmt einen passenden Strauß für Ingrid finden. Und du denkst wirklich, dass es in Ordnung ist, wenn wir sie heute schon besuchen? Nicht, dass sie meine Anwesenheit aufregt.«

»Harald hat doch gesagt, dass sie sich freut, dich zu sehen. Mach dir nicht so viele Gedanken. Es wird bestimmt alles gut werden. Komm, lass uns nachsehen, was es in dem Geschäft alles gibt. Vielleicht finde ich hier ja auch einen hübschen Adventskranz für Magnus. Wegen des Schwelbrands und der Renovierung hat er in der Pension keine Weihnachtsdekoration mehr. Das muss geändert werden!«

Die beiden betraten den Innenhof, und es kam Nina so vor, als wäre sie in eine Märchenwelt getreten. Es gab einen mit Strohsternen und roten Kugeln dekorierten Weihnachtsbaum, umgeben von einem Sammelsurium an Dekorationsgegenständen, die als Arrangement einfach nur perfekt aussahen. Ein Schlitten, mit Kerzen und Tannenzweigen darauf, kleine Holzhäuser, metallene Gartenmöbel mit Fellen auf den Stühlen. Über allem lag eine dünne Puderzuckerschicht Schnee. Dazu kam das Häuschen, in dem sich der Laden befand: kleine Sprossenfenster, eine hölzerne Eingangstür, daneben standen mehrere Laternen, in denen Kerzen brannten. Nina konnte sich an diesem Zauber gar nicht sattsehen.

Sie betraten den Laden, und es läutete eine Glocke über der Tür.

Im Inneren empfing sie die vertraut florale Geruchsmischung solcher Geschäfte. Nina ließ ihren Blick über die zahlreichen Weihnachtsgestecke schweifen, eines schöner als das andere. Wie sollte sie hier nur eine Wahl treffen? Ihr Blick fiel auf das Preisschild eines kleineren Arrangements und es traf sie fast der Schlag. Wenn sie richtig umgerechnet hatte, kosteten die drei Tannenzweige mit dem bisschen Deko bereits ein Vermögen. Vielleicht musste sie noch einmal anderswo nach einer Weihnachtsdekoration für die Pension Ausschau halten.

Neben dem Verkaufstresen stand eine große Vase, in der sich wunderschöne, langstielige rote Rosen befanden. Die Sorte, die der Bachelor im Fernsehen immer seiner Auserwählten überreichte.

»Was meinst du?«, fragte Uwe und deutete auf die mondänen Blumen. »Sollte ich ihr Rosen mitbringen?«

»Ich finde, das wäre für den Anfang zu viel des Guten«, meinte Nina. »Solche Blumen sind meiner Meinung nach eher für Heiratsanträge geeignet.«

Die Verkäuferin kam aus einem Hinterzimmer. Eine blonde Frau mit Pferdeschwanz, die über ihrer schlichten Kleidung eine grüne Schürze trug. Sie hatte sie anscheinend reden hören, denn sie sprach sie auf Englisch an. Die Frau hatte etwas von einer Waldelfe und passte perfekt in dieses Geschäft.

Uwe erklärte, für welchen Anlass er Blumen benötige, und die Verkäuferin empfahl ihm den perfekten Blumenstrauß. Nicht zu groß, nett arrangiert. Er würde Ingrid bestimmt gefallen. Davon war Nina überzeugt.

Uwe beobachtete mit Argusaugen, wie die Frau, die mit Schleierkraut und Efeu gebundenen Moosrosen in braunes Papier wickelte. Als er bezahlte, fielen Nina seine zitternden Hände auf. Er war schon den gesamten Tag aufgeregt. Nina fragte sich, ob er die vergangene Nacht überhaupt geschlafen hatte. Nach dem Frühstück hatte sie ihn bei der Kleidungswahl beraten müssen. Am Ende waren es ein hellgraues Hemd, sein weinroter Strickpullunder und eine dunkelgraue Stoffhose geworden. Weil sie so früh dran gewesen waren, hatte er sich sogar noch einen Friseurbesuch gegönnt, und in Bestlaune hatte er Nina Waschen und Föhnen spendiert, weshalb sie jetzt so aussah, als wäre sie unterwegs zu einem Galadinner. Am liebsten hätte Nina den Tag mit Magnus verbracht, aber sie stellte diesen Wunsch zurück, weil sie vor allem an der Seite ihres Großvaters sein wollte. Magnus konnte sie später am Tag zwischen Farbeimern und Tapetenmustern immer noch berichten, wie es gelaufen war.

Sie verließen den Laden. Uwe trug den Blumenstrauß wie einen Preispokal vor sich her, strahlte über das ganze Gesicht und erkundigte sich bei Nina, während sie die leicht abschüssige Straße Richtung Gästehaus liefen, nach der Uhrzeit.

»Gleich ein Uhr, also können wir ab jetzt ins Krankenhaus fahren«, antwortete sie nach einem Blick aufs Handy. Bedauerlicherweise war keine Nachricht von Magnus eingegangen, dafür hatte sich Alex gemeldet. Der Ärmste lag mit einer Bronchitis auf dem Sofa und lebte von Lieferdiensten. Selbstverständlich trug Sven die Schuld an diesem Umstand. Der hatte kurz vor seiner Abreise bereits gehustet.

»Wie großartig«, kommentierte Uwe die Uhrzeit. »Dann können wir ja gleich zum Krankenhaus fahren. Ich hoffe, der Strauß kommt ihr nicht zu mickrig vor, die anderen Rosen haben doch mehr hergemacht. Und was ist, wenn sie mir nicht verzeiht? Was ist, wenn wir uns streiten?«

»Es wird bestimmt alles gut gehen«, versuchte Nina

ihn zu beschwichtigen. »Harald hat doch gesagt, dass sie sich auf unseren Besuch freut.« Sie legte ihm die Hand auf den Unterarm und nickte ihm aufmunternd zu.

»Das sagt sich so leicht«, antwortete er.

An der Bushaltestelle hatten sie Glück, der Bus kam nach wenigen Minuten. Als sie kurz darauf am Krankenhaus ausstiegen, riss der Himmel auf, und die Sonne tauchte die Umgebung in warmes Licht.

»Na, wenn das mal kein gutes Omen ist«, merkte Nina an, während sie dieses Mal gemächlich zum Haupteingang schlenderten. »Selbst Petrus ist heute in bester Stimmung.«

Eine Aufzugfahrt und ein längeres Herumirren auf den unzähligen Krankenhausgängen später hatten sie das Zimmer von Ingrid erreicht. Die Tür war geschlossen. Bevor Uwe anklopfte, fasste Nina einen Entschluss und hielt ihn zurück.

»Opa, warte«, sagte sie. Verdutzt sah er sie an. »Ich denke, es ist besser, du gehst allein zu ihr. Ich bin hier jetzt fehl am Platz.«

»Meinst du wirklich? Ich könnte vielleicht deine Rückendeckung gebrauchen«, erwiderte er. In seinem Blick lag Unsicherheit.

»Nein, die benötigst du nicht«, sagte Nina lächelnd. »Ihr beiden macht das schon. Davon bin ich überzeugt. Viel Glück.« Spontan gab sie ihm ein Küsschen auf die Wange. »Wir sehen uns später.«

Sie wandte sich ab und ging den Flur hinunter, ihre

Schuhe quietschten auf dem Linoleumboden. Hinter der nächsten Ecke blieb sie stehen und spähte zurück. Ihr Großvater stand noch immer vor der Tür. Er straffte die Schultern, hielt den Blumenstrauß vor der Brust, den er aus dem Papier gewickelt hatte. Es dauerte noch einige Sekunden, dann klopfte er an und betrat das Krankenzimmer. Nina wünschte ihm alles Glück der Welt.

Der Stadtbus spuckte sie eine halbe Stunde später an einer Haltestelle unweit der Starbucks-Filiale aus, und sie beschloss, spontan für Magnus und sich selbst eine Runde von der sagenhaft köstlichen Lebkuchen-Latte auszugeben.

Mit den Coffee-to-go-Bechern in den Händen lief sie bald darauf fröhlich summend die Serpentinen zur Pension hinauf. Als sie dort ankam, verschwand die Sonne erneut hinter düsteren Wolken, und ein böiger Wind zerrte an ihrem Schal. Erste Schneeflocken wirbelten durch die Luft. Das Wetter in dieser Stadt blieb launisch. Die Eingangstür zur Pension war nur angelehnt, Nina schob sie auf und rief Magnus' Namen. Seltsamerweise erhielt sie keine Antwort. Hatte er nicht gesagt, er wäre hier?

Sie rief ihn noch einmal, doch erneut blieb es still. Es lief keine Musik, was normalerweise der Fall war. Sie betrat den ehemaligen Frühstücksraum und fand ihn auf einem der alten Kaffeehausstühle sitzend mitten im Raum vor. Seine Miene war ernst, und er hob nicht den Blick. In Nina breitete sich ein ungutes Gefühl aus. Sie stellte die mitgebrachten Kaffeebecher aufs Fensterbrett, ging zu ihm, grüßte und fragte: »Wieso sitzt du hier so rum? Ist etwas passiert?«

»Das kann man wohl sagen«, antwortete er. »Von der Versicherung hat vorhin jemand angerufen. Es gibt einen Formfehler, weshalb das Geld nicht ausgezahlt werden kann. Was genau das Problem ist, hat man mir am Telefon nicht sagen wollen. Ich hab es gewusst! Immer wenn ich glaube, Glück im Leben zu haben, dann geht wieder etwas schief.« Er schlug mit der Hand auf die Stuhllehne und stand auf. »Was soll ich denn jetzt machen? Ohne das Geld aus der Lebensversicherung bin ich aufgeschmissen. Das bisschen, was die Brandschutzversicherung bezahlt, reicht niemals für die Renovierung. Am Ende muss ich das Haus jetzt doch verkaufen. Vielleicht hätte ich das von Anfang an machen und nach dem Tod von Oma das Angebot von Ragnar und Janne annehmen und bei ihnen in den Betrieb einsteigen sollen. Aber ich Idiot dachte, ich bekomme das hier schon hin! Falsch gedacht.«

Seine Hilflosigkeit sprang auf Nina über, und sie wusste nicht, was sie antworten sollte. Gerade war noch alles in bester Ordnung gewesen, und jetzt zogen erneut dunkle Wolken auf. Das war doch verhext.

Doch dann kam ihr plötzlich eine Begebenheit aus ihrer Vergangenheit in den Sinn. Damals hatte Alex ein ähnliches Problem mit einer Versicherung gehabt. War da nicht auch die Rede von einem Formfehler gewesen? Nachdem er die Angelegenheit von einem Anwalt hatte prüfen lassen, war das Versicherungsgeld doch ausbezahlt worden. Vielleicht machte es auch diesmal Sinn, der Sache nachzugehen. Nina sprach ihren Gedankengang laut aus.

»Ich kann mir aber keinen Anwalt leisten«, antwortete Magnus. »Und solche Prüfverfahren ziehen sich meistens ewig hin. Das ist wie David gegen Goliath. So viel Zeit habe ich einfach nicht.«

In diesem Punkt musste Nina Magnus recht geben. Anwälte waren teuer, und bei Alex war es damals nur um ein kaputtes I-Phone gegangen. Bei dem geringen Betrag war es der Versicherung gewiss leichter gefallen, einzulenken.

»Aber ich könnte Olav um Hilfe bitten«, meinte Magnus plötzlich. »Er ist zwar kein Anwalt, aber er kennt sich mit dem ganzen Versicherungskram aus, vielleicht findet er den Fehler, und es gibt eine Lösung ohne großen Aufwand.«

»Das klingt nach einem guten Plan«, antwortete Nina hoffnungsvoll.

Magnus zückte sein Handy, und es folgte ein kurzes Telefonat, währenddessen sich Magnus' Gesichtszüge entspannten, was Nina Mut machte.

»Olav sagt, dass da was nicht stimmen kann«, erklärte er, nachdem er das Gespräch beendet hatte. »Er hat sich die Policen damals genau angesehen, und seiner Meinung nach gibt es keine Formfehler. Wir können gleich mit dem Papierkram zu ihnen rüberkommen, dann sieht er sich die Sache noch mal an. Mittagessen gäbe es auch. Solveig hat mal wieder Fischsuppe gekocht.«

»Das klingt doch großartig«, sagte Nina freudig. »Für Solveigs Fischsuppe bin ich immer zu haben.«

Wenig später parkte Magnus den alten Ford auf dem üblichen Parkplatz, und die beiden liefen durch dichtes Schneetreiben die Gasse zu Olavs und Solveigs Haus hinauf. Als sie ankamen, öffnete sich die Tür, noch ehe sie klingeln konnten. Olav stand in seiner Winterjacke vor ihnen, was Nina irritiere.

»Gut, dass ihr da seid. Es wird nichts mit der Fischsuppe. Das Kind kommt. Solveigs Fruchtblase ist geplatzt, und jetzt hat sie starke Wehen. Ihr müsst mir helfen. Wir müssen sie ins Krankenhaus bringen. Ausgerechnet heute ist das Auto in der Werkstatt.«

»Du liebe Zeit!«, sagte Magnus überrascht. »Aber es waren doch noch drei Wochen, oder?«

»Waren es«, erklärte Olav. »Aber das Baby hat andere Pläne. Ihr müsst mir helfen. Sie liegt auf dem Sofa und kommt nicht hoch.«

Er winkte sie ins Haus, und Nina und Magnus folgten ihm. Im Flur hing der Duft der Fischsuppe, der Tisch war bereits gedeckt. Ninas Magen reagierte auf die verführerischen Küchendüfte mit einem lauten Knurren. Aber bedauerlicherweise blieb keine Zeit für das köstliche Essen, es galt vielmehr, Solveig so rasch wie möglich ins Krankenhaus zu bringen.

Sie lag im Wohnzimmer auf dem Sofa. Ihr Gesicht war

schmerzverzerrt, und sie hielt mit beiden Händen ihren Bauch umfasst. Ninas Wissen über Geburten stammte vor allem aus Fernsehserien. Da war immer von zeitlichen Abständen bei den Wehen die Rede gewesen. Je kürzer, desto näher war die Geburt. Sie unterhielt sich mit Solveig, während Olav verzweifelt das einzige Paar Schuhe suchte, in das seine Frau mit ihren geschwollenen Knöcheln noch passte.

»Es gibt keine Abstände«, brachte Solveig heraus. »Es tut so verdammt weh.«

Das war nicht gut, so viel wusste Nina. Panik breitete sich in ihr aus. Am Ende schafften sie es nicht mehr ins Krankenhaus, und das Kind kam hier zur Welt! Nina hatte von Geburtshilfe keine Ahnung, und die beiden Männer bestimmt auch nicht. Vielleicht sollten sie eine Hebamme holen, einen Arzt, irgendwen. Ihre Hände begannen vor Aufregung zu zittern, und weil sie nicht wusste, was sie sonst machen sollte, begann sie, Solveig tröstend über die Schulter zu streichen und ihr zu sagen, dass bestimmt alles gut werden würde.

Magnus kam mit der Tasche für das Krankenhaus, immerhin war Solveig in dieser Hinsicht vorbereitet gewesen. Olav hatte die ausgelatschten Turnschuhe gefunden und brachte auch Solveigs Mantel mit.

»Alles klar«, sagte er. »Ich hab die Schuhe. Wir schaffen es noch ins Krankenhaus.«

Nina trat zur Seite, und Olav half Solveig, sich aufzusetzen und zog ihr die Schuhe an. Mit schmerzverzerrtem Gesicht, eine Hand auf dem Bauch, erhob sich

Solveig vom Sofa, und Olav half ihr in ihren Mantel. Gestützt von Olav und Nina ging es zur Haustür, Magnus folgte ihnen mit der Krankenhaustasche. Es erstaunte Nina, dass es Solveig in ihrem Zustand noch bis zum Auto schaffte. Sie wurde auf den Rücksitz verfrachtet, Olav setzte sich neben sie. Magnus klemmte sich hinters Steuer, und die Fahrt begann.

Kurz bevor sie die Klinikauffahrt erreichten, sagte Solveig den Satz, vor dem sich Nina seit ihrer Ankunft bei den beiden gefürchtet hatte.

»Ich glaube, es kommt.«

Sie schrie so laut auf, dass es Nina durch Mark und Bein ging. Magnus machte direkt vor dem Haupteingang des Krankenhauses eine Vollbremsung, riss die Autotür auf und rief einer verdattert dreinblickenden Krankenschwester etwas auf Norwegisch zu. Die Frau eilte ins Innere, und es dauerte nur wenige Augenblicke, bis sie mit einem Krankenpfleger und einem Rollstuhl im Schlepptau wiederkam. Behutsam halfen sie Solveig aus dem Auto, sie stöhnte herzzerreißend, ihr Gesicht hochrot von der Anstrengung. Als sie im Rollstuhl saß, ging es im Laufschritt ins Innere, Olav rannte seiner Gattin mit der Krankenhaustasche in der Hand hinterher.

Erschöpft von dem wilden Ritt blieben Magnus und Nina zurück, und Nina atmete erleichtert auf.

»Zum Glück haben wir es noch geschafft. Ich dachte einen Moment tatsächlich, ich müsste ein Kind auf die Welt holen.«

Magnus kam nicht mehr dazu, ihr Antwort zu geben, denn sie wurden von einem Wachmann angesprochen, der ihnen erklärte, dass sie mit dem Wagen hier nicht stehen bleiben könnten.

Einige Stunden später herrschte in Solveigs Krankenzimmer eine heitere Stimmung. Zwanzig Minuten nach ihrer Ankunft hatte Solveig eine entzückende Tochter geboren, die jetzt in den Armen ihrer Mutter lag und selig schlief. Olav saß voller Stolz neben Solveigs Bett. Er hatte in dem Blumenladen des Krankenhauses einen riesengroßen Strauß roter Rosen gekauft und sogar einen Herzballon mit der Aufschrift *New Baby* in einem der Souvenirläden in der Eingangshalle aufgetrieben. Nina und Magnus hatten den frisch gebackenen Eltern gratuliert, das kleine Mädchen hatte den hübschen Namen Eila erhalten.

Magnus war besonders guter Stimmung, denn kurz nachdem sie den Wagen auf dem Krankenhausparkplatz abgestellt hatten, erhielt er einen weiteren Anruf von der Versicherung. Ein Mitarbeiter entschuldigte sich für das entstandene Missverständnis, und es wurde ihm zugesichert, dass der ausstehende Betrag bereits angewiesen worden sei. Somit hatte sich diese Sorge von ganz allein wieder in Luft aufgelöst.

»Es scheint fast so, als hätte das Schicksal es mit Absicht so eingefädelt, damit wir zu Olav und Solveig fahren, um ihnen zu helfen«, sagte Nina, nachdem er sie vor lauter Freude übermütig auf dem Parkplatz umarmt und geküsst hatte. Alles schien perfekt. Bis Ninas Handy in ihrer Handtasche zu läuten begann. An dem eingestellten Klingelton erkannte sie, dass der Anrufer Uwe war. Besorgnis breitete sich in Nina aus. Am Ende war die Aussprache mit Ingrid schiefgelaufen und es war zu keiner Versöhnung der beiden gekommen? Oder es war etwas Schlimmeres geschehen und ihr Gesundheitszustand hatte sich doch wieder verschlechtert. Nina befiel ein schlechtes Gewissen. Sie hätte sich längst wieder bei Uwe melden müssen.

Uwe redete, nachdem sie das Gespräch angenommen hatte, sogleich aufgeregt drauflos. »Nina, wie gut, dass ich dich an die Strippe bekomme«, sagte er. »Meine Nachbarin hat mich gerade angerufen. Es hat bei mir in der Wohnung einen Wasserrohrbruch gegeben, und sie hat gemeint, dass es schlimm aussieht. Ich muss sofort nach Hause. Du kommst doch mit heim, oder? Allein bekomme ich das bestimmt nicht hin.«

28

Uwe betrat den Frankfurter Hauptfriedhof durch einen der Nebeneingänge. Dichter Nebel hatte sich über Nacht ausgebreitet, und es sah so aus, als wollte er auch den Tag über nicht weichen. Die weißen Schwaden lagen zwischen den Bäumen und über den Gräbern, und es kam Uwe so vor, als würde er die Großstadtgeräusche hinter der Friedhofsmauer zusätzlich dämpfen. Der Geruch des feuchten, auf dem Weg liegenden Laubs lag in der Luft, Uwe hatte ihn schon immer gemocht.

Sein Weg führte ihn an den alten Gruften vorüber, in denen zahlreiche Berühmtheiten der Stadt ihre letzte Ruhe gefunden hatten. Dahinter ging es ein Stück geradeaus und an dem Abzweig mit der großen Eiche nach links. Früher hatten den Weg viele Gräber gesäumt, doch mit der Zeit waren es immer weniger geworden. An vielen Grabsteinen hingen Zettel der Friedhofsverwaltung. Bald würden auch sie verschwunden sein, und es würden an diesen Stellen keine neuen Gräber mehr folgen, da die Nachfrage fehlte. Die junge Generation veränderte auch das Antlitz der Friedhöfe. So war nun mal das Leben.

Der Gang zu Theas Grab fühlte sich schwerer an als sonst, denn es würde für lange Zeit das letzte Mal sein, dass er diesen Weg ging. Er würde Frankfurt den Rücken kehren. Sein Umzug nach Norwegen zu seiner Ingrid war beschlossene Sache. Glück und Wehmut, sie lagen nah beieinander.

Er erreichte sein Ziel und blieb vor der vertrauten Ruhestätte seiner über alles geliebten Ehefrau stehen. Eine Gärtnerei kümmerte sich um die Grabpflege, der Jahreszeit entsprechend waren Erika gepflanzt worden. Uwe hatte diesem Gestrüpp nie viel abgewinnen können, aber besser als verblühte Sommerblumen war es allemal.

Jetzt, da er hier stand, und den Namen der Liebe seines Lebens auf dem grauen Marmorgrabstein las, wurde ihm das Herz schwer, und er glaubte, sich für die anstehende Veränderung bei Thea entschuldigen zu müssen. Wie immer, wenn er hier war, begann er, laut zu sprechen, als ob sie ihm gegenübersitzen und zuhören würde: »Ich kann kaum glauben, wie schnell jetzt alles geht«, sagte er. »Dass mich noch mal jemand aus Frankfurt rausbringen würde, hast du bestimmt nicht gedacht. Aber jetzt passiert es tatsächlich. Weißt du, ich hab dir nie von der Reise nach Nordeuropa erzählt, weil sie, als wir uns damals kennenlernten, schon länger zurücklag. Und von einer verlorenen Liebe hättest du bestimmt nichts hören wollen. Außerdem wollte ich die ganze Sache nach dem Vorfall mit Harald sowieso vergessen. Ich weiß, ich hab den Pappkarton mit den alten Bildern aufgehoben. Nenn es Sentimentalität. Hast du sie eigentlich jemals gesehen? Vielleicht. Gesagt hast du nie etwas.«

Schritte auf dem Kies hinter ihm ließen ihn verstummen. Erst als die Person außer Hörweite war, redete er weiter: »Du darfst niemals glauben, dass ich Ingrid mehr liebe als dich. Du warst mein Augenstern, das Licht in meinem Leben. Aber du hast mich allein gelassen, und es gab niemanden mehr, der durch sein Eintreten die Räume heller gemacht hat. Du bist gegangen, und es war immer dunkel, da konnte ich noch so viele Lampen einschalten. Bis ich Ingrid im Fernsehen gesehen habe. Sie hat auch diese einmalige Gabe. Sie strahlt von innen. In einem anderen Leben hättet ihr euch vielleicht gut verstanden. Bestimmt hättet ihr das. Sie hat es nicht leicht gehabt, weißt du. Auch wegen mir. Aber diese Geschichte hast du da oben bestimmt mitbekommen, also muss ich jetzt nicht alles wiederholen. Dafür bleibt auch gar keine Zeit, weil ich nachher einen Termin mit einer Maklerin wegen der Wohnung hab. Eine abbezahlte Eigentumswohnung in Frankfurt in dieser Lage bringt ein hübsches Sümmchen. Ich gehe als reicher Mann nach Norwegen. Du denkst bestimmt, ich bin verrückt. Der Alte hat sie ja nicht mehr alle! Aber es fühlt sich alles richtig an. Ingrid und ich haben so viele Jahre verloren. Wir können nicht alles nachholen, aber wir können die verbliebene Zeit noch nutzen und gemeinsam verbringen. Und ich hab einen Sohn. Erik ist großartig. Ich bin sogar Urgroßvater, stell dir das mal vor. Weihnachten feiern wir alle zusammen, das wird bestimmt lustig. Es gibt ein Julbord. Ich weiß gar nicht so genau, was das ist. Vorsichtshalber werde ich ein paar Frankfurter Würstchen einpacken. Sicher ist sicher.«

Er machte erneut eine Pause, und plötzlich fühlte es sich so an, als würden sich zahlreiche Wackersteine auf sein Herz legen. »Du wirst immer bei mir sein, hörst du«, sagte er. »Auch wenn ich in Zukunft nicht mehr herkommen und mit dir reden kann. Und du darfst nie denken, dass du die zweite Wahl gewesen bist. Ich hab dich geliebt, und ich liebe dich noch immer. Das wird sich niemals ändern!« Tränen brannten jetzt in seinen Augen, sodass er sie zusammenkneifen musste. »Und ich pass auf mich auf. Das hab ich dir ja versprochen. Und ich geb auch auf unsere Nina acht. Sie ist jetzt endlich glücklich, weißt du. Das hast du dir doch gewünscht. Dass sie die Vergangenheit loslassen und fliegen kann. Das kann sie jetzt. Wir fliegen beide in ein neues Leben. Und ich nehme dich in meinem Herzen mit.«

Einige Minuten verweilte er noch schweigend, dann drehte er sich um und ging ein letztes Mal den vertrauten Weg zurück.

29

Komm schon, Peppermint Patty, mach es mir doch nicht so schwer. Du kannst nicht mit nach Bergen, Liebes. Schröder und Charly Brown wären total traurig, wenn du nicht bei ihnen bleibst, und dein Herrchen ebenfalls. Komm aus dem Koffer raus, bitte.«

Die Katze rührte sich nicht vom Fleck und schaute Nina mit großen Augen an.

»Siehst du«, sagte Alex. »Sie will auch nicht, dass du uns verlässt. Wir werden in der Wohnung ohne dich schrecklich einsam sein. Niemand meckert über zu frühe Weihnachtsdeko, es gibt keine rührseligen Filmabende auf dem Sofa mehr, und bestimmt werden sämtliche Zimmerpflanzen ohne dich sterben.«

»Ich hab dir doch gesagt, du sollst dir eine Erinnerungsnachricht zum Gießen in dein Handy einspeichern.«

Alex zog eine Grimasse. »Werde ich machen, sonst gibt es hier bald die große Dürre. Ich weiß, du kannst es nicht mehr hören und es ist dämlich, dass ich es noch einmal wiederhole, denn ihr fliegt heute Nachmittag, und der Großteil eures gesamten Hab und Guts ist bereits verkauft oder nach Bergen verfrachtet worden. Aber ich finde weiterhin, dass du es langsamer angehen solltest. Was spricht denn gegen einige Monate Fernbeziehung?«

»Sagt derjenige, der vor wenigen Wochen noch Knall auf Fall in ein norwegisches Fischerdorf umziehen wollte«, konterte Nina.

»Ja, ich gebe zu, das war etwas übereilt von mir«, räumte Alex ein und nahm den um seine Beine schnurrenden Schröder auf den Arm. »Aber dieses schlechte Beispiel hätte dir eine Lehre sein können. Traue niemandem, der diesen abscheulichen Trockenfisch isst! Am Ende hat Magnus auch noch irgendwelche Leichen im Keller. Eine Exfrau, die plötzlich Ansprüche stellt oder anderen unvorhergesehenen Krempel.«

»Magnus isst keinen Trockenfisch«, entgegnete Nina trocken. »Den mochte er noch nie.«

»Das ist doch jetzt kein Argument«, stöhnte Alex und rollte die Augen. Schröder wurde unruhig, er setzte den Kater wieder auf den Boden. »Du weißt, wie ich das meine. Ich hab eben Angst, dass du verletzt wirst, Kleines. Jetzt krabbelst du endlich mal aus deinem Schneckenhaus, und dann soll es auch der Richtige sein.«

Alex' Worte wärmten Ninas Herz. »Magnus ist der Richtige«, sagte sie. »Manchmal weiß man es einfach, und jetzt ist dieser Moment gekommen. Du wirst es verstehen, wenn es bei dir so weit ist.«

»Ja, vielleicht«, sagte Alex leise. »Aber jetzt ziehst du aus, und es ist kurz vor Weihnachten.« Er seufzte.

»Du verbringst die Feiertage doch bei deiner Familie, und Silvester kommst du zu uns nach Bergen«, meinte Nina. »Das wird bestimmt großartig. Wir wohnen vielleicht nicht mehr zusammen, aber das bedeutet nicht, dass unsere Freundschaft endet. Na, komm schon her. Lass dich mal drücken.«

Sie schloss Alex fest in ihre Arme und sog den Geruch seines Parfüms tief ein. So chaotisch Alex oftmals auch war, sie würde das Zusammenleben mit ihm vermissen. Jane-Austen-Filme würde Magnus mit ihr vermutlich nicht anschauen. Andererseits könnte sie ihn vielleicht dafür begeistern. Einen Versuch war es wert.

Sie lösten sich wieder voneinander, und Ninas Blick fiel auf die Uhr des Radioweckers auf dem Nachttisch. Wenn sie pünktlich bei Uwe sein wollten, mussten sie sich beeilen – und Peppermint Patty musste endgültig aus ihrem Koffer raus. Es galt, ihre letzten Habseligkeiten zu verstauen.

Die Tage nach ihrer Rückkehr nach Deutschland waren von verrückten Plänen bestimmt gewesen. Uwe und Ingrid hatten sich im Krankenhaus ausgesprochen, und zu Ninas Überraschung hatten die beiden kurz nach ihrer abrupten Rückreise nach Deutschland wegen des Wasserrohrbruchs in Uwes Wohnung beschlossen, ihren weiteren Lebensweg gemeinsam gehen zu wollen. Da Ingrid in Norwegen zahlreiche Verpflichtungen und

Uwe selbst seine Mitgliedschaft im Turnverein schon gekündigt hatte, waren sie sich schnell einig geworden, wer zu wem umziehen würde. Uwe hatte voller Vorfreude auf sein neues Leben einen Online-Sprachkurs Norwegisch gebucht und übte bereits fleißig auf seinem Handy. Die spontane Entscheidung ihres Großvaters war es wohl gewesen, die Ninas letzte Bedenken zerstreute, und sie wagte nun ebenfalls den Schritt in ein neues Leben. Sie würde zu Magnus ziehen. Es fühlte sich richtig an, die Zweifel waren endgültig verstummt. Jedes Mal, wenn sie Magnus' Stimme am Handy hörte oder eine Nachricht von ihm kam, glaubte sie, vor Glück zu zerspringen. Sie konnte es kaum erwarten, mit ihm in ein gemeinsames Leben zu starten. Das war definitiv verrückt. Ein Fernsehbericht über eine Lebkuchenstadt im Vorabendprogramm, der alles verändert hatte! Das Schicksal war an diesem Tag anscheinend zu lustigen Scherzen aufgelegt gewesen.

In Bergen war die Dunkelheit bereits hereingebrochen, als Nina und Uwe ihre Koffer vom Gepäckband fischten.

»Dann haben wir jetzt endlich alles beisammen«, sagte Nina erleichtert. Ausgerechnet ihr Koffer war als letzter aufgetaucht, sie hatte schon Sorge gehabt, er sei verloren gegangen.

»Ja, das haben wir«, antwortete Uwe. »Dann lass uns mal zusehen, dass wir zur Stadtbahn kommen. Da wir jetzt nicht mehr dieses Touristenticket haben, brauchen wir wohl einen Fahrschein. Es wäre ja schön dumm, wenn wir an unserem ersten Tag als neue Mitbürger der Stadt gleich beim Schwarzfahren erwischt würden. Am Ende schmeißen die uns dann gleich wieder raus.«

»Das glaube ich weniger«, erwiderte Nina. »Aber meinst du nicht, dass wir uns ein Taxi leisten sollten? Es könnte uns gleich zu Erik bringen«, schlug sie vor.

Auf eine Fahrt mit der Stadtbahn und den Umstieg in die Stadtbusse hatte sie keine Lust. Sie war auch noch immer etwas traurig darüber, dass Magnus sie nicht, wie eigentlich geplant, vom Flughafen abholte. Ihm war ausgerechnet heute Nachmittag kurz vor ihrem Abflug eine Zahnplombe rausgefallen, und der letzte freie Termin bei seinem Zahnarzt war natürlich genau zu ihrer Ankunftszeit gewesen.

»Das ist eine ausgezeichnete Idee«, antwortete Uwe und verfrachtete seine bis oben hin vollgestopfte Reisetasche aus den Siebzigern auf seinen neu gekauften Rollkoffer. »Ich hab ja Eriks Adresse. Er hatte uns eigentlich abholen wollen, aber ihm ist noch dieser dringende geschäftliche Termin dazwischengekommen. Da muss man schon Verständnis für zeigen. Nur weil wir nach Norwegen auswandern, müssen ja nicht alle quer bei Fuß springen. Und von Ingrid verlange ich auf gar keinen Fall, dass sie zum Flughafen kommt, sie muss sich schließlich noch schonen. Erik hat mir vor dem Abflug geschrieben, dass seine Kinder auch schon alle da wären, und die Enkel mit dem Baby. Sie wollen mit uns morgen im nahen Wald den Baum aussuchen und dann gemeinsam schmücken. Hach, das wird großartig werden.«

Die beiden setzten sich in Bewegung und folgten den Schildern Richtung Ausgang. Im Gegensatz zu Frankfurt gab es hier weiße Weihnachten, Ninas Wetter-App hatte für die Feiertage strengen Frost von unter minus fünfzehn Grad angekündigt. An solche Temperaturen würde sie als Rhein-Main-Kind sich erst einmal gewöhnen müssen.

Sie liefen an einer großen Fensterfront vorüber. Draußen herrschte dichtes Schneetreiben, und eine Räummaschine mühte sich ab, halbwegs den Parkplatz freizubekommen. Es verwunderte Nina fast ein wenig, dass ihr Flieger bei diesen Wetterverhältnissen pünktlich gelandet war.

Sie fuhren eine Rolltreppe nach unten und durch eine gläserne Schiebetür in die Ankunftshalle, in der noch immer die Weihnachtsbäume an der Decke hingen.

Und da stand plötzlich eine ansehnliche Menschengruppe vor ihnen, und alle riefen ihnen gleichzeitig ein lautes »Willkommen« auf Norwegisch entgegen.

Nina und Uwe blieben stehen und sahen die Empfangstruppe mit großen Augen an. Es waren lauter strahlende Gesichter, in die sie blickten. Ingrid und Magnus, Olav und Solveig mit ihrer kleinen Tochter, Erik und seine ganze Familie, Harald war ebenfalls dabei. Er hielt ein großes selbst gebasteltes Willkommensschild in die Höhe. Selbst Janne und Ragnar waren da. Nina und Uwe wurden umringt, umarmt und geherzt. Nina wusste gar nicht, wie ihr geschah. So etwas Tolles hatte noch nie jemand für sie gemacht.

Magnus schloss sie in seine Arme und drückte sie so fest an sich, dass sie kaum Luft bekam. Seine Wärme und Nähe waren berauschend, sein Duft bereits so herrlich vertraut. Er strahlte sie mit seinen blauen Augen voller Freude an.

»Ihr seid doch verrückt«, brachte Nina heraus, sie weinte nun vor Freude.

»Nein«, antwortete er. »Das sind wir nicht! Wir sind glücklich. Ich bin glücklich, dich gefunden zu haben. Und ich lass dich niemals wieder gehen.«

Er küsste sie erneut, und Nina glaubte, in diesem Moment endgültig vor Glück platzen zu müssen.

Es war Uwe, der den innigen Moment der beiden störte.

»Jetzt ist aber mal gut mit der Küsserei, Kinder«, mahnte er. »Dafür habt ihr nachher noch genügend Zeit. Jetzt lasst uns endlich von diesem Flughafen verschwinden. Sonst kommen wir vor lauter Schnee hier gar nicht mehr weg.«

Nina löste sich aus Magnus' Armen, und gemeinsam trat die Gruppe wenige Augenblicke später ins dichte Schneetreiben. Gegenüber des Parkplatzes thronten die Lettern der Stadt Bergen an einem Fels. Nina las die von kleinen Lampen angestrahlten Buchstaben voller Freude. So hieß ihre neue Heimat. Ihr neues Leben konnte beginnen.

Nachwort

Ich kann heute gar nicht mehr so genau sagen, wie ich auf die größte Lebkuchenstadt der Welt in Bergen aufmerksam geworden bin. Aber als ich sie zum ersten Mal in einem Internetvideo gesehen und die Geschichte dahinter gehört habe, war ich sofort verzaubert. Die Einwohner der Stadt Bergen backen jedes Jahr voller Liebe und Hingabe die größte Lebkuchenstadt der Welt. Die Sache ging mir nicht mehr aus dem Kopf, und es entstand, wie das bei mir so ist, eine Idee zu einer Geschichte voller Liebe, Wehmut und neuer Chancen. Und Uwe und Nina haben in Bergen bestimmt viele neue Chancen. Ich wünsche den beiden alles Glück der Welt.

Natürlich sind wir nach Bergen gereist und haben eine fast schon magische Zeit zwischen den Jahren in dieser Stadt verbracht. Angekommen sind wir, wie Nina und Uwe auch, bei Dauerregen, doch dieser verwandelte sich rasch in Schnee, und es waren zauberhafte Tage in einer kuscheligen Stadt voller Weihnachtszauber, natürlich mit Trollen, dem großartigen Bryggen, den besten Zimtschnecken der Welt und gemütlichen Aufenthalten in einer der schönsten Starbucks-Filialen, die ich in meinem Leben gesehen habe. Mit Schneesturm auf dem Fløyen und einer kleinen Schiffsreise in einen der Fjorde. Und selbstverständlich besuchten wir auch die größte Lebkuchenstadt der Welt, und es war unbeschreiblich schön. Die Bergener sind wahrlich Meister ihres Fachs. Den Nebenraum mit der etwas anderen Ausstellung und das Ufo gab es übrigens tatsächlich, besonders die freundlichen Häuser waren entzückend, und ich habe noch niemals im Leben eine so großartige Lebkuchen-Meerjungfrau gesehen. Wir erlebten unvergessliche Tage in der Stadt, von der auch die berühmten Hurtigruten-Schiffe in den Norden starten. Eines davon lag im Hafen. Vielleicht fahren wir irgendwann einmal mit. Wir werden diese Tage und diese kuschelige Stadt mit ihren niedlichen und funkelnden Holzhäusern für immer fest in unseren Herzen bewahren.

Mein Dank geht zuerst wieder an meinen Ehemann Matthias, der als treuer Begleiter auf jeder Reise an meiner Seite ist. Und dieses Mal auch wieder an meine Töchter: Sie waren von Bergen ebenso verzaubert wie wir. Ich danke dem gesamten Team des Blanvalet Verlags dafür, dass sie meinen Weihnachtsgeschichten ein Zuhause geben. Und meiner Agentin Franka Zastrow, die Zimtschnecken ebenso liebt wie ich und sich für diese Geschichte sofort begeistern ließ. Zum Schluss geht mein Dank an meinen Lektor Matthias Teiting. Er macht jeden meiner Texte um so vieles besser.

In New York werden Winterträume wahr!